dtv

»Ein Garten ist wie das Leben. Er ist das, was man daraus macht.«
Elisabeth lachte. »Ehrlich gesagt, wenn ich im Garten bin, mache ich am liebsten gar nichts.«
Das Haus ist abbezahlt, die Kinder sind flügge, alles geht seinen Gang: Da lernt Elisabeth – Mitte vierzig –, die ehrenamtlich im Krankenhaus arbeitet, den alten Herrn Grün kennen. In Erinnerungen schwelgend erzählt er ihr von der Liebe zu seiner Frau, die im Sterben liegt. Ergriffen von so viel Gefühl, zieht Elisabeth prompt den Vergleich zu ihrer eigenen Ehe. Und wird immer unzufriedener. Nach über zwanzig Jahren glimmt die Leidenschaft nur noch müde, Gewohnheiten haben sich eingenistet, und statt der Kinder laufen jetzt Hühner durch den Garten – Roberts neues Hobby. Da muss sich was ändern! Doch das selbst erdachte Eherettungsprogramm läuft völlig aus dem Ruder.

Marlies Ferber wurde 1966 geboren, studierte Sinologie in Deutschland, China und den Niederlanden und arbeitete viele Jahre als Verlagslektorin, bevor sie sich ganz dem Schreiben und Übersetzen widmete. Bei dtv ist ihre vierbändige ›0070‹-Krimireihe um den britischen Agenten a.D. James Gerald erschienen. Die Autorin engagiert sich – wie ihre Protagonistin – als »Grüne Dame« im Krankenhaus und lebt mit ihrer Familie in einem Haus am Waldrand.

Marlies Ferber

Grün ist die Liebe

Roman

dtv

Ausführliche Informationen über
unsere Autoren und Bücher
www.dtv.de

Von Marlies Ferber
ist bei dtv außerdem
die ›0070‹-Reihe erschienen:
Operation Eaglehurst (21345)
Agent an Bord (21418)
Mord in Hangzhou (21522)
Truthahn, Mord und Christmas Pudding (21607)

Figuren und Geschehnisse dieses Romans sind frei erfunden. Dackelwallfahrten gibt es wirklich.

MIX
Papier aus verantwortungsvollen Quellen
FSC® C019821

Ungekürzte Ausgabe 2020

Umschlaggestaltung: bürosued.de unter Verwendung eines Fotos
von living4media/Peter Raider
Satz: C.H.Beck.Media.Solutions, Nördlingen
nach einer Vorlage von Bernd Schumacher, Friedberg
Druck und Bindung: Druckerei C.H.Beck, Nördlingen
Printed in Germany · ISBN 978-3-423-21916-7

Für Julius und Stella

Love and marriage, love and marriage,
They go together like a horse and carriage.

Frank Sinatra, »Love and Marriage«

There is a crack in everything,
That's how the light gets in.

Leonard Cohen, »Anthem«

KAPITEL 1

Was können Sie tun?« Das war keine Frage, es war ein Vorwurf. Der alte Mann starrte sie an. Feindselig, dachte Elisabeth, während sie unwillkürlich einen Schritt zurückwich. Er ist feindselig, dieser Blick, und voller Wut über meine Anmaßung, Hilfe anzubieten, hier, in dieser Situation, die so hoffnungslos ist.

»Was können Sie schon tun?«, wiederholte er, herausfordernd. Elisabeth wich seinem Blick aus, sah zu der Frau neben ihm, die klein und blass im Krankenbett lag. »Nichts«, sagte sie dann und hob die Schultern. »Ich kann nichts tun.« Etwas im Klang ihrer Stimme, oder vielleicht war es auch ihr hilfloser Gesichtsausdruck, besänftigte den alten Mann. »Sie bekommt nichts mehr mit«, sagte er. »Sie geht, und ich kann nichts dagegen tun. Wissen Sie, was für ein Gefühl das ist?«

»Sie sind bei ihr«, sagte Elisabeth zögernd. »Sie spürt, dass Sie da sind.«

Der alte Man trat näher ans Bett, vorsichtig rückte er die Nasensonde zurecht. »Sie erkennt mich nicht mehr«, sagte er in sachlichem Tonfall. »Ihr Verstand schwindet, von Tag zu Tag.« Er streichelte ihr über die Wange.

»Sie lächelt«, sagte Elisabeth.

»Ja, aber sie weiß nicht mehr, wer ich bin. Ich sehe es

in ihren Augen. Und ich kann nichts tun. Ich kann mich noch nicht einmal von ihr verabschieden. Ich kann sie berühren, aber sie ist nicht mehr zu Hause, verstehen Sie? Ich erreiche sie nicht mehr. Das ist …« Er stockte, wischte sich eine Träne aus dem Augenwinkel. »Das ist schlimmer, als wenn sie ganz gegangen wäre.«

»Sehen Sie nur, ihr Gesicht«, sagte Elisabeth und trat näher. »Wenn Sie sie berühren. Sie spürt Ihre Nähe. Alles andere kann verschwinden, aber das spürt sie noch, da bin ich sicher.«

Er blickte auf, starrte sie an, dann wandte er sich wieder seiner Frau zu, beobachtete ihr Gesicht, während er ihr noch einmal über die Wange streichelte. Elisabeth wurde es heiß. Sie hatte das nur gesagt, damit er sich besser fühlte. Es war eine Lüge aus Mitleid gewesen. Aber war eine Lüge aus Mitleid in dieser Situation nicht am schlimmsten? Und galt das Mitleid wirklich ihm, oder nicht vielmehr ihr selbst, um hier mit einem halbwegs guten Gefühl herauszukommen? Er würde es durchschauen und feststellen, dass seine Frau rein gar nichts mehr mitbekam, dass sie nur dahindämmerte und seine Gegenwart nicht im Geringsten irgendeine magische Qualität hatte, Zauberkraft, die den Schleier des nahenden Endes noch einmal beiseiteschieben konnte.

»Ja«, sagte der alte Mann jetzt. »Sie haben recht. Sehen Sie, ihr Gesicht.« Er streichelte seiner Frau weiter sanft über die Wange, und wie im Reflex bewegten sich ihre Mundwinkel.

»Ich lasse Sie jetzt allein«, sagte Elisabeth. Sie kam sich vor wie ein Scharlatan. Er hatte ja recht gehabt. Sie konnte nichts tun außer reden, und selbst das konnte sie nicht gut, sondern nur billige Lügen erzählen. Die Ärzte diagnostizierten, operierten, erstellten die Behandlungspläne, die Pflegekräfte taten das Übrige, aber sie, als Grüne Dame, was war ihre Währung? Mitgefühl. Und das war billig, denn sie trug keine Verantwortung.

»Nein, bitte bleiben Sie noch.« Der alte Mann ging auf sie zu, er lächelte jetzt, und sein Gesicht erblühte in Falten, die zeigten, wie oft in seinem Leben er freundlich gelächelt hatte. »Ich meine«, setzte er schnell hinzu, »wenn es Ihre Zeit erlaubt.«

»Natürlich.« Elisabeth ließ sich widerstrebend am Tisch nieder. Der alte Mann ging noch einmal zu seiner Frau, vergewisserte sich, dass die Nasensonde nicht verrutscht war, und setzte sich dann zu Elisabeth. Er schob ihr eine Schachtel Pralinen zu. »Bitte«, drängte er. »Nehmen Sie.«

»Danke.« Elisabeth wählte die kleinste Praline und nahm sich vor, beim Frühstück mit ihren Kolleginnen die Butter wegzulassen. Der alte Mann sah ihr zu, während sie die Praline aß. »Meine Frau liebt Pralinen«, sagte er. »Ich habe ihr immer welche geschenkt. Zuerst, als wir noch sparen mussten, einmal im Monat. Später jeden Freitag. Und wissen Sie, was mich traurig macht? Ich weiß nicht mal mehr, wann sie zum letzten Mal eine gegessen hat. Ich überlege und überlege, aber ich weiß es nicht mehr.« Er erhob sich schwerfällig und ging zum Fenster. Elisabeth zögerte, dann stand sie auf, stellte sich neben ihn und sah ebenfalls hinaus in den trüben, nebligen Märzmorgen.

»Ich habe diese Packung gestern gekauft, unten in der Cafeteria, weil ich zum letzten Mal ihr Gesicht sehen wollte, wenn sie eine Praline genießt. Wissen Sie, sie kaut sie nicht, sondern lässt sie langsam im Mund zergehen, und ihr Gesicht bekommt diesen ganz bestimmten Ausdruck ... Es ist schwer zu beschreiben, man muss es selbst sehen. Ich nenne es ihr Pralinengesicht ...« Er griff nach einem Taschentuch, schnäuzte sich. »Zu spät, ich werde es nicht mehr sehen.«

»Wie lange sind Sie verheiratet?«, fragte Elisabeth nach einer Weile.

»Morgen sind es genau fünfzig Jahre.« Leise setzte er hinzu: »Wenn sie nicht vorher ...« Er verstummte, und Elisabeth stand neben ihm und wartete, bis er sich wieder gefangen hatte. »Jeden Abend, wenn ich nach Hause gehe«, fuhr er dann fort, während er weiterhin aus dem Fenster schaute, »jedes Mal beim Abschied schaue ich sie mir noch einmal genau an. Es soll nicht so sein wie mit den Pralinen. Ich will hinterher wissen, wann ich sie das letzte Mal angesehen habe. Es gibt schon so viele Abschiede, schon so viele letzte Male, die ich nicht mitbekommen habe. Wissen Sie, unsere Welt besteht fast nur noch aus letzten Malen, und man kommt durcheinander.« Er starrte konzentriert in den Nebel, knetete seine Hände. »So viele Kerzen, die unser Leben hell gemacht haben. Und sie alle verlöschen, nach und nach. Es kommt schleichend. Ein Hobby, das zu gefährlich wird, eine Grippe, die länger bleibt, ein Essen, das man nicht mehr verträgt, ein guter Freund, der stirbt. Irgendwann stellt man fest, dass es insgesamt dunkler geworden ist. Man geht auf den Friedhof und kennt so viele Namen.«

Elisabeth wurde schwindlig, sie musste sich setzen.

Der alte Mann sah sie besorgt an. »Sie sind ja ganz blass geworden, ist Ihnen nicht gut?«

»Es geht schon wieder«, versicherte Elisabeth schnell. »Das kommt davon, wenn man ohne Frühstück aus dem Haus geht.«

»Nehmen Sie noch eine Praline!«

Elisabeth griff wieder zu. Sie würde später auch die zweite Brötchenhälfte weglassen. Er setzte sich ebenfalls wieder.

»Verzeihen Sie mir das Gejammer. Das ist sonst nicht meine Art. Lassen Sie uns über etwas Erfreulicheres sprechen, bis Sie wieder Farbe im Gesicht haben und ich Sie guten Gewissens gehen lassen kann.«

Elisabeth nahm die Pralinenpackung, die er auf den Tisch gestellt hatte, und hielt sie ihm hin. »Aber nur, wenn Sie auch eine nehmen, Herr …« – »Grün«, ergänzte der alte Mann. »Grün wie Blau, sage ich immer, wenn die Leute nachfragen.« Er kniff die Augen zusammen, sah auf ihr Namensschild. »Frau …«

»Müller«, sagte Elisabeth lächelnd. »Müller wie Meier, sage ich immer, wenn die Leute nachfragen.«

»Müller, das ist kurios. Wissen Sie, dass Sie tatsächlich der erste Mensch sind, den ich kennenlerne, der diesen Namen trägt?«

»Da wird es aber Zeit«, lächelte Elisabeth. Herr Grün lächelte ebenfalls, nahm eine Praline, deutete zum Fenster. »Das Wetter wäre ein Gesprächsthema, wenn es nicht so trist wäre, was?«

Elisabeth nahm noch eine Praline. »Wann haben Sie Ihrer Frau eigentlich zum ersten Mal Pralinen geschenkt? Wissen Sie noch, wann das war?«

Herr Grün sah sie überrascht an, dann nickte er. »Oh ja.« Er lehnte sich langsam zurück, wandte den Kopf zu seiner Frau, doch sein Blick richtete sich nach innen. »Es war 1962, im Sommer. Wir saßen uns zufällig gegenüber, im Zug nach Amsterdam.«

KAPITEL 2

Ich sah Lenya zuerst von hinten. Damit hat sie mich später aufgezogen, wenn ich sagte, es war Liebe auf den ersten Blick. Ja, in meinen Hintern hast du dich verliebt, meinte sie dann immer. Aber das stimmt nicht. Es war ihre ganze Haltung, die Art, wie sie am Fenster des Zugabteils stand und sich hinauslehnte, als ich in Düsseldorf zustieg. Damals gab es noch richtige Zugabteile, in denen man sich gegenübersitzen konnte. Oder musste, je nachdem. Ihr Anblick, wie sie da am Fenster stand, war atemberaubend. Sie war groß, schlank, trug ein eng anliegendes, dunkelblaues Kleid mit weißen Tupfen. Sehr schick, viel zu schick eigentlich für ein Mädchen in ihrem Alter, das kaum zwanzig sein mochte. Anmutig lehnte sie sich aus dem Fenster, sehr selbstbewusst, sehr elegant. Ich trat ein, hievte meinen Koffer hoch, grüßte die anderen Mitreisenden, eine junge Mutter mit einem kleinen Jungen und einen Mann, der am Fenster saß. Ich nahm einen der freien Plätze am Gang ein. Lenya bemerkte mich zuerst gar nicht. Sie unterhielt sich ausgelassen auf Niederländisch mit jemandem auf dem Bahnsteig. Ich hatte zwar im Selbststudium schon etwas Niederländisch gelernt, verstand aber kein Wort. Als der Zug anfuhr und sie sich weiter hinauslehnte, um zu winken, tanzten ihre langen blonden Haare im Wind. Sie sah aus wie eines dieser Pariser Laufsteg-Models, nur viel ungezwungener. Sie trug keine Seidenstrümpfe, die nackten Füße steckten in weißen Sandalen. Es war ein heißer Augusttag, aber trotzdem. Eigentlich war es nicht schicklich für ein junges Mädchen damals, keine Strümpfe zu tragen. Ich machte mir gerade Gedanken darüber, ob das Strümpfetragen in Holland nicht üblich sei, da schickte sie sich an, das Fenster hochzuschieben, aber es klemmte. Schnell stand ich auf, um ihr zu helfen, doch der Mann am Fenster war schneller. Sie dankte ihm, er deutete eine galante Verbeugung an, sagte etwas auf Niederländisch zu ihr, eine humorvolle Bemerkung offenbar, denn sie lachte. Überraschenderweise war es ein tiefes, angenehmes Lachen, das eher zu einer italienischen Matrone als zu diesem grazilen, blonden Mädchen gepasst hätte. Nun sah ich auch ihr Gesicht, und es war bezaubernd. Ein Antlitz, so frisch und lecker wie Erdbeeren mit Sahne, der rote, volle Mund, Wangen, die noch diese kindliche Pausbäckigkeit besaßen, und dazu Augen, so tief und blau wie ein Bergsee. Mir war klar, dass sie neben dem Mann Platz nehmen würde. Doch während er seine teuer aussehende Aktentasche vom Nebensitz räumte, schaute sie mich an und deutete auf den Platz mir gegenüber. ›Ist da noch frei, Meneer?‹ Ich räusperte mich, brachte ein heiseres ›Ja‹ zustande, und sie schenkte mir ein Lächeln, das ein reizendes Grübchen auf der linken Wange zum Vorschein brachte, setzte sich zu mir und tat dann schon wieder etwas, das mich überraschte: Sie packte Strickzeug aus und fragte: ›Entschuldigen Sie, lesen Sie?‹ Ich schüttelte den Kopf. ›Das heißt‹, setzte ich rasch hinzu, ›normalerweise schon, ich kann lesen, wenn Sie das meinen, will heißen, ich bin kein Analphabet, ich lese sogar viel, es ist gewissermaßen meine Passion zu lesen, aber jetzt im Moment nicht, denn ich habe dummerweise all meine Bücher im Koffer verstaut, und ...‹ Ach, ich weiß heute gar nicht mehr genau, was ich noch alles plapperte, aber irgendwann brach ich einfach ab, weil mir klar wurde, dass ich dabei war, mich wieder einmal lächerlich zu machen. Ausschweifend auf einfache Fragen zu antworten, damit hatte ich schon viele Mädchen abgeschreckt. Sobald ich nervös wurde, redete ich ohne Punkt und Komma.«

Elisabeth lächelte. »Aber dieses Mal hat es trotzdem geklappt.«

Herr Grün sah sie überrascht an, fast schien es, als hätte er ihre Anwesenheit vergessen. »Ja, Frau Müller, allerdings. Viel später, kurz vor unserer Hochzeit, habe ich sie gefragt, warum sie sich so spontan zu mir gesetzt hat und nicht zu dem Mann am Fenster, der so hilfsbereit und offensichtlich von ihr angetan war. Und, was glauben Sie wohl, was meine Lenya geantwortet hat?«

Elisabeth zuckte die Schultern.

»›Du hast ausgesehen wie ein Schaf.‹ Das war ihre Antwort!«

Elisabeth sah unwillkürlich auf Herrn Grüns immer noch volles, lockiges Haar. Herr Grün bemerkte es. »Ja, ich weiß, und inzwischen sind sie nicht nur so lockig wie Schäfchenwolle, sondern auch noch so weiß. Aber damals, können Sie sich denken, wie mir als junger Mann zumute war? Man fühlt sich wie ihr Romeo, und was sieht sie in einem? Ein Schaf. Ich war sehr echauffiert, bin noch am selben Tag zum Friseur gegangen. Zur Hochzeit am nächsten Tag bin ich mit streichholzkurzen Haaren erschienen.«

Elisabeth lachte. »Und? Wie hat sie reagiert?«

»Sie hat kein Wort darüber verloren, den ganzen Hochzeitstag über nicht. Aber nachts, in unserer ersten Nacht als Mann und Frau, hat sie mir ins Ohr geflüstert: ›Es sind doch nicht deine schönen Locken, es ist dein Blick, Jeroen – sie nannte mich von Anfang an Jeroen, nie Justus –, du schaust wie ein Schaf, Jeroen, und das liebe ich! Nur die guten Männer schauen wie Schafe, wenn sie verliebt sind. Der Mann am Fenster war kein Schaf. Aber du, das habe ich sofort an deinem Blick gesehen. Ein Schaf. Ein gaaaanz gutes sogar!‹ Sie betonte das ›ganz‹, denn was sie meinte, war ein ›sehr‹ gutes Schaf.« Herr Grün lächelte. »Sie konnte Deutsch, viel besser als ich je Niederländisch, aber dass das Wort ›ganz‹ in Zusammenhang mit ›gut‹ bei uns Abschwächung und nicht Steigerung bedeutet, das wollte ihr nicht in den Sinn.«

»Wie ging es damals bei der Fahrt nach Amsterdam weiter?«, fragte Elisabeth. »Sie haben über Bücher geredet?«

Herr Grün schüttelte den Kopf. »Oh nein, ich habe ihr beim Stricken geholfen. Das war der Grund für ihre Frage, ob ich lese. Sie wollte wissen, ob ich die Hände frei hätte. Sie ließ mich mit den Händen ein kleines Körbchen formen, und ich hielt das Knäuel, während sie strickte. Geredet haben wir nicht viel, und ich weiß auch nicht mehr, worüber. Ich konnte nicht gut denken, während wir durch das Garn verbunden waren. Sie schaute konzentriert auf ihre Strickarbeit, es war etwas mit einem komplizierten Muster. Das Gute daran war, dass ich sie in aller Ruhe betrachten konnte. Einmal ging sie zur Toilette, es war kurz vor Utrecht, und ich nutzte die Zeit, um aus meiner Reisetasche die Schachtel mit Pralinen zu holen, die meine Großmutter mir mitgegeben hatte. Eigentlich waren sie für meine Patentante bestimmt, bei der ich die ersten Wochen wohnen sollte, bis das Zimmer im Studentenheim frei wurde. Als sie wiederkam, bot ich, um nicht zu aufdringlich zu wirken, zunächst den anderen Mitreisenden, dann auch ihr eine Praline an. Da sah ich es zum ersten Mal, ihr Pralinengesicht. Noch nie hatte ich einen Menschen gesehen, der etwas mit so viel unschuldiger Freude aß.«

Die Tür wurde aufgestoßen, ein geschäftiger Schwall weißer und blauer Kittel strömte ins Zimmer zur Visite. Elisabeth drückte Herrn Grün inmitten des Windzugs noch rasch zum Abschied die Hand.

KAPITEL 3

Elisabeth hatte ihren Gang über Station 13 fast beendet, als ihr Handy in der Kitteltasche vibrierte. Auf dem Display leuchtete ihr Robert entgegen. Sie hatte das Foto heimlich gemacht, als er das Waschbecken im Badezimmer reparierte. Er ließ sich nicht gern fotografieren, Frontalaufnahmen zeigten immer einen zitronigen Robert. Dieser Handy-Schnappschuss aber war eine Profilaufnahme. Robert hatte nicht bemerkt, dass er fotografiert wurde, er war ganz bei der Sache, hielt eine Zange in der Hand und versuchte eine Mutter zu lösen, die Zungenspitze zwischen die Lippen gepresst. Elisabeth mochte dieses Bild, weil es sie an den zehnjährigen Jungen von damals in der Grundschule erinnerte, als die Lehrerin jeweils Mädchen und Jungen nebeneinander setzte in der Hoffnung, dass weniger geschwätzt würde. So hatte plötzlich Robert neben ihr gesessen, und am ersten Tag ihrer Banknachbarschaft hatten ihr seine Fingernägel imponiert, so schwarz wie die Haare, und die Lässigkeit, mit der er sich meldete und etwas sagte, das die Lehrerin mit hochgezogenen Augenbrauen quittierte und die Mitschüler zum Lachen brachte. Ab dem zweiten Tag war sie fasziniert gewesen von der Zungenspitze zwischen seinen Lippen, wenn er mit dem Füller ungelenk über das Papier kratzte. Elisabeth lächelte, während sie auf die grüne Taste drückte. »Ja, Robert?«

»Ich hatte einen Unfall.« Die Worte gaben ihr einen heißen Stromstoß in den Magen.

»Ist dir was passiert?«

»Nein, nein, keine Sorge, ich bin in Ordnung, aber der Wagen musste abgeschleppt werden. Sag, kannst du mich abholen?«

Eine halbe Stunde später zwängte Robert sich auf den Beifahrersitz. Er war eins zweiundneunzig und weigerte sich normalerweise, mit dem Seat zu fahren. »Das ist kein Auto, das ist eine Zumutung«, sagte er. Elisabeth grinste. »Aber eine kleinere Zumutung, als den Bus zu nehmen, offensichtlich.«

Robert ging nicht auf den Scherz ein. »Ich muss noch dringend zu einem Kunden heute. Hast du Zeit, mich hinzufahren? Es ist nur eine halbe Stunde entfernt.« Er zerrte an dem Anschnallgurt. »Herrgott, ist das primitiv. Darf dieses Teil überhaupt auf die Autobahn?«

Elisabeth nahm die Hände vom Lenkrad und musterte Robert. Es war ja in Ordnung, dass er nach seinem Unfall schlechte Laune hatte, aber jetzt war es nicht angeraten, ihn als Beifahrer neben sich zu haben, erst recht nicht als Beifahrer in ihrem Auto. Sie schnallte sich ab und stieg aus. »Weißt du was? Fahr du lieber.«

»Wieso das denn?«

»Oder hast du einen Schock?«

»Unsinn!«

»Was ist überhaupt passiert?«, fragte sie, als Robert auf die Autobahn auffuhr. Sie wünschte, er würde sanfter mit der Kupplung umgehen. Er winkte ab. »Es gibt so viele Denkmaschinen auf den Straßen, die nicht wissen, wie breit ihr Auto ist.«

»Also der andere ist schuld?«

Robert blinzelte. Es hatte begonnen zu regnen, an der Frontscheibe perlten Tropfen hinunter. »Ich sehe bald nichts mehr!«

Elisabeth griff zum Scheibenwischer-Hebel. »Er hat keine Scheibenwischer-Automatik, du musst ihn anmachen, hier. Ist dem anderen was passiert?«

»Totalschaden.«

»Ich meine nicht das Auto, sondern den Fahrer.«

Robert schüttelte den Kopf, während er die Kupplung trat und den Schaltknüppel bearbeitete. »Was tust du?«, fragte sie.

»Ich kriege den fünften Gang nicht rein.«

»Er hat keinen.«

Robert stöhnte auf. »Natürlich nicht. Wozu auch, schneller als Hundert kann der sowieso nicht.«

»Und ob er schneller kann! Höchstgeschwindigkeit Hundertdreiunddreißig.«

»Hundertdreiunddreißig?« Robert warf ihr einen spöttischen Seitenblick zu. »Woher weißt du das denn so genau? Schon mal so schnell gefahren?«

»Steht im Fahrzeugschein.«

Robert trat aufs Gaspedal. »Na, dann lassen wir die Kiste mal zeigen, was sie draufhat.« Er bemerkte ihr durchgedrücktes rechtes Bein. »Hör auf damit, da ist kein Bremspedal.«

»Dann hör du auf, so zu drängeln!«, rief Elisabeth. »Warum kommt es einem eigentlich immer so vor, als würdest du schneller fahren als das Auto vor dir? Außerdem ist hier eine Baustelle, oder willst du noch einen …« Sie brach ab, aber zu spät, das unausgesprochene Satzende hing schon in der Luft: »Ach, du denkst also, es war meine Schuld?«, regte er sich prompt auf, drosselte aber etwas das Tempo. Das Auto hinter ihnen gab ihnen die Lichthupe. Robert sah in den Rückspiegel, eine Hand schon schwebend, legte sie aber wieder ans Steuer, als er erkannte, dass es ein Polizeiwagen war.

Er fluchte, blinkte und wechselte auf die rechte Spur, ging noch mehr vom Gas. Der Wagen überholte, scherte unmittelbar vor ihnen wieder ein, und in roter, großer Leuchtschrift strahlte ihnen »Bitte folgen« vom Heck des Polizeiautos entgegen.

»Wenn die Leiden kommen, so kommen sie wie einzelne Späher nicht«, murmelte Robert.

»Was musst du auch so …«, Elisabeth vollendete den Satz nicht, biss sich auf die Lippe. Robert tat, als habe er nichts gehört. Die Baustelle war vorüber, der Polizeiwagen wurde schneller. Robert drückte heftig aufs Gaspedal, um nicht den Anschluss zu verlieren. Der kleine Seat beschleunigte, wenn auch langsamer als der Polizeiwagen. »Warum fährt der denn so schnell?«, überschrie Elisabeth den aufdröhnenden Motor. »Da kommt man ja kaum hinterher!«

Robert antwortete nicht, er sah konzentriert nach vorn, den Fuß bis zum Anschlag aufs Gaspedal gedrückt, die Zungenspitze zwischen die Lippen gepresst.

»Sei doch vernünftig, Robert, wenn die unbedingt so rasen müssen, lass sie! Selbst schuld, wenn sie uns verlieren!«

»Die fahren ganz normal! Können doch nicht damit

rechnen, dass wir bergauf nicht mal Hundert schaffen!«

»Erstens fahren die mindestens Hundertvierzig, zweitens könnten die ruhig mal in den Rückspiegel schauen, ob wir noch hinterherkommen!«

Robert schaltete in den dritten Gang zurück und trat das Gaspedal wieder bis unten durch. Das Aufheulen des gequälten Motors und das Vibrieren des Innenraums waren jetzt ohrenbetäubend.

»Lass sie doch ziehen!«, brüllte Elisabeth, während sie beide auf den immer kleiner werdenden Polizeiwagen schauten, bis der schließlich den höchsten Punkt erreicht hatte und hinter der Anhöhe aus dem Blickfeld verschwand. »Die wollen doch was von uns, und nicht umgekehrt, oder?«

Robert gab keine Antwort und fixierte mit zusammengekniffenen Augen den leeren Scheitelpunkt, als warte dahinter der Goldtopf am Ende des Regenbogens.

Elisabeth atmete auf, als sie selbst schließlich den höchsten Punkt erreicht hatten und der Polizeiwagen wieder sichtbar wurde. Nun hatten sie das Gefälle auf ihrer Seite und holten auf. Sie versuchte nicht mehr, Robert zum Aufgeben zu überreden. Er war schlicht und einfach zu pflichtbewusst. So ließ er den Fuß unbeirrt auf dem Gaspedal, rang dem Seat noch eine quälende, laute Viertelstunde Verfolgungsjagd ab, bis der Polizeiwagen endlich blinkte und abfuhr. Sie kamen vor einer Autobahnpolizeistation zum Halten. Robert öffnete das Fenster, während die beiden Polizisten aus dem Wagen stiegen und sich dem Seat näherten. Auch Elisabeth ließ ihr Fenster hinunter und atmete zum ersten Mal seit Beginn der

Verfolgung wieder richtig durch. Was immer sie ihnen vorwerfen würden, die kühle Luft tat gut. Sie lockerte ihr rechtes Bein, das vom vielen Bremsen schmerzte.

»Ist etwas?«, fragte einer der beiden Polizisten.

Robert starrte ihn sekundenlang an.

»Sie sind uns gefolgt«, stellte der andere Polizist fest, als wäre es ihre Idee und nicht seine gewesen.

Robert deutete nach vorn zum Heck des Polizeiwagens, wo immer noch »Bitte folgen« aufleuchtete. Die Polizisten sahen zu ihrem Wagen und tauschten einen Blick aus. Der Ältere hatte sich schnell wieder im Griff, räusperte sich mit professionell-freundlichem Lächeln. »Oh, das war ganz offenbar ein Missverständnis. Da hat uns die Elektrik wohl einen Streich gespielt.«

»Muss dringend in die Werkstatt«, setzte der Jüngere hinzu, zuckte die Schultern und hob die Handflächen zum Himmel, wie ein Fußballer kurz nach dem Foul. Die Polizisten wechselten noch ein paar Worte, mehr über sie hinweg als mit ihnen, über die Tücken der Technik im Allgemeinen und die ihres Wagens im Besonderen, und wünschten eine gute Weiterfahrt.

»Da hat uns die Elektrik wohl einen Streich gespielt«, äffte Robert den Polizisten nach, als sie weiterfuhren. »Nur nicht zugeben, dass sie einfach vergessen hatten, es auszuschalten. Ich wette, sie erzählen gleich ihren Kollegen von dem bekloppten Paar, das ihnen schwitzend in diesem Witz von einem Auto kilometerweit über die Autobahn hinterhergerast ist, und alle lachen sich tot. Dabei sind sie es, die den Fehler gemacht haben.«

»Genau.« Sie musste lachen. »Andere werden von der Polizei gejagt, wir drehen den Spieß einfach um.«

»Wir haben überhaupt nichts falsch gemacht.«

»Nein, im Gegenteil, ich finde, wir haben einen Orden verdient. Oder mindestens einen Minuspunkt in Flensburg.«

Endlich musste auch er lachen, so laut und ansteckend, wie sie es liebte.

KAPITEL 4

Sie genoss es, in ihrem grünen Kittel Teil des Krankenhausbetriebs zu sein. Robert mochte Krankenhäuser nicht, er hatte selbst als Besucher eine tief verwurzelte Abneigung gegen sie, wie Menschen sie gehabt haben mochten zu Zeiten der Pest. Ein Ort, an dem der Tod lauerte, den man tunlichst mied aus Angst vor schrecklichen Krankheiten und schmerzvollen Behandlungen und an den man nur ging, wenn man schon halb tot und nicht mehr Herr seiner Sinne war. Elisabeth aber mochte das Gefühl, in diesen Kosmos einzutreten. Sie hatte Krankenhäuser immer gemocht, schon als Kind hatte diese Welt sie fasziniert, die aus Patienten einerseits und den vielen Menschen andererseits bestand, die dort ihren unterschiedlichen Berufen nachgingen. Alles griff ineinander, und es tat gut, Teil dieses Ganzen zu sein, ohne berufliche Qualifikation, ohne Krankheit, nur für ein paar Stunden in der Woche, in ihrem grünen Kittel, im Zwischenreich der Ehrenamtlichen. Die Einrichtung der Grünen Damen war die private Nische der freundlichen Zuwendung, unbelastet vom Effizienzdruck des Krankenhausbetriebs. Ehrenamtliche Kraft zu sein hatte zwei große Vorteile: Die bezahlten Kräfte, ob Ärzte, Pfleger oder Kantinenfrauen, waren freundlich zu den

Ehrenamtlichen, sei es, dass sie ihnen per se Nettigkeit unterstellten, ihre Dienste nützlich fanden für das Klima des Hauses oder einfach der Direktive der Krankenhausleitung folgten. Gleichzeitig bewegten sich die Grünen Damen außerhalb der Hierarchie. Dass sie eigentlich nichts anderes konnten als zuzuhören, bedeutete auch, dass sie sich nichts sagen lassen mussten.

Robert akzeptierte das, was sie tat, weil er ihr Bedürfnis nachvollziehen konnte, unter Menschen zu kommen. Sie hatte sich jahrelang nie beschwert, den Papierkram für ihn zu machen. Sie ergänzten sich gut, er draußen, sie drinnen. Aber es war etwas, das sie zwar konnte – jeder dressierte Affe könnte es, dachte sie oft –, das ihr aber nur wenig Freude machte. Sicher, Arbeit musste nicht immer Spaß machen, Robert beschwerte sich auch oft über lange, öde Fahrten zu einzelnen Kunden und lange, ebenso öde Gespräche. Aber er kam wenigstens raus, sah etwas von der Welt, auch wenn es nur eine verregnete Autobahn war, und sah andere Büros, trank aus anderen Tassen Kaffee. Sie kam gar nicht raus, es sei denn zum Einkaufen, und hatte keine Kollegen, es sei denn, man zählte Robert mit. Aber der eigene Mann gab kein gutes Kollegenmaterial ab, zumal er auch meist nicht da und genau genommen auch nicht ihr Kollege, sondern eher ihr Chef war und sie seine inoffizielle Mitarbeiterin. Er seinerseits bezeichnete sie zwar als seine Chefin und sich als ihren Laufburschen, aber das war natürlich Unsinn. Er war es, der das Geld auf sein Konto bekam, und sie war es, die ihre Einkäufe mit der Partner-EC-Karte bezahlte. Weil sie ihm den ganzen Bürokram abnahm, schaffte er mehr als die anderen Vertreter, die auf sich allein gestellt waren. Zu Beginn hatte ihnen beiden das Arrangement Spaß gemacht, es war ihnen wie eine Verschwörung vorgekommen, ein Komplott des Ehepaars Müller gegen – ja, wogegen eigentlich?

»Du bist der Trumpf auf meiner Seite, mein As im Ärmel«, hatte er zu ihr gesagt, als sie damit anfing, Ordnung in seine Sachen zu bringen und einen Kurs in Buchhaltung zu belegen, und so hatten sie beide es gesehen. Aber niemand kann ewig Trumpf sein, und ein ständig aus dem Ärmel gezogenes As wird irgendwann zur stinknormalen Spielkarte. Das Spiel hatte seinen Reiz verloren, jetzt, nach zehn Jahren. Sie war es leid, immer nur zu Hause zu sein und noch nicht einmal zwischen Haus und Arbeitsstelle pendeln zu können.

»Sei doch froh«, sagte Robert immer. »Millionen von Pendlern verlieren jeden Tag kostbare Lebenszeit auf dem Weg zur Arbeit.« Das mochte stimmen. Sie musste nicht zur Arbeit fahren, die Arbeit war schon da. Allerdings hatte sie dadurch auch nie das Gefühl, Feierabend zu haben.

Robert beschwerte sich oft, sie könne sich nie richtig entspannen und mache ihn nervös. Ja, wie auch, wenn die Arbeit immer wartete? Das Büro, der Haushalt, der Garten? Die tausend Dinge, die darauf warteten, dass sie sich um sie kümmerte? Die Töpfe, die Spül-, Wasch- und Kaffeemaschine, die Putzeimer, der Anrufbeantworter, die Rechnungen und E-Mails? Und stets in der schönen, aber immer gleichen Umgebung ihres Hauses, mit den schönen, aber immer gleichen Ausblicken aus all den stillen Fenstern.

Seit die Zwillinge aus dem Haus waren, war es eine

zu stumme, zu ereignislose und gleichzeitig ihre Energie aussaugende Umgebung geworden, und es war vorgekommen, dass sie ein, zwei Stunden vor dem PC gesessen und nichts weiter getan hatte, als eine Online-Versteigerung für einen Thermomix zu verfolgen.

An einem anderen Morgen hatte sie sich – spaßeshalber, wie sie sich selber sagte – auf einer Partnerschaftsseite eingeloggt, natürlich mit einem frei erfundenen, aufregenden Profil. Einen ganzen Vormittag lang hatte sie fasziniert die ebenso aufregenden Profile anderer Leute gelesen, bis sie von ihrem frei erfundenen Profil auf die Profile der anderen schloss und ihre Fantasie ihr zu den spannenden Profilen die entsprechend langweiligen Bilder lieferte.

Kurioserweise brachte die Arbeit im Krankenhaus ihr neue Energie. Es machte ihr Freude, einmal in der Woche in dem Bewusstsein morgens aus dem Haus zu gehen, etwas Nützliches zu tun. Gebraucht zu werden, das war ein zu großes Wort. Nein, niemand dort brauchte sie wirklich. Die fest angestellten Kräfte waren unverzichtbar, sie wurden gebraucht. Die Grünen Damen dagegen waren, dachte Elisabeth oft, eher so etwas wie der Sahneklecks in der Kürbissuppe. Ohne ihn fehlte nichts, aber man freute sich doch darüber. Es waren gute Tage im Krankenhaus, wenn sie Bücher und Spiele verlieh, im Kiosk die Tageszeitung, Rätselhefte, Bonbons oder Schokolade besorgte und ein Ohr für die Patienten hatte. Sie fühlte sich gut, weil sie ein bisschen helfen konnte, durch Zuhören, kleine Botengänge, Zeit und ein Lächeln. Wenn sie hier das Frühstück anreichte, dort einen Extrakaffee ans Bett brachte, im nächsten Zimmer mithalf, ein verlorenes Hörgerät zu suchen, oder auch mal ihr Handy verlieh für ein Gespräch mit den Angehörigen. Ihr genügte die Vorstellung, der Sahneklecks des Krankenhausmorgens zu sein, sei es auch nur für einen einzigen Menschen, der sich nach ihrem Besuch ein bisschen besser fühlte als vorher. Und dass dieser Mensch nicht Robert war. Denn für ihn war sie nicht mehr Trumpf, nicht mehr sein As im Ärmel, das Plus im Leben wie im Beruf. Sie war einfach da, er war da, es war schön so, aber es tat auch gut, einmal in der Woche einen Vormittag lang in eine andere Welt einzutauchen, die nichts weiter von ihr forderte als das, wonach sie sich sehnte: Gesellschaft.

Elisabeth schloss das Umkleidezimmer ab und dachte an die Patienten, die sie in der letzten Woche besucht hatte. Nur selten sah sie jemanden in der Woche darauf wieder. So bald wie möglich wurden die Patienten nach Hause entlassen und hartnäckige Fälle zur Reha überstellt. Hier wurde behandelt, nicht gesund gepflegt. Vorbei die Zeit, in der die heilenden Kräfte der Natur eingeladen wurden, ihren Beitrag zur Gesundung zu leisten, unterstützt durch aufmerksame Pflege. Früher mochten die Ärzte eher Götter in Weiß gewesen sein, selbstherrlicher. Doch dafür fehlte heute die Bescheidenheit, mit der die Mediziner früherer Generationen die Verantwortung für die Heilung auch dem lieben Gott zugesprochen hatten, der für sein Wirken Zeit, gute Pflege und menschliche Zuwendung brauchte. Das Krankenhaus war ein Hocheffizienzbetrieb geworden, es half heute viel mehr Menschen in viel kürzerer Zeit mit besseren Methoden, machte vieles möglich, woran man früher nicht einmal im Traum gedacht hätte. Nur gestorben wurde immer noch. Im Untergeschoss, auf halbem Weg zu den Wäschekammern und dem Labor, schräg gegenüber dem Umkleideraum der Grünen Damen, blieb Elisabeths Blick auf dem Weg nach oben an dem kleinen weißen Schild an einer der Türen hängen: Raum der Verabschiedung. Auf dem Flur davor waren die tuchbespannten, metallenen Rollwagen mit der dreckigen Wäsche abgestellt.

Elisabeth hatte sich in dieser Woche oft gefragt, ob die Frau von Herrn Grün schon gestorben sei, und wenn ja, ob er es geschafft habe, dabei zu sein und ihre Hand zu halten. Man wusste nie genau, wann es so weit war, auch wenn es Anzeichen gab. Die spitze Nase, der rasselnde Atem, die gelbe Haut. Ein Häufchen Elend, bei dem jeder wusste, dass es nicht mehr lange dauern konnte. Aber wie lang genau? Und es hieß ja, dass Sterbende oft genau dann den letzten Atemzug taten, wenn die Angehörigen nicht da waren. Sie beschloss, als Erstes das Zimmer von Frau Grün zu besuchen, noch bevor sie sich bei der Schwester melden würde, um zu fragen, wer Hilfe beim Frühstück benötige. Elisabeth schaute zuerst auf die Lämpchen über der Tür. Keines leuchtete. Kein Pfleger, kein Arzt war im Zimmer. Sie klopfte an, langsam trat sie ein, schloss die Tür wieder.

Frau Grün lag ruhig in ihrem Bett, die Augen geschlossen. Elisabeth näherte sich vorsichtig. »Frau Grün?« Sie lauschte. Es war still im Zimmer, nur vom Flur kamen die üblichen Geräusche. Sie überlegte gerade, ob sie einen Finger befeuchten und der alten Frau vor den Mund halten sollte, um ihren Atem zu spüren, da hörte sie ein

Geräusch. Ein Lebenszeichen, Gott sei Dank. Elisabeth trat noch einen Schritt näher, hielt den Atem an und studierte das Gesicht der alten Frau.

Sie musste daran denken, was Herr Grün von seiner Lenya erzählt hatte, wie ihre blonden Haare im Zug nach Amsterdam im Fahrtwind getanzt hatten und wie begeistert er ihr Gesicht beschrieben hatte. So frisch war das alles in seiner Erinnerung, obwohl so viel Zeit, so viel Leben seitdem vergangen war.

Sie zog sich einen Stuhl heran. Ihr Blick wanderte vom Gesicht der alten Frau zu ihren Händen, die schlaff und mit dunkelblauen Flecken übersät waren. Sie überlegte, ob sie ihre Hand halten sollte. Früher, hatte Schwester Engelmara, eine der wenigen noch verbliebenen Ordensschwestern, ihr einmal gesagt, sei es üblich gewesen, dass immer jemand bei den Sterbenden wache. Irgendwie hatte man das möglich gemacht, auch wenn viel zu tun war. Jemand hatte, wenn keine Angehörigen bei ihnen waren, am Bett gesessen, vielleicht die Hand gehalten, die Stirn gekühlt. Heute war der Tod eine unwillkommene Störung des Medizinbetriebs, und ein orangerotes Lämpchen außen an der Zimmertür war Würdigung oder Warnung, je nachdem.

Elisabeth schaute auf ihre Armbanduhr und beschloss zu bleiben, bis Herr Grün käme. Zögernd griff sie nach Frau Grüns Hand und war beruhigt. Sie war schlaff, aber warm. Da war auch wieder das Atmen. Elisabeth beobachtete Frau Grün dabei, und plötzlich fiel ihr das herabhängende Kinn auf. War das eben schon so gewesen? Warum war ihr das nicht aufgefallen? Elisabeth hielt die Luft an, beobachtete weiter Frau Grüns Gesicht, und da dämmerte ihr, dass das, was sie für Atmen gehalten hatte, nur die Matratze gewesen war. Mit sanftem Brummen holte sie sich von Zeit zu Zeit neue Luft, Hightech gegen das Durchliegen.

»Lenya?«, flüsterte Elisabeth. Keine Reaktion. Sie streckte die Hand aus, wollte über die eingefallene Wange der Todkranken streichen, in der Hoffnung, vielleicht noch einmal das unbewusste Lächeln zu provozieren, hielt aber in der Bewegung inne. Warum sind die Ohrläppchen so rot, dachte sie, weigerte sich aber, an die Antwort zu denken – und tat es doch: Wenn das Herz aufhört zu pumpen, folgt das Blut der Schwerkraft und sammelt sich an den tiefsten Stellen. Sie lief hinaus, hielt einen vorbeikommenden Pfleger am Ärmel fest.

»Entschuldigung, können Sie bitte einmal mitkommen und nach der Frau von Zimmer 11 schauen? Ich glaube, sie ist … sie lebt nicht mehr.« Der Pfleger sah sie überrascht an, dann folgte er ihr ins Zimmer. Er trat an Frau Grüns Bett, überprüfte die Pupillenreflexe, führte Frau Grüns rechten Arm hoch, legte ihn sanft wieder ab, schlug die Bettdecke zurück, fühlte den Puls, sah Elisabeth mit ernstem Gesicht an, nickte. Rasch deckte er Frau Grün wieder zu und ging hinaus, um einen Mediziner zu holen. Elisabeth folgte ihm.

Aber ihre Hand ist doch noch warm, dachte sie, ging ein paar Schritte weiter bis zur nächsten Türnische, stand nur da und starrte ins Leere. Ein Bett wurde über den Flur geschoben, hinter ihr parkte schon der große Metallwagen mit dem Mittagessen. Niemand außer ihr und dem Pfleger wusste, dass hier gerade ein Mensch gestorben war. Und wenn doch, es hätte nichts geändert.

Kein Rad stand still, weil da direkt nebenan ein ganzes Universum aufgehört hatte zu existieren, eine Unendlichkeit an Gedanken, Gefühlen, Erinnerungen, Wissen und Erfahrung für immer verloschen war. Nur Elisabeth stand still, unfähig, etwas anderes zu denken, als dass sie, die sie gefunden hatte, es der Verstorbenen irgendwie schuldig war, nicht sofort weiterzumachen.

»Alles in Ordnung mit Ihnen?« Eine Krankenschwester stand vor ihr, sah sie prüfend an. Elisabeth nickte schnell, wandte sich um und klopfte an die nächste Tür.

KAPITEL 5

Tessa trank ihre warme Milch in einem Zug aus und wischte sich mit dem Handrücken über den Mund. »Ah, das tat gut! Erste Hilfe, bis das Essen kommt. Habe seit dem Frühstück nichts mehr im Magen.«

Elisabeth bezweifelte, dass das stimmte. Tessa mochte das Durchhaltevermögen eines Marathonläufers haben, aber niemand schaffte einen Arbeitstag, wie sie ihn zu bewältigen hatte, ohne zwischenzeitliche Energiezufuhr. »Warum, machst du Diät?«

Tessa lächelte über den Scherz. Sie war noch genauso schlank und sportlich wie vor zehn Jahren, als Elisabeth sie kennengelernt hatte. »Ich hab's schlicht vergessen. Als ich heute Morgen in die Praxis kam, war das Wartezimmer schon brechend voll. Und das mit brechend darfst du ruhig wörtlich nehmen.« Sie machte eine unappetitliche Geste. »Magen-Darm-Party plus all die älteren Herrschaften, die nach dem langen Wochenende eigentlich nur zum Plaudern in die Praxis kommen. Man müsste drei Wartezimmer haben. Eins für die Ansteckenden, eins für die anderen Patienten und eins für die Plaudertaschen.«

Elisabeth lachte. »Da wüsstest du gleich, wen du als Letztes aufrufen kannst.«

»Von wegen«, Tessa schüttelte den Kopf. »Da kennst du meine Stammkunden schlecht. Gerade die, die nur einen Schnupfen haben oder Fragen zu ihren Medikamenten, achten penibelst darauf, wann sie drankommen, und beschweren sich auf der Stelle, wenn der leichenblasse junge Mann, der sich gleich hinter ihnen zur Tür hereinschleppte, vor ihnen aufgerufen wird. Weißt du, was eine Patientin zu mir sagte, als ich sie darauf hinwies, dass Notfälle vorgezogen werden und sie ja auch im Fall des Falles davon profitiere? ›Aber Frau Doktor, ich bitte Sie, der simuliert doch nur!‹«

Elisabeth lachte. »Frau Doktor, der Simulant von Zimmer 10 ist gestorben!«

»Jetzt übertreibt er aber!«, ergänzte Tessa müde lächelnd den Witz. Plötzlich sah man ihr den anstrengenden Tag an. »Das, was wirklich Energie frisst, sind diese negativen Leute. Du siehst sie an und denkst: eine nette alte Dame. Mit alterstypischen Gebrechen zwar, aber insgesamt hat sie wahrscheinlich noch etliche gute Jahre vor sich. Aber dann macht sie den Mund auf, und heraus kommen nur Klagen. Und immer geht es nur: ich, ich, ich. Sie sind wie kleine Kinder: totale Egozentriker. Mittelpunkt ihrer Welt, und sie brauchen Publikum. Auf den Spielplätzen klettern die Knirpse auf die Rutschen und brüllen: ›Guck mal, Mama!‹, bevor sie runterrutschen. In den Arztpraxen am Montagmorgen tun die alten Patienten genau dasselbe, und wir Ärzte ersetzen die Mama. Wir schauen hin, wo keiner mehr hinsieht, pusten und kleben Pflaster aufs Knie.«

So ging das noch eine ganze Weile, und Elisabeth hörte ruhig zu, als trüge sie ihren grünen Kittel, und ließ sich ihre Verwunderung nicht anmerken. Es war sonst nicht Tessas Art, sich über ihre Arbeit zu beschweren. Dies war überhaupt das erste Mal in den Jahren ihrer Abende im *Petit Paris*, dass Tessa sich über irgendetwas beschwerte. Elisabeth hatte ihre Freundin bislang in eine andere Kategorie Mensch einsortiert als alle anderen, in eine Schublade mit dem Etikett »extrem viel Energie, schafft alles spielend, vielleicht ein Alien?«. Ein ausuferndes Etikett, passend zu Tessa, deren Lebenskraft für zwei zu reichen schien. Aber offensichtlich waren auch Tessas Reserven irgendwann einmal erschöpft. Ein warmes, bislang im Zusammenhang mit Tessa unbekanntes Gefühl stieg in Elisabeth auf. »Du arbeitest zu viel«, sagte sie mitfühlend. »Wann war dein letzter Urlaub?«

Tessa zuckte mit den Schultern. »Alex kann sich momentan unmöglich freinehmen.«

»Niemand ist unentbehrlich.«

»Er schon.«

»Dann hat er etwas falsch gemacht.«

»Du verstehst das nicht.« Es folgte ein kleiner Vortrag, der zwar aus Tessas Mund kam, jedoch ganz klar nur ein Durchlaufposten war, oft aus Alexanders Mund gehört und nun wortgetreu wiedergegeben, mit Begriffen wie »Leistungsträger«, »Personalverantwortung« und all den anderen Worthülsen aus dem Reich des gehobenen Managements, in dem Alexander sich so wohl fühlte, dass er es ungern verließ, und sei es für einen Urlaub mit seiner Freundin.

»Wenn Alexander so unentbehrlich ist«, unterbrach Elisabeth sie, »dann mach doch was allein. Wie wäre es mit einer Kur?«

Tessa starrte sie an. »Das heißt nicht mehr Kur, sondern Reha.«

»Wie auch immer. Du brauchst einen Tapetenwechsel.«

»Tapeten!« Tessa lachte auf. »Wer hat denn noch Tapeten. Außerdem, eine Reha wäre das Letzte. Da kann ich mich gleich erschießen, ich wäre ja nur noch von Patienten umzingelt. Gerede über Krankheiten von morgens bis abends, vom Frühstück bis zum Abendessen. Und wehe, wenn sie rauskriegen, dass ich Ärztin bin.« Tessa beugte sich über den Tisch zu Elisabeth, bis ihr Gesicht direkt vor ihr war, streckte ihr die Zunge raus und lallte: »Frau Doktor, schauen Sie mal, ich hab da was im Hals!«

Elisabeth schubste Tessa sanft zurück. »Schon gut, aber wie wäre es mit Wellness? Einfach ein richtig gutes Hotel in schöner Lage mit einem Spa?«

Tessa legte den Kopf schief, blickte verträumt zu dem großen Aquarium, das die gesamte Rückwand der Bar einnahm. »Das wäre in der Tat was anderes. Weit weg am besten, auf einer Insel. Nur gutes Essen, das Meer und Massagen. Junge Surfer am Strand mit gesunden, gebräunten Körpern beobachten, wie sie auf den Wellen reiten …«

»Erzähl Alexander von dieser Fantasie«, sagte Elisabeth. »Vielleicht kommt er dann doch mit.« Es war ein kleiner Versuch, aber Tessa ging nicht darauf ein. Sie mochte über ihre Patienten lästern, aber nie über ihren Freund. Elisabeth bewunderte sie für diese Solidarität, aber sie wünschte oft, es wäre anders. Sie selbst hätte sich gern manchmal ein wenig den Alltagsfrust von der Seele gelästert, nicht viel, und keine intimen Details preisgebend, nur die heilsame, seelenpflegende Dosis, von Freundin zu Freundin. Über Roberts schlechte Laune in letzter Zeit oder die Verleugnung seiner beginnenden Kurzsichtigkeit. Wenn die Freundin dann lachte und sagte: »Das ist noch gar nichts, meiner hat neulich im Kino einer Pappfigur den Vortritt lassen wollen!«, konnte man darüber lachen, und es schadete ja keinem. Aber Tessa war nicht die Richtige für weiblichen Schulterschluss gegen die Männerwelt. Ihre ungeteilte Solidarität galt Alexander. Elisabeth merkte, dass Tessa sie prüfend ansah, mit ihrem irritierenden Doktorblick, in dem sowohl Zuwendung als auch Distanziertheit lagen. »Wir reden nur von mir, Ellie. Wie war dein Tag?«

Elisabeth wich ihrem Blick aus. »Ich habe eine Tote gefunden.«

Der Doktorblick wurde intensiver. »Das erste Mal für dich, nehme ich an?«

Elisabeth nickte.

»Du kommst klar damit?«

»Ja, es war …« Elisabeth stockte. Sie hatte »in Ordnung« sagen wollen, aber das stimmte nicht. Sie zuckte mit den Schultern.

Tessa schüttelte den Kopf. »Ach Ellie, nimmt dir doch nicht alles so zu Herzen. Du kennst die Regel: mitfühlen, aber nicht mitleiden. Versuche es so zu sehen: Wir gehen alle denselben Weg.«

Elisabeth sah ihre Freundin an, und wieder einmal ging ihr durch den Kopf, dass auch das etwas war, das sie an ihr bewunderte. Während sie selbst dazu neigte, sich in Dinge hineinzusteigern, schaffte Tessa es, sie wieder in die richtige Perspektive zu rücken.

Die Bedienung kam und brachte das, was sie immer brachte, seit drei Jahren, wenn keine anderslautende Order kam: zwei Caipirinha, mit einer Limette extra, zerstoßenem Eis bis zum Zuckerrand, Knick-Strohhalm und einem langen Spieß mit frischem Obst.

»Danke! Höchste Zeit für Vitamine«, sagte Tessa.

»Möchtet ihr was essen?«, fragte die Bedienung.

Tessa nickte. »Ich sterbe vor Hunger! Einen Wrap spezial.«

Die Bedienung wandte sich Elisabeth zu. »Und für dich?«

»Nichts, danke.«

»Was? Du isst nicht mit?« Tessa sah sie an, als hätte sie die Freundschaft aufgekündigt. »Komm schon, Ellie, Essen ist wie Golfspielen. Kann man allein machen, macht aber keinen Spaß.«

»Mir macht Golf überhaupt keinen Spaß, weder allein noch in Gesellschaft.«

»Gut, dann eben wie Sex.«

»Ich will keinen Sex mit dir.«

»Komm schon, sei ein Kumpel.«

»Lies meine Lippen: Ich – habe – keinen – Hunger.«

»Der kommt beim Essen!« Tessa konnte hartnäckig sein, wenn sie davon überzeugt war, einen anderen zu seinem Glück zwingen zu müssen. Elisabeth seufzte und gab nach. Dann würde sie eben morgen das Frühstück weglassen.

KAPITEL 6

Elisabeth fragte sich, wer Herrn Grün in der letzten Woche die traurige Nachricht wohl überbracht hatte. Hatte man ihn telefonisch verständigt? Hoffentlich hatte er es nicht auf die harte Tour erfahren, war nicht ahnungslos ins Krankenhaus gekommen und hatte das Zimmer leer vorgefunden. Sie hoffte, dass Schwester Engelmara ihn vorher auf dem Flur gesehen und es ihm schonend beigebracht hatte. Sie würde Herrn Grün sanft am Ellbogen angefasst haben, auf eine Art, die guttat, und sie würde sich die Zeit genommen haben, ihn in den Raum der Verabschiedung zu begleiten.

Elisabeth begann wie immer auf Station 11, der Inneren, mit der Hilfe beim Austeilen des Frühstücks. Hier lagen die meisten alten Patienten, und die Schwestern und Pfleger waren froh über die Hilfe. Die Grünen Damen gingen zu den Patienten, die Schwierigkeiten mit dem Essen hatten, sie bereiteten das Frühstück vor oder reichten es an, wenn jemand etwa blind war oder gelähmt oder zu schwach, und sie konnten sich mehr Zeit lassen damit als die Schwestern, die gerade morgens viel zu tun hatten. Manchmal gab es auch demente Patienten, die dazu neigten, das Essen einfach zu vergessen. Hier war es gut, sich dazuzusetzen, ein wenig zu plaudern und zwischendurch immer mal wieder ans Essen zu erinnern.

Heute ging es schnell, es gab nur zwei Patienten, denen sie Milchsuppe und Joghurt anreichte, und einen halbseitig gelähmten Mann, für den sie die Brötchen schmierte. Danach ging sie von Tür zu Tür. Die meisten Patienten brauchten nichts, jedenfalls nichts, das Elisabeth ihnen hätte geben können, reagierten aber dankbar auf das Angebot.

Als Elisabeth sich zum ersten Mal den grünen Kittel übergestreift hatte und über die Station gegangen war, von Zimmer zu Zimmer, war es ihr wie ein riesiges Fischen nach Dankbarkeit erschienen, es war beschämend gewesen, wie viel ihr davon aus jedem Krankenzimmer entgegengeweht war, selbst von denen, die ihre Dienste nicht brauchten.

»Guten Morgen, mein Name ist Müller, ich komme von den Grünen Damen, das ist der ehrenamtliche Dienst hier im Haus. Kann ich irgendetwas für Sie tun? Brauchen Sie zum Beispiel etwas aus dem Kiosk, eine Zeitung, Süßigkeiten vielleicht, oder ein Buch aus unserer Bücherstube? Auch E-Book-Reader können Sie gegen Pfand ausleihen.« Das war ihr Standardspruch, er war ein wenig umständlich, aber so wussten die Patienten gleich, was sie eigentlich mitbrachte: Zeit. Natürlich machte sie all dies, eine Zeitung, eine vergessene Zahnpasta, Süßigkeiten vom Kiosk holen, einen Kopfhörer für den Fernseher besorgen, ein Telefonat mit Angehörigen, im Notfall auch mal ein Nachthemd oder eine Jogginghose in der Wäschekammer heraussuchen, die Pantoffeln anreichen oder eben mal einen frischen Kaffee ans Bett bringen. Aber das eigentliche Angebot war ein anderes: Wenn Sie jemanden zum Reden brauchen – ich habe Zeit für Sie. Besonders denen, die gerade erst eingeliefert worden waren, tat es gut, sich die Sorgen und die Aufregung von der Seele zu reden. Patienten, die keinen Besuch bekamen, nahmen das Angebot auch oft an, und zuweilen auch Patienten, die eine schlimme Diagnose bekommen hatten oder kurz vor einer Operation standen. Es brauchte nicht ausgesprochen zu werden, das Gesprächsangebot, es vermittelte sich von selbst durch die Art, das Zimmer zu betreten, langsamer als die Profis, und durch den Augenkontakt. Sie klopfte immer laut an wie ein Besucher, schloss stets die Tür hinter sich, blieb dann vor dem Bett stehen, weit genug entfernt, um nicht zu nahe zu treten, aber doch nah genug für eine Unterhaltung unter vier Augen. Oder besser gesagt für das Zuhören, denn darauf kam es an. Nicht so sehr Sender, sondern Empfänger zu sein. Zunächst war es Elisabeth leicht vorgekommen, das Zuhören. Was war es anderes als Nichtstun, während ein anderer redete? Doch bald hatte sie gemerkt, dass das Zuhören nur dann etwas nützte, wenn sie mitfühlte. Nur dann fühlte der Patient sich hinterher womöglich ein bisschen erleichtert. Der Pferdefuß an der Sache war nur, dass sie das Mitgefühl nicht einfach beim Verlassen des Zimmers abstellen konnte, sondern ein Teil des Leids nun auch auf ihren Schultern lastete, und an manchen Tagen summierten sich die gesammelten Päckchen Leid.

Zum Glück gab es zwischendurch das gemeinsame Frühstück mit den Kolleginnen. Gewöhnlich plauderten sie einfach über Gott und die Welt und kamen bei einem ordentlichen Krankenhaus-Frühstück, das Leib und Seele zusammenhielt, von allein wieder auf andere Gedanken. Wenn aber einer von ihnen etwas auf der Seele lag, konnte sie den anderen davon erzählen. Das zu wissen war schon eine Erleichterung. Sie wollte Robert nicht damit belasten, es war mit Sicherheit keine gute Idee, ihm abends, wenn er es nach einer endlosen Staufahrt endlich nach Hause geschafft hatte, von traurigen Erlebnissen aus dem Krankenhaus zu berichten. Wie von Herrn Grün, der seine sterbende Frau so sehr liebte, oder von der hochbetagten Frau, die sie in der vergangenen Woche als Letztes besucht hatte. Sie war aus unruhigen Träumen erwacht, als Elisabeth an ihr Bett trat: »Die Bomben, die Bomben!«, hatte sie gestöhnt. »Ich weiß nicht, ob die Kinder es noch aus dem Haus geschafft haben!« Sie hatte Elisabeth angeschaut, voller Angst, ihre Augen hatten sich mit Tränen gefüllt. Noch nie hatte Elisabeth jemanden gesehen, in dessen Gesicht sich so viel Sorge und Verzweiflung gespiegelt hatten. Sie hatte geschluckt und der Frau beruhigend über den Arm gestreichelt.

»Da bin ich ganz sicher, dass sie es geschafft haben!«

»Meinen Sie?« Die Frau hatte sie flehentlich angeschaut, sie wollte es so sehr glauben.

»Ja, ganz sicher«, hatte Elisabeth bekräftigt. »Sie haben es geschafft.«

»Oh, da bin ich froh!« Für den Moment war die alte Frau erlöst gewesen von ihrer Angst, sie hatte sich entspannt und war kurz darauf wieder eingeschlafen. Aber was ist, hatte Elisabeth beim Verlassen des Zimmers gedacht, wenn sie das nächste Mal aufwacht? Wenn ihr verwirrter Geist sie wieder in den Krieg führt, wie eine unerbittliche Zeitmaschine, wieder und wieder? Ob sie inzwischen zurück in ihr Pflegeheim gekommen war? Und ob es dort wohl auch jemanden gab, der sie anlog, damit sie schlafen konnte? Oder ob sie noch immer hier lag? Als sie die Tür erreichte, hinter der die alte Frau letzte Woche gelegen hatte, atmete Elisabeth einmal tief durch, bevor sie hineinging. Im ersten Augenblick glaubte sie tatsächlich, die alte Frau zu sehen, doch dann erkannte sie, wer ihren Platz inzwischen eingenommen hatte, und erschrak. »Herr Grün?!«

Herr Grün drehte den Kopf, mühsam, wie es schien. Es dauerte ein wenig, bis er sie erkannte. »Frau Müller! Ich habe mich schon gefragt, wann Sie kommen.«

Elisabeth zog sich einen Stuhl heran. »Sie hatten einen Unfall?«, fragte sie vorsichtig, während sie sich setzte.

Herr Grün deutete matt lächelnd mit der verbundenen rechten Hand auf die genähte Stirn. »Kann man wohl sagen. Ich erinnere mich nicht mehr genau, aber es muss vor der Trauerhalle passiert sein. Plötzlich lag ich unten, am Fuß der Treppe, und dann kam die Ambulanz. Wissen Sie, meine Frau...« Er brach ab.

»Ich weiß«, sagte Elisabeth nur.

Lange Zeit sagte Herr Grün nichts mehr, aber er sah Elisabeth an mit dem Auge, das nicht zugeschwollen war. »Ich würde Ihnen ja gern Pralinen anbieten«, sagte er dann. »Aber ich bin leider komplett derangiert.«

Elisabeth erhob sich, froh, etwas tun zu können. »Ich hole welche vom Kiosk, ja?«

»Ach«, sagte Herr Grün. »Nein, entschuldigen Sie bitte, es geht doch nicht. Ich habe kein Geld bei mir.

Meine Brieftasche liegt dort, wo sie mir nichts nützt. Zu Hause.«

Elisabeth winkte ab. »Das macht nichts, dafür gibt es eine spezielle Kasse«, log sie. »Bin gleich wieder da.«

Als sie mit den Pralinen wiederkam, lächelte Herr Grün. »Sobald ich wieder bei Kasse bin, bekommen Sie das Geld selbstverständlich zurück. Und nun machen Sie mir die Freude und essen Sie, ja? Ich darf leider noch nicht. Essen Sie eine Praline für mich mit.«

»Mit Vergnügen«, sagte Elisabeth. Sie würde beim Frühstück wieder die Butter weglassen. »Aber nur eine.«

Herr Grün nickte. »Wissen Sie, was meine Lenya immer gesagt hat? Pralinen geben einem eine Menge Kraft und Vitalität. Ein Wunder, dass sie ihre Figur behalten hat. Aber sie hat sich immer viel bewegt, wissen Sie. Sie war sportlich, machte Eiskunstlauf, und sie mochte Musik. Sie hat so gern getanzt früher. Als ich sie kennenlernte, war sie auf dem Rückweg von einem Konzert in Hamburg. Die Beatles. Lenya war vollkommen verrückt nach John, Paul, George und Ringo und konnte jeden ihrer Songs auswendig. Als wir in Amsterdam einfuhren, habe ich allen Mut zusammengenommen und sie nach ihrer Adresse gefragt. Aber sie hat nur den Kopf geschüttelt. »Wozu?«, meinte sie. »Wenn es so sein soll, dann laufen wir uns bald wieder über den Weg. Amsterdam ist ein Dorf. Und wenn nicht, dann heirate ich George Harrison.«

Elisabeth nickte. »Aber George hatte keine Chance, das Schicksal hat Sie beide wieder zusammengeführt.«

»Schicksal? Nein, darauf habe ich mich nicht verlassen. Ich habe nichts unversucht gelassen, sie zu finden. Ich wurde Stammkunde in jedem Wollgeschäft Amsterdams. Und ich habe jede freie Minute die Stadt durchstreift, immer mit wachem Blick, wie jemand, dem sein Fahrrad geklaut wurde. Auf diese Weise habe ich Amsterdam kennengelernt, jede Gasse, jede Gracht, jeden Park, jedes Café und jeden Markt und Platz. Ich habe mich tausendmal verlaufen, es tausendmal verflucht. Bis ich sie gefunden habe. Von da an liebte ich Amsterdam. Jede Gasse, jede Gracht, jeden Park. Mit Lenya an meiner Seite war Amsterdam mit einem Mal die schönste Stadt der Welt.«

»Wie haben Sie sie gefunden?«

Herr Grün lächelte. »Oh, nicht ich habe sie, sie hat mich gefunden, nach fast einem Jahr. Ich ging in die Mensa, und plötzlich hörte ich eine weibliche Stimme hinter mir ›Stop!‹ rufen. Ich drehte mich um und konnte es kaum glauben. Da suche ich sie überall, und dann läuft sie mir in der Mensa über den Weg. Sie kam strahlend auf mich zu, ihre Augen blitzten vor Freude, mich wiederzusehen. Sie war noch schöner, als ich sie in Erinnerung hatte. ›Siehst du, ich hatte recht‹, sagte sie. ›Wir sehen uns wieder.‹«

»Also doch Schicksal«, murmelte Elisabeth.

Herr Grün nickte. »Da stand sie leibhaftig vor mir. Wahrscheinlich sah ich wieder aus wie ein Schaf, überlegte fieberhaft, wie ich reagieren, was ich Schlaues sagen könnte, aber alles, was ich herausbrachte, war: ›Da bist du!‹ Doch sie hat nur gelacht, genickt und gesagt: ›Ja, da bin ich, und da bist du. Wo wir das geklärt haben, lass uns zusammen essen!‹ Sie hakte sich bei mir unter, und allmählich funktionierte mein Gehirn wieder halbwegs normal. Ich weiß heute nicht mehr genau, worüber wir uns unterhalten haben, nur dass wir viel gelacht und kaum etwas gegessen haben. Und sie hatte diese entzückende Kuhle unterhalb des Kehlkopfs, wenn sie den Kopf drehte, auf die musste ich immer schauen.«

»Und dann?«

»Drei Wochen später habe ich ihr einen Heiratsantrag gemacht.«

»So schnell? Und sie hat gleich Ja gesagt?«

Herr Grün lächelte fein. »Nun, ich habe ihr keine Wahl gelassen. Wer viel fragt, kriegt dumme Antworten. Ich habe mit ihr eine Grachtenfahrt gemacht. Ein Freund von mir hatte ein Boot, das habe ich geliehen, und ganz zum Schluss habe ich zu ihr gesagt: ›Lenya, Amsterdam mag ein Dorf sein, aber ich habe so lange gebraucht, um dich wiederzufinden. Ich will nie mehr darauf warten müssen, dass das Schicksal uns zusammenführt und wir uns zufällig über den Weg laufen. Nein, jetzt halte ich dich fest, ob du willst oder nicht. Du kommt erst wieder an Land, wenn du mir versprichst, nicht wieder von mir fortzulaufen. Heirate mich!‹«

»Erpressung also!«, rief Elisabeth aus.

»Ja, das fand Lenya auch. Sie hat in gespielter Empörung ausgerufen: ›Das ist Erpressung, Jeroen!‹, und ist aufgestanden im Boot. In dem Moment gab es Wellen von einem vorbeifahrenden größeren Boot, und unser Boot schwankte. Ehe ich wusste, was passierte, fiel sie ins Wasser. Ich habe sie wieder reingezogen und gewartet, bis sie aufgehört hat zu prusten und zu schimpfen, und dann habe ich zu ihr gesagt: ›Nein, das ist keine Erpressung, das ist Liebe. Ich weiß einfach, dass wir zusammengehören. Ich wusste es vom ersten Augenblick an.‹ Ich habe sie geküsst, und dann habe ich ihr ins Ohr geflüstert: ›Wenn du nicht Ja sagst, schubse ich dich wieder rein.‹« Herr Grün wischte sich eine Träne aus dem Augenwinkel. »Ich wusste es vom ersten Augenblick an.«

»Und das, obwohl Sie sie nur von hinten sahen«, scherzte Elisabeth.

Er fing sich wieder, lächelte ihr zu. »Das gibt's doch, dass man mit einer Person ständig zusammen sein will und das Gefühl hat, sie versteht Dinge, die sonst kein Mensch versteht. Man weiß nicht warum, aber man weiß es einfach. Das kennen Sie doch auch, oder? Dass man mit jemandem in einem Boot sitzt und weiß, nichts und niemand wird uns etwas anhaben können, solange wir nur zusammen sind. Dieses Boot wird nie untergehen.«

Um ihre Rührung zu überspielen, ging Elisabeth zu dem Tisch, der vor dem Fenster stand, und sortierte die Blumen in der Vase. »Welch ein wunderschöner Strauß!«

»Von meinem Sohn«, sagte Herr Grün. »Oder besser gesagt, er hat sie zwar mitgebracht, aber ich denke, meine Schwiegertochter hat sie ausgesucht. Sie ist ein Blumen-Mensch, so wie ich. Und wie Lenya.« Er schwieg, wischte sich mit der unverletzten Hand wieder über die Augen.

»Sie haben Glück mit Ihrem Sohn und Ihrer Schwiegertochter«, stellte Elisabeth fest.

»Sie haben ihr eigenes Leben, ihre Berufe, sie mussten gleich nach der Beerdigung wieder zurück nach Köln.«

»Ihre Frau«, sagte Elisabeth zögernd. »Ich war bei ihr, als sie starb.«

Herr Grün blinzelte. »Wirklich? Wie … wie ist sie …?«

»Friedlich«, sagte Elisabeth schnell. »Sehr friedlich. Ich dachte zuerst, sie schläft nur.«

Herr Grün blickte auf die Bettdecke, strich mit der gesunden Hand langsam an einer Linie entlang. »Davor hatte ich immer Angst, wissen Sie, wenn ich abends ging. Dass es passiert, wenn ich nicht bei ihr bin. Dass sie in der Todesstunde allein ist. Zu wissen, dass jemand bei ihr war, ist eine große Erleichterung. Danke.« Er schloss die Augen, und seine Gesichtszüge entspannten sich. Elisabeth zog sich leise zurück. Als sie schon an der Tür war, hörte sie Herrn Grüns Stimme: »Sagen Sie, Frau Müller, ich weiß nicht, ob ich Sie darum bitten kann oder ob es nicht vielleicht zu unverschämt ist, aber …?«

Elisabeth ging zurück zu seinem Bett, lächelte ihn ermutigend an. »Ja? Was ist es, worum Sie mich bitten möchten?«

»Nun – mein Zuhause ist hier ganz in der Nähe, würden Sie unter Umständen … Mein Sohn hat bei seinem letzten Besuch einige Dinge vergessen mitzubringen. Ich fürchte, es ist reichlich vermessen von mir, Sie darum zu bitten, also sagen Sie ruhig Nein, wenn Sie nicht … und nicht damit wir uns missverstehen, selbstverständlich würde ich Sie gern für den Aufwand entlohnen.«

Elisabeth nickte ernst. »Selbstverständlich. Bezahlung in Pralinen. Also?«

»Meine Strickjacke, die Pantoffeln und das Rasierzeug. Und das Wichtigste: meine Brieftasche.« Flüsternd setzte er hinzu: »Sie finden sie im Gefrierschrank. Und – wenn Sie dort sind und es nicht zu unverschämt ist …«

Elisabeth notierte sich das Gewünschte. »Und? Welchen Wunsch haben Sie außerdem? Vielleicht den Müll rausbringen?«

»Nun, tatsächlich fürchte ich eine problematische

Entwicklung, wenn der Unrat in der Küche … aber das ist zu viel verlangt.«

»Kein Problem.« Elisabeth war schon an der Tür, als Herr Grün sich räusperte. »Ich bin gespannt, wie Sie unseren Garten finden. Es ist ein besonderer Garten, wissen Sie.«

»Ach ja?« Sie kehrte sofort bereitwillig zurück. Während sie den Besucherstuhl wieder ans Bett schob, hatte sie ein schlechtes Gewissen. Wahrscheinlich war Frau Grün ja bereits tot gewesen, als sie gekommen war und sich neben sie gesetzt hatte. Doch Herr Grün wirkte sehr erleichtert, seit sie ihm gesagt hatte, dass seine Frau friedlich eingeschlafen war. Es hatte dem Krankenhaustod etwas von seiner anonymen Härte genommen. Elisabeth setzte sich auf den Besucherstuhl, lächelte Herrn Grün erwartungsvoll zu. Es würde ihm gut tun zu reden. Und er war jemand, dem man gerne zuhörte.

KAPITEL 7

Elisabeth schaute an der großen Linde hoch. Das war also Jan, gegenüber von Jan stand Lenya. Herr Grün hatte ihr von den Bäumen erzählt, die er als junger Mann selbst gepflanzt und denen er die Namen seines Sohnes und seiner großen Liebe gegeben hatte. Die Kastanie, die Lenyas Namen trug, überragte das kleine Backsteinhaus um etliche Meter.

Elisabeth zog den Schlüssel hervor. Es war zweimal abgeschlossen. Bestimmt war Herr Grün, als er das Haus verließ, nach einigen Schritten noch einmal zurückgekehrt, um zu überprüfen, ob er auch wirklich zugesperrt hatte. Elisabeth kannte das von vielen älteren Leuten. War die Tür richtig zu? Die Kaffeemaschine aus? Das Fenster geschlossen? In letzter Zeit war auch sie dazu übergegangen, vor dem Verlassen der Wohnung noch einmal nachzusehen, ob am Herd alle Schalter auf Null standen, und Robert machte sich deswegen regelmäßig über sie lustig: »Du bist aber sicher, dass Alzheimer nicht ansteckend ist?«

Im Haus roch es muffig. Elisabeth spazierte langsam durch Wohnzimmer und Küche im Erdgeschoss und ahnte die Entstehungsgeschichte des Geruchs: wenig Lüften, alte Teppiche, vergessene Wäschestücke irgendwo, im offenen Mülleimer vergammelnde Essensreste. Auf den Fensterbänken im Wohnzimmer gab es Reise-Andenken aus aller Welt, liebevoll zusammengetragener Nippes. Bestimmt würde Herr Grün zu jedem Stück eine schöne Geschichte erzählen können. Dann betrachtete sie die Bilder an den Wänden. Es gab drei große Ölgemälde mit mediterranen Landschaften und in der Essecke Familienfotos, Bilder einer glücklichen Familie, deren Kind zu einem jungen Mann heranreifte, der einen guten Kopf größer war als sein Vater. Das jüngste Bild zeigte den Sohn neben einer hübschen jungen Frau im Brautkleid. Dann wanderte Elisabeths Blick zur großen Bücherwand, und sie trat fasziniert näher. So viele Bücher über Malerei, Architektur, Möbel, Porzellan, Skulpturen! Sie fand ein Buch über die Amsterdamer Schule, ließ sich damit auf einen der Ohrensessel sinken und vergaß die Zeit. Wie schade, dass das Interieur des Goldenen Stern nun komplett ist, dachte sie beim faszinierten Blättern. Es war eine herrliche Zeit gewesen, als sie auf der Suche nach schönen Dingen jede Woche mindestens einmal nach Holland gefahren war. Sie beschloss, demnächst mal wieder nach Amsterdam zu fahren. Vielleicht würde sie das eine oder andere besondere Stück entdecken, wenn nicht für den Goldenen Stern, dann für ihr eigenes Haus.

Ein Geräusch an der Tür ließ sie aufschrecken. Es war der Postbote, der einen Brief in den überquellenden Briefkasten schob. Sie leerte den Briefkasten und steckte die Post ein, sie würde sie Herrn Grün ins Krankenhaus bringen. Die Tür zum Bad stand offen, und so warf sie einen verstohlenen Blick hinein, auf die Zahnbürsten, die nebeneinander in ihren Bechern standen, einander zugewandt wie im Zwiegespräch, und ihr war, als hörte sie Herrn Grüns Stimme. Elisabeth hatte schon häufig alten Menschen im Krankenhaus zugehört. Sie konnte es gut, denn es interessierte sie, was die Leute ihr erzählten. Meistens jedenfalls. Aber selten war ihr etwas so nahegegangen. Sie hatte sogar davon geträumt. Natürlich, es war eine besondere Situation gewesen. Aber das allein war es nicht. Nein, vielmehr war es die Art, wie der alte Herr von seiner Frau erzählt hatte. Alle Traurigkeit war aus seinen Augen verschwunden, sie hatten geleuchtet, seine Mimik war lebhaft geworden, als er von der Fahrt nach Amsterdam erzählt hatte, von seiner unbeirrten Suche nach seiner Lenya, von dem Heiratsantrag auf dem Wasser. Das alles war vor ihrem inneren Auge so lebendig geworden, so farbig, dass sie ewig hätte weiter zuhören mögen. Nun, während sie wieder ins Wohnzimmer zurückging, versuchte sie, das Bild von den beiden jungen Menschen, das Herr Grün gezeichnet hatte, mit diesem Haus in Verbindung zu bringen, das so unleugbar der Lebensmittelpunkt eines alten Ehepaars war. Es führte zwischen Orientteppichen, Büchern und Reiseandenken ein gemütliches Dasein. In ihrem Alltag spielten Kreuzworträtsel und der Fernseher eine dominierende Rolle – die Ausrichtung der beiden Ohrensessel und die aufgeschlagenen Rätselhefte zeugten davon. Wie war es möglich, all die Romantik, die sich in Herrn Grüns Erinnerungen gespiegelt hatte, in diesen Alteleute-Alltag zu retten?

Elisabeth sah auf die Uhr, überlegte kurz, dann zog sie den Mantel aus und krempelte die Ärmel ihrer Bluse hoch. Zuerst öffnete sie die Fenster in Wohnzimmer und Küche, dann suchte sie ein Radio. Zu Hause hörten sie, wenn Robert da war, kaum Radio. Hintergrundgeräusche, wie er es nannte, machten ihn nervös. Erfreut stellte sie fest, dass ihr Lieblingssender bereits eingestellt war. »Herr Grün, Sie sind in Ordnung«, murmelte sie und machte sich ans Werk. Die meisten Lieder kannte sie und konnte laut mitsingen.

Eine Stunde später machte sie sich einen Kaffee. Während die Maschine zu gurgeln begann, schaute sie sich zufrieden in der Küche und im Wohnzimmer um. Den Kaffee hatte sie sich verdient, auch wenn sie wusste, was Tessa dazu sagen würde, mit ihrem breiten Grinsen, das die Grübchen in ihrem Gesicht zum Vorschein brachte: »Ellie, also echt, hast du etwa nur drum herum geputzt?!« Tessa war patent, sie gehörte zu den Frauen, die nur einmal durch einen Raum gehen mussten, und schon war alles an seinem Platz. Ihre pure Anwesenheit schien einem Raum Struktur und Sauberkeit zu verleihen, all die Dinge des Haushalts funktionierten wie von selbst, und griff sie zum Putzeimer, gab es wenig später ein blitzblankes Haus und eine Tessa, die entspannt und zufrieden, aber keineswegs müde an einer Tasse Kaffee nippte. Sei's drum, dachte Elisabeth, nicht jeder hat gleich viel Energie. Für ihre Verhältnisse hatte sie Ordentliches geleistet. Ohnehin war das Einzige, um das Herr Grün sie gebeten hatte, wenn sie seine persönlichen Sachen holte, ja nur das Hinausbringen des Mülls gewesen. Schon seltsam, dass der Sohn sich nicht öfter blicken ließ, den alten Vater in Krankenhaus besuchte, im Haus nach dem Rechten sah. Es war ja keine Weltreise von Köln nach Kevelaer. Nun ja, dachte Elisabeth. Nette Eltern haben nicht immer auch nette Kinder.

Als die Kaffeemaschine die letzten Tropfen durch den Filter in die Kanne geröchelt hatte, schenkte sie sich eine Tasse ein und schlenderte zum Terrassenfenster der Küche. Dies war ein altmodisches Haus. Nicht das Wohnzimmer, sondern die Küche führte in den Garten. Bei seinem Anblick, nass und kahl, war sie enttäuscht und schüttelte den Kopf über sich selbst. Was hatte sie erwartet? Das sattgrüne Sommerparadies, von dem Herr Grün ihr vorgeschwärmt hatte? Sie öffnete die Terrassentür, ging ein paar vorsichtige Schritte über die feuchten, rutschigen Terrassenplatten, bis sie zu einem Durcheinander aus Stämmen, Ästen und Zweigen gelangte. Sie versuchte, einzelne Sträucher zu bestimmen, aber es gelang ihr nicht. Selbst die Bäume konnte sie nicht auseinanderhalten. Obstbäume, natürlich. Aber sie kannte sich zu wenig aus, um eine Kirsche von einem Apfel- oder einem Pflaumenbaum unterscheiden zu können. Wenn sie ehrlich war, wäre es ihr auch mit Blättern schwer gefallen, nur die Früchte hätten die Sache klar gemacht. Sie drehte sich langsam im Kreis und versuchte sich den Garten im Sommer vorzustellen. Bestimmt war alles genau so, wie Herr Grün es beschrieben hatte. Nicht kahl und kalt, sondern grün und lebendig. Nach dem Winterschlaf würde dieser Garten, so schwer vorstellbar es jetzt war, wieder zu dem Paradies seiner Erzählung werden. Trotzdem, fiel ihr ein, ist es nicht mehr dasselbe. Seine Frau wird fehlen. Elisabeth kehrte zum Haus zurück. Wann genau hatte sie eigentlich begonnen, den Winter zu hassen? Tat sie es seit jener Zeit, als die Zwillinge aufhörten, Schlitten zu fahren und sich auf das Christkind zu freuen? Sie wusste es nicht mehr. Sie konnte dem Winter von Jahr zu Jahr weniger abgewinnen und fürchtete ihn inzwischen schon, sobald sich die ersten Blätter färbten. In diesem Winter hatte sie Robert sogar zu überreden versucht, für ein paar Wochen in die Sonne zu entfliehen. Er hatte davon nichts wissen wollen, und als sie fragte, warum nicht, hatte er nur hinter der Zeitung verlauten lassen: »Aus verschiedenen Gründen.« In letzter Zeit war er manchmal so.

Plötzlich kam ihr eine Idee. Wer viel fragt, kriegt dumme Antworten, dachte sie, während sie die Terrassentür schloss. Aufgeregt schenkte sie sich noch eine Tasse Kaffee ein, setzte sich an den Esstisch, zog ihr Handy heraus und rief die Website des niederländischen Tourismusbüros auf. Als sie fertig war, fiel ihr ein, dass sie, sobald sie Herrn Grün seine Sachen gebracht haben würde, noch einkaufen musste. Am Mittwoch würden die Kinder zum Abendessen kommen und bis zum Ende der Woche bleiben, seit Tagen gab der Gedanke daran ihr immer wieder einen kleinen, freudigen Schwung, ähnlich dem, wenn sie unerwartet noch einen letzten Schluck Kaffee in der Tasse entdeckte. Sie lächelte in sich hinein. Als Nachtisch würde sie die Überraschung servieren: ein Familienwochenende in Amsterdam, perfekt vorbereitet und online bezahlt, inklusive Hotel und romantischer Grachtenfahrt am Abend. Robert würde Augen machen. Natürlich würde er wissen wollen, wie sie denn auf diese verrückte Idee gekommen sei. »Aus verschiedenen Gründen«, würde sie sagen. Das würde ihm zu denken geben, und spätestens beim Blick auf das Datum würde ihm dann ein Licht aufgehen.

Als sie gerade gehen wollte, fiel ihr ein, dass sie das Wichtigste vergessen hatte. Sie öffnete den Gefrierschrank, fand Herrn Grüns Brieftasche nach einigem Suchen unter einem Beutel Kaisergemüse und verließ leise vor sich hin summend das Haus. Auf halbem Weg zum Fahrrad kehrte sie noch einmal um und überprüfte, ob sie die Tür auch wirklich abgeschlossen hatte. Sicher ist sicher.

KAPITEL 8

Ich weiß nicht, wie ich Ihnen danken soll.«

»Aber ich mache das gerne, und es gehört zu meinem Job.«

»Wirklich? Die Grünen Damen verlassen sogar das Krankenhaus für Besorgungen?«

»Außerdem waren wir uns ja handelseinig über die Bezahlung: Pralinen.«

»Ach ja.« Herr Grün lächelte. »Und selbst die müssen Sie sich selbst besorgen.«

»Habe ich schon.« Elisabeth zog verschwörerisch grinsend die kleine Schachtel aus ihrer Handtasche und legte sie auf das Ausziehtablett.

»Sehr gut.« Er nestelte an der Verpackung. »Kommen Sie, setzen Sie sich, liebe Frau Müller, oder müssen Sie gleich weiter?« Er reichte ihr die geöffnete Packung.

»Zeit zu haben ist meine Kernkompetenz.« Elisabeth wählte eine Pistazienpraline und zog sich einen Stuhl heran. »Einen schönen Garten haben Sie übrigens!«

»Er gefällt Ihnen?«

»Es ist ja noch alles kahl, dazu ziemlich verregnet bei diesem Sauwetter, aber ich kann mir vorstellen, wie er im Sommer aussieht. Ein grünes Paradies.«

Herr Grün nickte. »Seltsam, dass Sie das sagen. Unser

kleines Paradies, so hat Lenya ihn auch immer genannt. Ein Garten ist wie das Leben, das hat sie gesagt. Er ist das, was man daraus macht.«

Elisabeth lachte. »Ehrlich gesagt, wenn ich im Garten bin, mache ich am liebsten gar nichts.«

»Na und?«, sagte Herr Grün. »Geht mir ähnlich. Und wenn Lenya deswegen mit mir geschimpft hat, habe ich zu ihr gesagt: ›Ist der Gärtner faul, freut sich die Natur.‹ Der Trick ist nur, das schön zu finden, was die Natur einem ohne Zutun vor die Nase zaubert.«

»Wenn nur nicht das Unkraut wäre«, sagte Elisabeth. »Der ideale Garten ist einer, der keine Arbeit macht. Sonne und frische Luft, was will man mehr. Hauptsache, man kann im Sommer einen Wein auf der Terrasse trinken und den Vögeln lauschen.«

»Ich bin sicher, Sie stapeln nur tief«, sagte Herr Grün. »Ich wette, Ihr Garten ist tausendmal schöner als unserer. Als wir das Haus Ende der Siebzigerjahre kauften, war er von einem Sichtschutz aus Lebensbäumen umfriedet, dazu ein abgezirkeltes Blumenbeet vor der Terrasse, in dem Tulpen in Reih und Glied wie kleine bunte Soldaten der Sonne salutierten. Der Rest war Rasen.«

»So ein Rasen ist praktisch, wenn man Kinder hat«, wandte Elisabeth ein. »Zum Fußballspielen, für ein Planschbecken oder eine Schaukel.«

Herr Grün nickte. »Ja, ja, natürlich. Aber als unser Sohn den Garten nicht mehr nutzte, haben wir nach und nach immer mehr Pflanzen geholt, die Nahrung abwerfen.« Er zwinkerte ihr zu. »Nun ja, im weitesten Sinne Nahrung. Wie den Waldmeister, für die Maibowle. Als einzige immergrüne Pflanzen blieben die Stechpalme, für Weihnachten, und die hohe Eibenhecke neben der Terrasse, die kühlen Schatten spendet und deren Beeren für die Vögel im Spätherbst noch Nahrung sind. Ja, und ein paar Pflanzen, die einfach schön sind, wie der Fliederstrauch, denn meine Frau liebte es, wenn das Haus danach duftete. Gleichzeitig mit dem Flieder blühen im Frühjahr die aparte Akelei und der Schneeball. Sie ergeben einen zarten Strauß, ein gern gesehenes Mitbringsel bei Einladungen.«

Herr Grün hielt inne, und Elisabeth ahnte, dass er an vergangene Zeiten dachte, in denen seine Frau und er oft Gäste gewesen waren und oft Gastgeber. »Welche Ihrer Gartenblumen haben Sie am liebsten?«, fragte sie. Herr Grün musste nicht lange überlegen. »Den Fingerhut. Ein stolzer, schöner Gast aus dem Wald, der eines Sommers kam und sich bald heimisch fühlte bei uns.« Herr Grün sah sie mit leuchtenden Augen an. »Haben Sie schon einmal eine Waldlichtung im Juni erlebt, wenn der Fingerhut blüht?«

»Aber er ist giftig.«

Herr Grün lächelte. »Sein Trick, um nicht gepflückt zu werden. Aber ich rede nur von mir. Welche Blühpflanze ist Ihnen denn die liebste in Ihrem Garten?«

Elisabeth lächelte wehmütig. »Früher unser Mandelbäumchen, aber das gibt es nicht mehr. Es hat so wunderschöne rosa Blüten gehabt. Heute mag ich den Löwenzahn am liebsten. Er fühlt sich in unserem Garten wohl, ohne dass er irgendwelche Mühe bereitet. Im Gegenteil, mein Mann hat sich jahrelang alle Mühe gegeben, ihn auszumerzen, aber er ist ein Überlebenskünstler. Eigentlich ist er schön anzusehen, die gezackten Blätter, die leuchtend gelben Blüten und … na ja, vor allem die Pusteblumen.«

Herr Grün nickte. »Man hat immer einen Wunsch, stimmt's? Ich sehe schon, Sie sind der romantische Typ. Sie suchen bestimmt auch ab und zu nach vierblättrigen Kleeblättern? Ach, und überhaupt, der Klee, Tummelplatz für die Bienen, und dazu die Butterblumen und Gänseblümchen. Die machen eine Wiese erst schön.«

»Mein Mann sagt immer, das Einzige, was bei uns richtig gut gedeiht, ist Unkraut. Klee, Löwenzahn, Gänseblümchen auf der Wiese, Ackerwinde, Giersch und Brennnesseln auf den Beeten. Ein ständiger Kampf. Und was die Brennnesseln angeht, hat er recht, die hasse ich auch.«

»Aber das sehen Sie falsch. Die Blätter des Gierschs ergeben eine leckere Suppe, und Brennnesseln sind die beste Arznei gegen …«

»Blasenbeschwerden?«

»Wo denken Sie hin? Viel besser, Rheuma! Lenya hat sich ab und zu ein Büschel abgezupft, mit den bloßen Händen, und sich die Brennnesseln um die Beine geschlagen. Sie schwor darauf.« Er lachte, blickte zum Bild seiner Frau auf dem Nachttisch. Es zeigte sie als nicht mehr ganz junge, aber immer noch strahlende Frau, das blonde Haar zurückgekämmt, sodass die schönen Perlenohrringe und der volle Mund zur Geltung kamen. »Rheuma war jedenfalls nie ein Thema.« Er stockte, schlug die Augen nieder.

»Wie fand Ihr Sohn den Garten?«, fragte Elisabeth.

Herr Grün fing sich wieder. »Oh, nachdem er dem Sandkasten entwachsen war, ist er lieber auf den Fußballplatz gegangen, als sich im Garten herumzutreiben, nur im Sommer war das anders, wir hatten ja dann den reinsten Naschgarten mit all unseren Obstbäumen und Beerensträuchern, und er hat seine Freunde mitgebracht. Himbeeren, Johannisbeeren, Erdbeeren, Stachelbeeren, Mirabellen, so lecker. Lenya hielt die Kinder aber stets dazu an, genug für die Vögel übrig zu lassen. Wir können uns Obst dazukaufen, die nicht, hat sie gesagt, wenn ich die Sträucher mit Netzen vor Dieben aus dem Himmel schützen wollte. Unser Haus steht ja am Waldrand, so gibt es viele Vögel, die uns besuchen. Amseln, Meisen, Elstern, Krähen, Spechte, nicht zu vergessen die Schwalben, die unter dem Hausdach nisten. Sie liebte Lenya besonders. Im trägheißen August verstummten allmählich die Singvögel, aber dann gab es noch das langgezogene Zirpen der Schwalben, während sie auf ihren pfeilschnellen Raubflügen durch die Luft segelten. Das war uns das liebste Geräusch des Sommers, gemeinsam mit dem trägen Brummen der Sportflugzeuge am blauen Himmel dann und wann. Wir pflanzten auch einen Pflaumenbaum und einen Apfelbaum. Pflaumenkuchen ist die große Köstlichkeit des Sommers. Oder nein, das stimmt nicht ganz, Pflaumenpfannkuchen. Es gibt nichts Besseres! Lenya hat sie an unserem ersten Hochzeitstag gemacht, danach wurde es Tradition. Ach, und der Apfelbaum mit seinem prächtigen, blütenweißen Hochzeitsgewand! Die Äpfel waren zwar meist voller Würmer, aber Igel und Amseln waren dankbar bis in den Winter hinein, sie zwischen dem Herbstlaub zu finden. Und die Eichhörnchen freuten sich über die große Haselnuss. Sie haben die Nüsse im ganzen Garten vergraben.«

»Oh ja, das kenne ich«, sagte Elisabeth lächelnd. »Unsere Nachbarn haben auch einen Nussbaum, und jedes Frühjahr sprießen bei uns im Garten die Triebe aus dem Boden. Ich finde es tröstlich, dass Eichhörnchen offensichtlich noch vergesslicher sind als ich.«

Herr Grün lachte, dann ging das Lachen in Husten über. »Trinken Sie einen Schluck«, sagte Elisabeth und füllte Mineralwasser in den Schnabelbecher.

Herr Grün hörte abrupt auf zu lachen. »Schnabelbecher. So weit ist es mit mir gekommen.«

Elisabeth wusste nicht, was sie darauf sagen sollte. »Wir gehen alle denselben Weg«, bemerkte sie deshalb, den Becher immer noch in der Hand.

Herr Grün starrte sie an, und plötzlich wirkte er wieder so feindselig wie bei ihrer ersten Begegnung. »Erzählen Sie doch nicht so einen Unsinn«, sagte er dann heiser. Er war jetzt richtiggehend wütend. »Es gibt schöne und schreckliche Wege, Umwege, Abkürzungen, Panoramastrecken. Meine Frau hat das letzte steinige Stück blind und hungrig und verzweifelt stolpern und kriechen müssen. Man kann nur jedem wünschen, dass ihm solch eine letzte Wegstrecke erspart bleibt.«

Elisabeth fühlte, wie die Röte ihr ins Gesicht stieg. Sie war es nicht gewohnt, so angeblafft zu werden, und sie fühlte sich abgekanzelt. Gleichzeitig konnte sie Herrn Grün verstehen. Er hatte eine seelische Not ansprechen wollen, sie aber hatte nur abgewiegelt, nur etwas sagen wollen, das verständnisvoll und irgendwie gut und richtig klang, so wie letzte Woche im *Petit Paris*, als Tessa es zu ihr gesagt hatte. Aber jetzt, geklaut für diese Situation, war es ein billiger Kalenderspruch. Peinlich berührt, stellte sie den Becher auf dem Tablett ab. »Es tut mir leid«, sagte sie leise.

Herr Grün nahm den Schnabelbecher und trank einen Schluck. »Da sind wir ja schon zwei«, sagte er dann, immer noch heiser, und gab ihn ihr zurück. Er räusperte sich. »Nein, ich muss mich bei Ihnen entschuldigen für meinen Ausbruch. Sie waren bei meiner Frau in ihrer letzten Stunde, das haben Sie nicht verdient.«

»Ich sage manchmal Sachen, die unpassend sind.«

Er lächelte ihr zu. »Wenn alles immer passen würde, dann wäre es doch langweilig, oder?« Er bot ihr noch eine Praline an. »Das wäre wie unser Garten ohne das Hornissenhäuschen. Ich baute uns ein Gartenhaus, einen Geräteschuppen aus Holz, wie ihn die meisten Leute haben. Eines Sommers nistete ein Hornissenschwarm darin. Ich wollte ihn ausräuchern, doch Lenya erhob Einspruch. Hornissen stehen unter Naturschutz, sagte sie, und sind sehr nützliche Tiere. Warum sie töten? Ich meinte, na, wegen der Stiche natürlich. Aber sieh doch, sagte sie, für uns ist es nur ein Stich, hier oder dort, für die Hornissen geht es gleich um ihr Leben! Ich gab also nach, und es passierte etwas Wunderbares: Der Geräteschuppen war mit einem Mal nicht mehr nur ein Platz zum Verstauen der Gartenwerkzeuge und des Rasenmähers, sondern ein prickelnder, spannender Ort, an den unser Sohn seine Freunde führte. Ein Ort für Mutproben.«

»Und? Gab es Stiche?«

Er lächelte. »Offiziell nicht ein einziges Mal. Wir waren alle Hornissenflüsterer, und jede Mutprobe wurde zum Triumph.«

»Und inoffiziell?«

»Sagen wir: Es gab immer angeschnittene Zwiebeln im Kühlschrank.«

Sie lachten. »Ihr Garten muss ein glücklicher Ort sein.«

»Ja, allerdings.« Herr Grün erzählte weiter von seinem Garten, den Kranichen, die im Herbst in V-Formation über das Haus hinwegflogen, von den liebeshungrigen Glühwürmchen, die in sternenklaren Sommernächten unter dem großen Pflaumenbaum leuchteten wie winzige, schwebende Taschenlampen, und dabei fielen ihm die Augen zu.

KAPITEL 9

Mittwoch war Einkaufstag. Oder Mütter-Taxitag, wie Robert es nannte. Er zog Elisabeth gewöhnlich damit auf, dass er es gern auch so gut hätte wie sie, nicht auf die stressige Autobahn zu müssen. Nur in der Mitte der Woche verabschiedete er sich stets mit einem: »Halt die Ohren steif!«

Roberts Mutter und ihre Mutter kannten sich schon ewig. Genau genommen fast genauso lang wie Elisabeth und Robert sich kannten. Die Familie Müller war damals in die katholische Pilger-Hochburg Kevelaer gezogen, weil Roberts Vater sich auf die frei gewordene Pfarrstelle der evangelischen Kirchengemeinde beworben hatte. Er durchlief das Bewerbungsverfahren reibungslos, denn er war der einzige Bewerber. Als evangelischer Pfarrer, das war klar, wäre man im erzkatholischen Kevelaer, dem bedeutendsten Wallfahrtsort Deutschlands, ein Außenseiter. Man musste das Anderssein mögen, das wurde Theo Müller spätestens beim Anblick seiner neuen Wirkungsstätte bewusst, einem modernistischen Bau in Form eines großen Dreiecks, dessen Fassade aus vielen weiteren Beton-Dreiecken bestand. Doch das war kein Problem gewesen, Elisabeth hatte Roberts Vater als fröhlichen, mit sich und der Umwelt zufriedenen Menschen erlebt, der am liebsten in seiner behaglichen Hausjacke an der Heizung saß und seine Sonntagspredigten vorbereitete. Wenn er nicht mit seiner feinen, ordentlichen Schrift sein Notizbuch füllte, hantierte er mit einer Schere und schnitt leise pfeifend Artikel für seine Inspirationsschublade aus. Am Sonntag dann – Elisabeth ging, seit sie mit Robert befreundet war, oft mit in die evangelische Kirche – konnte es sein, dass er eine Predigt mit einem Zeitungsartikel begann, in dem es um einen missglückten Einbruchsversuch ging oder um das wundersame Überleben eines vierjährigen Mädchens, das aus dem siebten Stock gefallen war. Oder um eine Katze, die nach drei Jahren wieder nach Hause zurückgefunden hatte.

Elisabeth war fasziniert gewesen von diesen Geschichten, und noch mehr davon, was Roberts Vater dann daraus machte. Diese Predigten hatten einen Bezug zu dem Leben, das sie kannte, und waren so ganz anders als die in der dunklen Basilika, die ihr Vater als theologisch fundiert bezeichnete und bei denen sie es nie schaffte, länger als fünf Minuten zuzuhören. Es hallte einfach zu sehr. Sie sah auf die Hinterköpfe in der Bank vor ihr, versuchte beim Singen der Choräle verschiedene Leute herauszuhören, betrachtete Jesus am Kreuz und das Wunder ihrer Fingernägel, und wenn sie sich zur Gabenbereitung hinkniete, machten ihr der Weihrauch zu schaffen und der Gedanke, wieder einmal nicht richtig zugehört zu haben. In der evangelischen Kirche hingegen gab es keine düstere Höhe, in der die Stimme des Pfarrers verhallte, der Inhalt der Predigt war nah, und der Pfarrer sowieso.

Elisabeths Vater hatte ihre Begeisterung nicht gern

gesehen, und es hatte anfangs deswegen Streit zwischen den Eltern gegeben.

»Wir sind ein gut katholisches Haus«, hatte ihr Vater gesagt und heftig an seiner Zigarre gezogen, wie immer, wenn er sich aufregte. »Kevelaer ist Marienwallfahrtsort seit 1642, und fast genauso lang führt unsere Familie die Pilgerherberge zum Goldenen Stern. Wie sieht das denn aus, wenn Elisabeth jetzt in die evangelische Kirche rennt, als wäre dort die heilige Mutter Gottes erschienen? Am Ende pervertiert sie noch und wird evangelisch.«

Ihre Mutter hatte dann immer das Fenster geöffnet und auf das Zweite Vatikanische Konzil verwiesen, es war noch ein paarmal hin und her gegangen, und schließlich wurde das Thema fallen gelassen. Das war immer so gewesen: Nachdem Vater und Mutter ihre Standpunkte ausgetauscht hatten, redete man nicht mehr darüber. Elisabeth hatte sich oft gefragt, ob das Klugheit oder Bequemlichkeit war. Vielleicht beides. Bequemlichkeit auf Seiten ihres Vaters, Klugheit auf Seiten ihrer Mutter, denn er mochte der Kopf der Familie sein, sie aber der Hals, der ihn drehte. Letztlich geschah das Meiste so, wie sie es wollte.

Judith und Martha waren beide durchsetzungsfreudig, aber sie harmonierten trotzdem hervorragend und waren schon jahrelang die besten Freundinnen. Vor fünf Jahren waren die beiden Männer kurz nacheinander gestorben, und da schien es beinahe das Natürlichste von der Welt, dass Judith zu Elisabeths Mutter in die Pilgerherberge zog. Die Frauen halfen sich gegenseitig über ihre Trauer hinweg, indem sie die in die Jahre gekommene Frühstückspension wieder auf Vordermann brachten. Unterstützt von Robert, renovierten sie die Badezimmer und ließen Elisabeth freie Hand, was die Neugestaltung des Interieurs betraf, denn Trödelmärkte und Antiquitätengeschäfte waren schon immer ihre Leidenschaft gewesen. Es hatte Elisabeth großen Spaß gemacht, in den Niederlanden Läden zu durchstöbern und den Goldenen Stern mit einem stilvollen Mix aus Jugendstil und Art déco auszustatten. Allmählich war der Goldene Stern wieder zu einer der ersten Pilgerherbergen Kevelaers geworden. Dabei ergänzte sich Judiths protestantischer Sinn für das Praktische mit Marthas katholischer Leutseligkeit. Wallfahrer aus ganz Deutschland stiegen nun wieder hier ab, von der kulturbeflissenen Delegation aus Altötting über den kulinarisch interessierten Regensburger Prälaten bis hin zu trinkfesten Motorrad-Wallfahrern aus Friesland. Natürlich fehlten in keinem Zimmer Kreuz, Bibel und Rosenkranz, und auf den Fluren gaben die großen Ölgemälde von Heiligen und die geweihten Palmzweige auch dem konservativsten pilgernden Gemeindevorsteher das Gefühl, gut aufgehoben zu sein. Judith entdeckte eine eigene Domäne für sich: den Pilgernachwuchs. Martha war zwar zunächst skeptisch gewesen, ob es Sinn machte, Familien mit Kindern als neue Zielgruppe hinzuzugewinnen, sie befürchtete, damit die Stammgäste zu vergraulen. Doch schnell stellte sich heraus, dass Judith eine Marktlücke ausgemacht hatte. Die freundlich gestalteten Familienzimmer mit großen aufgemalten Regenbogen an der Wand, Bibel-Ausmalbüchern auf dem Nachttisch und einer bunten Schokostreuselauswahl zum Frühstück und auch das Angebot der Kinderbetreuung während der Gottesdienste kamen bestens an. Im zweiten Jahr des neuen Konzepts überzeugte Judith Elisabeths Mutter sogar, im Innenhof, der als Kreuzgang gestaltet war, einen Spielplatz einzurichten. Zunächst war Martha skeptisch gewesen. »Den Kreuzgang aufgeben? Niemals! Die Stammgäste werden denken, wir sind vom rechten Glauben abgefallen.« Judith hatte eingelenkt: »Meinetwegen. Dann bleibt eben der Kreuzgang, aber in die Mitte kommt ein großes Schiff für die Kinder zum Spielen, und das nennen wir Arche Noah.«

Die Mütter drängten Elisabeth regelmäßig, ins Familiengeschäft mit einzusteigen. Seit die Zwillinge aus dem Haus waren, kamen die Anfragen in kürzeren Abständen, meist bei der gemeinsamen Fahrt zum Großmarkt. Wenn Elisabeths kleiner Seat bis oben hin mit einer Wochenration an Kaffee, Tee, Milch, Marmeladen- und Butterpäckchen sowie Aufschnitt beladen war, nicht zu vergessen Toilettenpapier, kam zuverlässig, entweder von der einen oder der anderen Mutter: »Du hast doch jetzt Zeit.« Und nachher, wenn sie noch gemeinsam durch Kevelaer, Geldern oder Kleve bummelten oder nach Holland fuhren, um Tee, Schokostreusel, Sirupwaffeln und Honigkuchen zu kaufen: »Du musst auch an dich selbst denken. Bring wieder mehr Schwung in dein Leben!« Oder ganz zum Schluss, wenn die Mütter traditionell zum Tafelspitz einluden: »Dann kämst du wieder mehr unter Leute, jetzt, wo Nina und Niels studieren!«

Am heutigen Mütter-Mittwoch blieben sie in Kevelaer, auf der Einkaufsliste stand nur ein Jahresvorrat an WC-Enten, die eine ortsansässige Drogerie im Angebot hatte. Als sie gerade anfangen wollten, drei Einkaufskörbe voller WC-Enten auf das Kassenband zu häufen, runzelte die Kassiererin die Stirn. »Abgabe nur in haushaltsüblichen Mengen.«

»Und was heißt das?«, fragte Elisabeth.

Die Kassiererin verschränkte die Arme. »Höchstens fünf.«

»Fünf?« Elisabeth wollte gerade anfangen, mit ihr darüber zu diskutieren, da rief Judith hinter ihr: »Martha, jetzt hätten wir fast die Kondome vergessen!«

»Die Kondome, ach herrje! Gut, dass es dir noch eingefallen ist!« Elisabeths Mutter studierte die Kondompackungen, die an der Kasse hingen, und griff nach einer rosaroten. Judith nahm sie ihr kopfschüttelnd ab und hängte sie wieder auf. »Nein, Martha, wir nehmen doch immer die schwarzen Kondome. Die schwarzen Kondome sind haltbarer.«

»Aber diese Kondome hier sind im Angebot!«, rief Martha aus. »Zwanzig Cent billiger, Himbeergeschmack, und es sind drei Kondome mehr drin!«

»Was interessiert mich Himbeergeschmack«, wandte Judith ein, »aber weißt du noch letztes Mal, als wir die roten ausprobiert haben? Das Kondom ist geplatzt, und es gab eine Riesensauerei.«

Elisabeth biss sich auf die Lippen. Jedes Mal, wenn Martha oder Judith genüsslich »Kondom« hinausposaunten, blinzelte die Kassiererin nervös. Mit bebenden Nasenflügeln sah sie zur Schlange hinter Martha und Judith, dann gestand sie ihre Niederlage ein und bedeutete Elisabeth mit einer unwirschen Kopfbewegung, einfach durchzugehen. Sie scannte eine WC-Ente ein, fragte Elisabeth nur, wie viele es insgesamt seien, und tippte die Menge ein. Während Elisabeth bezahlte, ließ Martha es sich nicht nehmen, ihrem Publikum in der Schlange hinter ihr noch zu erklären, wofür sie die Kondome brauchten: »Die Dinger sind Gold wert für den Wasserhahn, zur Entkalkung: Essig reingeben, über den Wasserhahn streifen (an dieser Stelle steuerte Judith eine kleine beidhändige Pantomime bei), drei Minuten warten, abrollen, und der Wasserhahn glänzt wie neu!«

Beim Mittagessen setzten die Mütter Elisabeth genüsslich über die neuesten Entwicklungen in der Verwandtschaft ins Bild. Highlight war die Teilnahme von Toni van Gemmern, einem Cousin zweiten Grades und mit fast fünfzig immer noch Junggeselle, bei »Bauer sucht Frau«.

»Tante Finchen sollte eine Mistgabel in die Hand nehmen«, gab Elisabeths Mutter zum Besten, »und zu der jungen Frau sagen: ›So, ich gehe jetzt die Kühe melken, und dann miste ich die Ställe aus. Kommst du mit und hilfst mir?‹ Finchen hat sich geweigert, und das war's dann.«

»Warum hat sie sich auch geweigert«, sagte Judith. »Weiß doch jeder, dass das alles gescriptet ist.«

»Aber es war doch völlig aus der Luft gegriffen! Erstens haben sie überhaupt keine Milchkühe, sondern nur Mastschweine. Und die stehen alle auf Holzlatten, und die Scheiße fällt unten durch. Was willst du denn da mit der Mistgabel?«

»Interessiert doch keinen«, meinte Judith.

»Wie steht sie denn da vor der Verwandtschaft«, ereiferte sich Martha.

»Und wie steht der arme Toni da?«, warf Elisabeth ein. »Als totaler Depp, oder? Ich hätte an seiner Stelle nicht nur die Filmcrew, sondern auch gleich noch die Mutter rausgeworfen.«

Martha warf einen Blick zur Decke. »Ja, nimm du Toni nur in Schutz. Aber ich frage dich: Wie kann ein Mensch nur so antriebslos sein? Fast fünfzig, und er macht so gar nichts aus seinem Leben.«

»Das weißt du doch gar nicht«, sagte Elisabeth entnervt.

»Ich kann Finchen verstehen«, verteidigte Martha ihre Cousine. »Als Mutter versucht man eben alles. Da greift man nach jedem Strohhalm, um dem Kind zu seinem Glück zu verhelfen.«

»Sich selbst zu Enkeln, meinst du wohl.« Elisabeth bemerkte, dass ein Knopf ihrer Bluse aufgesprungen war, und knöpfte ihn wieder zu.

»Sag mal, hast du zugenommen?«, fragte Martha.

»Es spannt ein wenig obenrum«, ergänzte Judith.

»Das ist nur der BH.« Die beiden sahen sie skeptisch an. Elisabeth richtete den Oberkörper auf und zog die Bluse gerade. »Können wir bitte das Thema wechseln?«

Beide nickten, doch Elisabeth sah den »Wir machen uns Sorgen um dich Kind«-Gesichtsausdruck und wusste, was kommen würde. »Wir beobachten das jetzt schon eine Weile, Elisabeth«, begann Martha. »Seit Niels und Nina ausgezogen sind, wirst du langsam, aber sicher zu Hause zum Trauerkloß.«

Martha sah Judith an, und die übernahm prompt. »Ich habe neulich ein Buch über emotionale Intelligenz gelesen, das war sehr interessant. Weißt du, die Zeiten ändern sich, laufend, und wir sollten uns mit ihnen ändern. Veränderungsintelligenz ist der Schlüssel zum Glück.«

»Und damit ist nicht gemeint, mehr Schokolade zu essen«, ergänzte Martha. »Eine neue Aufgabe würde dir guttun.«

Elisabeth hatte es gewusst. »Nicht schon wieder! Wisst ihr, wie der Goldene Stern im Volksmund heißt? Golden Girls! Und ich habe nicht vor, zum dritten Golden Girl zu werden, schon gar nicht zu einem bevormun...«

»Was bist du eigentlich heute so unleidlich?«, unterbrach Martha.

»Golden Girls?« Judith strich sich gekränkt die honigblond gefärbten Haare aus der Stirn. Dann deutete sie auf die Kellnerin und setzte ihren versöhnlichen Pfarrersfrauen-Blick auf. »Da kommt der Tafelspitz. Lasst uns von etwas anderem reden!«

Nach dem Essen ließen sich Martha und Judith von Elisabeth in ein neues Café einladen. Allerdings tauschten die beiden befremdete Blicke aus in diesem Laden, der sich an amerikanischen Vorbildern orientierte. Erstens gab es nur Selbstbedienung, zweitens nur Pappbecher, drittens fragte der junge Mann an der Kasse nach ihren Namen.

»Warum wollen Sie meinen Namen wissen?«, fragte Martha reserviert.

Der junge Mann lächelte freundlich. »Für die Bestellung.«

»Er schreibt deinen Namen auf den Becher«, raunte Elisabeth ihrer Mutter zu. »Wenn dein Kaffee fertig ist, ruft der Barista deinen Namen, und du kannst ihn dir abholen.«

»Herr Barista?« Martha schaute zu dem jungen Mann, der ihr immer noch zulächelte, dann wieder zu Elisabeth. »Ich wusste ja nicht, dass das ein Bekannter von dir ist.« Sie räusperte sich, nickte ihm zu und lächelte. »Heuvens. Angenehm.«

»Und was darf es sein?«

Elisabeth legte einen Geldschein auf den Tresen. »Drei kleine Kaffee, bitte, schwarz, ohne Zucker.«

»Aber gern.« Der junge Mann griff nach den Bechern und machte seine Kreuze. »Groß, schwarz, ohne Zucker«, murmelte er.

Judith packte ihn am Unterarm. »Verzeihung, Sie haben nicht richtig verstanden. Einen kleinen Kaffee wollen wir, keinen großen.«

Der junge Mann entzog sich ihrem Griff, zeigte wieder die Zähne, doch wirkte es plötzlich eher wie Zähnefletschen. »Bei uns ist groß klein.«

Judith lachte auf. »Und klein ist groß, oder was? Was ist das denn für eine Logik?«

Das Lächeln war eingefroren. »Unsere Portionsgrößen heißen groß, grande und grandissimo.«

»Das ist Marketing, da bleibt die Logik auf der Strecke«, höhnte Martha.

Jetzt war das Lächeln weg. »Verratet ihr mir noch eure Vornamen?«

»Mein Vorname?« Martha zog die Augenbrauen hoch.

»Schreiben Sie auf alle Becher Pia«, sagte Elisabeth schnell.

Der junge Mann sah sie irritiert an. »Ihr heißt alle Pia?«

»Natürlich nicht«, sagte Judith. Sie stieß Elisabeth mit

dem Ellenbogen in die Seite. »Warum erzählst du denn so einen Unsinn?«

Elisabeth stöhnte innerlich auf. »Ist doch egal, was da draufsteht«, raunte sie Judith zu. »Der Name ist schön kurz, das geht schnell, und wir wollen eh alle das gleiche. Es geht doch nur darum, Verwechslungen zu vermeiden.«

»Nein, es geht auch um das Persönliche, Individuelle«, widersprach der Barista. »Bei uns hat jeder Gast einen Namen, und jeder bekommt seinen persönlichen Kaffee.«

Martha hüstelte. »Gut, also dann schreiben Sie Judith, Martha und Elisabeth, junger Mann.« Sie betonte das »Sie«.

»Elisabeth mit ›th‹?«

»Seht ihr, das meinte ich«, sagte Elisabeth.

»Judith bitte auch mit ›th‹«, sagte Judith. Martha presste ihre Lippen zusammen und sah zu, wie der Barista »Marta« auf ihren Becher kritzelte und sich ans Werk machte.

Elisabeth deutete auf einen freien Tisch am Fenster. »Warum setzt ihr euch nicht schon mal, ich bringe euch den Kaffee gleich.« Der junge Mann fand kurz zu seinem Lächeln zurück, bis Martha im Vorbeigehen laut »Nepper, Schlepper, Bauernfänger« sagte.

»Wie bei den Kindergeburtstagen, weißt du noch, Martha?«, stichelte Judith wenig später, als sie ihren Becher in Empfang nahm. »Oder im Kindergarten. Da wurden auch die Namen der Kinder auf die Trinkbecher gemalt.«

Martha machte den Mund auf, aber Elisabeth war schneller. »Ich weiß, was du sagen willst, spar's dir.«

»Was wollte ich denn sagen?«

»Dass du kein Kind mehr bist und nicht geduzt werden willst von einem wildfremden Kellner, nur weil die Firmenpolitik das distanzlose Du zum Motto erhebt.« Martha öffnete wieder den Mund, doch Elisabeth ließ sie nicht zu Wort kommen. »Es reicht mir für heute, ehrlich. Nächstens gehen wir wieder in euer Tischdecken-Café, dann seid ihr zufrieden.«

Die Mütter tauschten einen Blick aus, den Elisabeth nur zu gut kannte. Jaja, wir wissen schon, was ihr fehlt. Aber sie will ja nicht. So tranken sie ihren Kaffee mit beleidigten Gesichtern, und zwischendurch setzte Martha den Becher ab, seufzte versonnen und bemerkte: »Was willst du machen, des Menschen Wille ist sein Himmelreich«, und Judith nickte dazu. Elisabeth wünschte sich, Nina wäre mit ihr hier. Es wäre so einfach gewesen, so entspannt. Sie hätte keinen genervten Blick vom gutaussehenden jungen Mann an der Kasse geerntet, sondern gar keinen, aber das machte nichts. Denn er hätte nur ihre schöne junge Tochter angeschaut, während die routiniert ihre Bestellung aufgegeben hätte, und sein Lächeln wäre echt gewesen.

»Apropos Kindergeburtstag«, unterbrach Judith ihre Gedanken. Ihre Stimme klang versöhnlich. »Was wünschst du dir von uns zum Geburtstag?«

Elisabeth zuckte die Schultern. »Wie immer?«

Martha winkte ab. »Ja, natürlich. Kaffee und Kuchen im Goldenen Stern, wir bereiten alles vor. Aber außerdem?« Sie sah ihre Tochter einen Augenblick fragend an, nickte dann resolut. »Wenn du keinen besonderen Wunsch hast, wird es eine Überraschung.«

»Und zwar eine schöne!« Judith rieb sich die Hände. »Mütter wissen doch am besten, was die Kinder glücklich macht.«

Elisabeth stellte ihren Becher ab und betrachtete Mutter und Schwiegermutter nachdenklich. »Apropos Glück. Kann ich euch mal was fragen? Etwas Persönliches?«

»Sicher«, sagte Judith.

»Was war für euch der Moment, als ihr wusstet: Es ist die große Liebe.«

»Du stellst Fragen«, sagte Martha.

»Bitte, denkt nicht lange nach«, drängte Elisabeth. »Sagt einfach nur, welche Erinnerung euch jetzt durch den Kopf geht.«

»Die Kirche.« Judith lächelte verlegen, strich sich die Haare aus der Stirn, sah aus dem Fenster wie in die Vergangenheit und wirkte mit einem Mal wieder wie ein junges Mädchen. »Ich kam zu spät zum Sonntagsgottesdienst und fand keinen Platz mehr, blieb hinten stehen. Theo kam noch später. Wir kannten uns schon vom Jugendzeltlager im Sommer, er war einer der Leiter. Ich bewunderte sein Gitarrenspiel abends am Lagerfeuer und war heimlich verliebt in ihn, aber ich dachte, bei ihm ist da nichts. An diesem Sonntag, als er auch zu spät kam, stellte er sich ganz selbstverständlich hinten in der Kirche neben mich, und dann sahen wir uns an, und es ging mir durch und durch, wie ein Blitz. Er rückte näher, unsere Arme berührten sich, und ich habe gedacht, gleich werde ich ohnmächtig.«

»Oh, wow.« Elisabeth blickte erwartungsvoll zu ihrer Mutter. »Und bei dir?«

Martha erhob sich. »Wo sind hier die Toiletten?«

KAPITEL 10

»Pfannkuchen?« Nina machte ein enttäuschtes Gesicht. »Ich dachte, du kochst indonesisch!«

»Hatte ich auch.« Elisabeth deutete auf den Topf neben der Spüle. »Aber es gab einen Unfall mit dem Chili.«

Nina hob den Deckel hoch. »Sieht doch okay aus.«

»Schmeckt aber nicht okay, glaub mir.« Elisabeth ließ den Pfannkuchen auf den flachen Deckel gleiten und wendete ihn. Sie bekam nicht mit, wie ihre Tochter den Löffel in den Topf steckte, und fuhr erst herum, als Nina sich fluchend den Mund ausspülte.

»Wieso hast du mich nicht gewarnt?«

»Wasser macht es übrigens nur noch schlimmer.« Niels war ebenfalls in die Küche gekommen. Er reichte seiner Schwester eine Toastscheibe. »Du musst Brot essen!«

»Na, probiert ihr schon?« Das war Robert. Er rieb sich erfreut die Hände. »Indonesisch, lecker! Das hatten wir ja ewig nicht!« Er griff nach einem Löffel.

»Vorsicht, Mama hat zu scharf gewürzt«, warnte Niels.

Robert winkte ab. »Ach was, zu scharf gibt's nicht.«

»Tu's nicht!«, rief Nina heiser. »Damit kannst du ein Haus in Brand stecken!« Doch zu spät.

»Weiß gar nicht, was ihr habt«, sagte Robert, während er die Brille abnahm und die tränenden Augen rieb. Elisabeth grinste, während sie den Pfannkuchen in den Backofen stellte und wieder Teig in die Pfanne füllte. Fehler zuzugeben war nicht seine Stärke. Als sie sich ihm wieder zuwandte, hatte er Schweißtropfen auf der Stirn und kaute ebenfalls Toastbrot.

»Möchtest du noch mehr?«, fragte sie.

»Haha«, machte Robert. »Wieso hast du das nicht weggeworfen?«

»Die Frage ist, wohin«, sagte Nina. »Das ist Sondermüll.«

»Also, jetzt raus mit euch, alle miteinander«, sagte Elisabeth. »Deckt schon mal den Tisch, gleich sind die Pfannkuchen fertig.«

Eine Viertelstunde später kreiste der Puderzucker.

»Gewonnen«, sagte Nina.

Niels nickte und seufzte. »Ja, war ja klar.«

Elisabeth schaute ihre Kinder fragend an.

»Wir haben gewettet«, erklärte Nina.

»Aha. Und du hast also gewonnen?«

»Nein«, sagte Niels, »wir haben beide gewonnen. Wir haben dasselbe gewettet.«

»Dann ist es keine Wette«, meinte Robert.

»Und was habt ihr beide gewettet?«, fragte Elisabeth. Sie ahnte die Antwort.

»Dass es was mit Eiern gibt«, sagte Niels prompt. »Als es hieß, du machst indonesisch, waren wir uns nicht mehr sicher, aber jetzt …«

Robert blickte auf, als hätte man ihn beleidigt. Elisabeth wusste, was kommen würde. »Eier kann es gar nicht genug geben«, sagte er prompt. »Eier sind das wertvollste

Nahrungsmittel überhaupt. Und das gilt besonders für unsere Eier. Bio-Qualität vom Feinsten. Ach, was sage ich, Bio ist nichts dagegen. Unsere Eier sind Bio-Bio-Bio, die reine Natur und so frisch wie der Morgentau.« Nun folgte der kleine rituelle Vortrag über Eier und die perfekte Ernährung, den sie schon einige Male gehört hatten. Einige hundert Male, verbesserte Elisabeth sich in Gedanken.

»Aber euch fällt schon auf, dass euer Speiseplan ziemlich einseitig geworden ist, oder?«, sagte Niels. Auch das nichts Neues. Jetzt würde das Cholesterin kommen. »Ihr solltet mal euren Cholesterinspiegel überprüfen lassen«, fuhr Niels wie erwartet fort, »der ist bestimmt schon durch die Decke. Nicht gut in eurem Alter. Das Schlaganfallrisiko ...«

»Ende der Diskussion«, unterbrach Robert. »In der Mensa könnt ihr nach Herzenslust Eier meiden, aber hier wird gegessen, was auf den Tisch kommt.«

»Hör dir mal selbst zu«, murmelte Niels.

»Also geht's noch, Papa?!«, sagte Nina. »Der Spruch war jetzt echt retro, oder?«

Robert zerschnitt mit versteinerter Miene seinen Pfannkuchen. Der Eierkonsum der Familie war ein sensibles Thema, seit Robert die Hühnerhaltung zu seinem Hobby gemacht hatte. Elisabeth nervten die Hühner und ihr eitles morgendliches Gegacker, wenn sie ihre Eier gelegt hatten, und es ärgerte sie vor allem, dass der hintere Teil des Gartens hatte dran glauben müssen. Robert hatte ihr geliebtes Mandelbäumchen abgesägt, dort ein Hühnerhaus gebaut und zusätzlich einen großen Bereich des Gartens mit einem hässlichen Hühnerdraht abgetrennt. Alles, ohne sie zu fragen, an einem Wochenende, als sie in Holland Möbel für den Goldenen Stern gesucht hatte. Nach wenigen Wochen hatten die Hühner in ihrem Gehege das ganze Gras weggescharrt und ausgepickt, seitdem ähnelte der Auslauf einer Mondlandschaft. Einer zugeschissenen Mondlandschaft, korrigierte sie sich. Hühner machten unglaublich große Haufen, fast wie Hunde, und am meisten an der ganzen Hühnerhaltung brachte sie auf die Palme, dass Robert sich über alles, was mit seinen »Mädels« zusammenhing, so unglaublich freute. Nicht nur über die Eier, sondern auch über ihren Kot. Dunkelbraun mit ein bisschen Weiß oben drauf. »Das Weiße ist die Harnsäure«, hatte Robert ihr erklärt. »Hühner machen nämlich kein Pipi.« Er nannte es »Sahnehaube« und war glücklich, wenn die Ausscheidungen korrekt von seiner geliebten Sahnehaube gekrönt waren. Wie wunderlich konnte ein Mann werden? Aber sie sagte nichts. »Männer kommen eben auf komische Ideen, wenn sie älter werden«, war der Kommentar ihrer Mutter gewesen. »Sei doch froh, dass es nur Hühner sind. Immer noch besser als ein Motorrad. Oder gar eine andere Frau.«

Roberts Begeisterung für Geflügel war vor eineinhalb Jahren entstanden. Das war die Zeit, in der die Zwillinge mit ihrem Studium begonnen hatten. Die Entfernung zur Universität war zwar nicht allzu groß, Elisabeth und Robert waren zunächst davon ausgegangen, dass die beiden weiterhin zu Hause wohnen und zur Uni pendeln würden. Doch wenige Wochen nach Beginn des Studiums hatten Niels und Nina erklärt, dass die ewige Fahrerei ihnen wertvolle Studienzeit stehlen würde und es besser wäre, vor Ort zu wohnen. Nicht zuletzt der Umwelt zuliebe. Robert und Elisabeth war natürlich klar gewesen, worum es eigentlich ging: Die Kinder wollten die Flügel ausbreiten, das Nest verlassen, die Vorzüge des Studentenlebens – maximale Freiheit, minimale Verantwortung – in vollen Zügen auskosten. Sie konnten das verstehen, es war etwas, das sie selbst nur ein paar Semester lang gehabt hatten. Es war eine großartige Zeit gewesen, und gerade deshalb gönnten sie es ihren Kindern. So hatten sie sich abends zusammengesetzt und gerechnet, ein paar Abos gekündigt, den Urlaubs-Etat halbiert, Robert hatte einen Bezirk dazugenommen und Elisabeth angefangen, während der Pilgerzeit im Goldenen Stern auszuhelfen. Wenig später hatten sie den Kindern beim Umzug geholfen, und der Geschmack von Anfang und Abenteuer hatte in der Luft gelegen und sie an ihre eigene Jugend erinnert. Sie hatten es genossen, diese Luft zu inhalieren, verstohlen wie entwöhnte Raucher, die unauffällig die Rauchschwaden vom Nachbartisch einatmen. Das Bewusstsein einer verheißungsvollen Zukunft, von tausend Möglichkeiten und einer Welt, die darauf wartete, erobert zu werden, wirkte euphorisierend. Doch jedes Mal, wenn sie nun zu zweit nach Hause zurückkehrten, schlug ihnen Stille entgegen. Insofern verstand Elisabeth Robert nur zu gut. Auch wenn er selbst es nie zugegeben hätte: Es war seine Art, das Haus wieder mit Leben zu füllen, oder zumindest den Garten. Seine Lösung war so einfach: Das Nest wird leer, füllen wir es mit Hühnern. Elisabeth beneidete ihn darum. Für ihn war jeder Tag, wenn er die Eier einsammelte, ein bisschen wie Ostern. Seine Welt war wieder in Ordnung, es sei denn natürlich, die Kinder kritisierten an den Hühnern oder am Eierkonsum herum, da war er allergisch.

Elisabeth hatte die Umstellung härter getroffen als Robert. Er war morgens immer früher als die Kinder aufgebrochen, sodass sie ihm beim Frühstück nicht fehlten. Und auch beim Mittagessen war er ja nicht da. Für Elisabeth war es anders. Seit die Kinder nicht mehr zum Essen kamen, machte ihr das Kochen, das sie früher geliebt hatte, keine Freude mehr. Selten konnte sie sich noch dazu überwinden, etwas Raffiniertes nur für Robert und sich selbst zuzubereiten. Früher war das Gemüsefach im Kühlschrank immer voll gewesen. Sie hatte jeden Tag gekocht, mit Liebe, Kreativität und vielen frischen Zutaten, jetzt eroberte nach und nach die ganze Palette der praktischen halbfertigen Produkte aus dem Kühlregal den Kühlschrank, im Gefrierschrank warteten Schlemmer-Filets, Pommes frites, Pizzen und verschiedene Gemüsezubereitungen darauf, in den Backofen geschoben zu werden. Überall kam ein frisches Ei obendrauf oder rein, der Tribut an die von Robert propagierte perfekte Ernährung. Und sie aß mittags, wenn sie allein war, in der Küche, manchmal direkt aus dem Topf. Bei chinesischen Instant-Nudelsuppen fühlte sie sich den Kindern besonders verbunden, seit sie welche im Vorratsschrank der Studenten-WG entdeckt hatte. Ihr gefiel der Gedanke, dass die Kinder sich höchstwahrscheinlich die Woche über ähnlich ernährten wie sie. Und war das nicht die beste Basis, um ein Gespür dafür zu bekommen, nach was sie sich sehnten, wenn sie am Wochenende nach Hause kamen? Nach frischen

Zutaten, knackigen Salaten, Vitaminen, Ballaststoffen und den Glückshormonen, die nach dem Genuss einer selbstgemachten Mousse au Chocolat den Körper fluteten? Sie dachte an Judith und ihr Gerede über Veränderungsintelligenz. Ganz genau. Man musste mit der Zeit gehen.

»Wo hast du eigentlich die Pflaumen her?«

Es dauerte, bis die Frage es geschafft hatte, sich zwischen ihre Gedanken zu drängen. Sekunden, in denen sie eine anklagende Stille spürte, wie immer, wenn sie auf eine Frage nicht antwortete, weil sie ihren eigenen Gedanken nachhing. Sie versuchte, Roberts Frage aus der Zwischenablage zu holen. Irgendetwas mit Pflaumen.

»Wieso, schmeckt es dir nicht?«

Robert wischte sich den Mund ab. Sein Teller war schon leer. »So wie man isst, so ist man«, diesen Spruch hatte sie zum ersten Mal gehört, als Robert und sie vor dreißig Jahren ein Wettessen mit ihren Pausenbroten veranstaltet hatten. »Doch, ausgesprochen lecker«, sagte er. »Aber eigentlich ist jetzt keine Pflaumenzeit, oder?«

»Gefrierschrank«, erklärte Elisabeth und lächelte. »Weißt du, ich habe da einen alten Mann im Krankenhaus, der hat mir erzählt, dass er und seine Frau an ihrem Hochzeitstag immer Pflaumenpfannkuchen gegessen haben. Und als ich dann seine Brieftasche aus dem Gefrierschrank holte, kam mir die Idee, dass ich noch Pflaumen …«

»Praktischerweise hast du auf die Weise auch noch massig Eier verbraten«, warf Niels ein. Robert verzog das Gesicht und tat so, als wollte er ihm den Teller wegziehen. »Wenn du deinen nicht magst …«

»Der verwahrt seine Brieftasche im Gefrierschrank?«, fragte Nina. »Das machen alte Leute also wirklich?«

Niels grinste. »Habt ihr beide eure Notgroschen etwa auch im Gefrierfach?«

»Gibt's noch Nachtisch?«, fragte Robert.

»Das war der Nachtisch«, sagte Elisabeth. »Aber ich habe noch eine kleine Überraschung für euch. Weniger zum Sattwerden, aber zum Freuen.«

Alle drei schauten sie jetzt fragend an. Elisabeth legte das Besteck weg und improvisierte einen Trommelwirbel auf der Tischkante. »Also gut: Wir fahren nach Amsterdam!«

»Wann?«, fragten Niels und Nina unisono. Früher war ihnen das häufig passiert, und in der Pubertät hatten sie sich darüber geärgert. Jetzt klatschten sie ab.

»Dieses Wochenende. Von Samstag bis Sonntag. Ich habe schon alles arrangiert!« Sie stand auf, holte die ausgedruckte Bestätigung und reichte sie Robert. »Inklusive romantischer Grachtenfahrt am Abend.«

»Warum hast du uns nicht vorher gefragt?« Nina schaute sie an wie früher, als die Zwillinge vierzehn waren und Elisabeth plötzlich alles falsch gemacht hatte.

»Ihr bleibt doch bis Sonntagabend, habt ihr doch gesagt!«

»Ja, eigentlich schon«, erklärte Niels, »aber Samstag gibt's eine Farewell-Party für einen Kumpel, bevor er für ein Jahr nach Australien fliegt. Haben wir erst heute erfahren. – Sorry«, setzte er hinzu, als er ihr Gesicht sah. »Aber du hättest das mit Amsterdam zuerst mit uns besprechen sollen. Wir sind keine drei mehr.«

»Welcher Kumpel?«, fragte Elisabeth, obwohl sie

wusste, wie überflüssig die Frage war, denn seit einigen Monaten gab es in den Erzählungen der Zwillinge immer mehr Namen, zu denen sie keine Gesichter hatte.

»Paul«, sagte Nina, etwas freundlicher, und Elisabeth war dankbar, dass sie nicht »Kennst du nicht!« gesagt hatte.

»Ist doch kein Problem«, sagte Robert. »Ist doch zu stornieren, oder?«

Elisabeth sah ihn verwirrt an. »Soll das heißen, du kannst auch nicht?«

»Doch, aber wollen wir den Ausflug nicht auf ein Wochenende verschieben, an dem die Kinder auch mitkönnen?« Er hatte offensichtlich keine Ahnung, warum sie den Ausflug ausgerechnet für diesen Samstag geplant hatte.

»Sonderpreis bei Sofortbuchung, nicht stornierbar.«

»Na gut, dann machen wir beide uns halt ein schönes Wochenende.« Er nickte ihr zu wie jemand, der sich ins Unvermeidliche fügt. »Nur schade natürlich um das zweite Zimmer.«

»Fragt doch Tessa und Alexander, ob sie Lust haben mitzukommen«, schlug Nina vor. »Tessa hat doch schon so oft einen Ausflug vorgeschlagen, und immer könnt ihr nicht.«

Robert zuckte mit den Schultern. »Von mir aus. Dann wäre das Geld für das zweite Hotelzimmer nicht zum Fenster hinausgeworfen.«

Elisabeth zögerte. Ein Ausflug mit Tessa und Alexander war nicht ihre Wunschvorstellung von ihrem Hochzeitstag. »Wir können sie ja mal fragen«, sagte sie.

»Bestens, dann wäre das geklärt.« Robert schlug auf die Tischkante und erhob sich. »Wer mag noch Rührei?«

KAPITEL 11

Elisabeth sah über die Schulter nach hinten. »Fahr nicht so schnell, sonst verlieren wir sie!«

Robert blickte in den Rückspiegel. »Na und? Die haben doch auch ein Navi, die müssen nicht an uns kleben wie Kaugummi.«

»Ja, aber wir wollen gemeinsam Pause machen und picknicken.«

»Wir?«

»Ach, du also nicht. Hättest du früher sagen sollen, wenn du keine Lust auf die beiden hast.«

»Es sind in erster Linie deine Freunde.«

»Ach, auf einmal. Wer fand den Vorschlag, sie mitzunehmen, denn so toll?« Elisabeth hatte schlechte Laune. In erster Linie, weil Robert am Morgen den Hochzeitstag vergessen hatte, in zweiter wegen des strömenden Regens und dann auch wegen Tessa und Alexander. Sie hatten sich sofort für den gemeinsamen Amsterdam-Trip begeistert. Besser gesagt, Tessa hatte sich sofort dafür begeistert und Alexander überraschenderweise auch eingewilligt. Alexander, der ja, wie Tessa immer sagte, »beruflich äußerst eingespannt« war, igelte sich am Wochenende normalerweise zu Hause ein. Tessa war dabei willkommen, andere Leute störten. Er allerdings drückte es anders aus: »Ich halte mir die Wochenenden gern frei«. Mit diesem einfachen Satz schaffte er es, der Umwelt den Eindruck eines schwer schuftenden Managers zu vermitteln, für den zwei Tage ohne Termine pro Woche die reine Notwendigkeit zum Überleben waren. Pure Wichtigtuerei. Nach allem, was Tessa ihr von den gemeinsamen Wochenenden erzählt hatte, schlief er einfach gern lang am Samstag, las die Frühstückszeitung im Bett, pflegte Routinen wie die Fahrt zur Autowaschanlage, dann trafen sie sich in ihrer Lieblingspizzeria zum Essen, kauften auf dem Markt für das Abendessen ein, und nachmittags experimentierte er mit seinem Chemiebaukasten oder werkelte an seinem Oldtimer, spielte Playstation und sah die Sportschau.

»Eine Pause wäre ohnehin nur Zeitverschwendung bei dem Regen«, sagte Robert.

»Auch wenn es in Strömen regnet, uns bleibt immer noch das Essen. Ich habe extra Pfannkuchen-Röllchen mit Lachs gemacht – und Saté-Spieße.«

»In zwei Stunden sind wir im Hotel, essen wir sie da.«

Sie freute sich schon auf das Hotel. Die Bilder, die sie im Internet gesehen hatte, waren vielversprechend. Stilvoll romantisch das Foyer, mit Kristallleuchter-Noblesse und der Wärme altehrwürdiger, dunkler Holzvertäfelung.

Robert schaltete das Radio an. »Du musst das nicht machen«, sagte sie. Normalerweise hörten sie keine Musik im Auto, nur den Verkehrsfunk, und auch den nicht mehr, seit das Navi die Staus mit erfasste. Er warf ihr einen verschmitzten Blick zu.

»Herzlichen Glückwunsch zum Hochzeitstag! Tataa, ich habe dran gedacht, und du nicht!«

»Oh, und das ist also dein Geschenk zum Hochzeitstag? Ich darf Radio hören? Sehr großzügig.«

»Nach zwanzig Jahren Ehe kann man ruhig mal ein Opfer bringen!«, scherzte er gut gelaunt.

»Einundzwanzig Jahren«, verbesserte sie. »Also wirklich, noch nicht einmal das behältst du.«

»Siehst du, wenn es schön ist, vergisst man die Zeit«, konterte er. »Außerdem, du hast es gerade nötig, dich zu beschweren, du hast ihn schließlich ganz vergessen!«

»So, denkst du wirklich?«

»Etwa nicht?«

»Robert, warum, denkst du wohl, fahren wir gerade nach Amsterdam?«

Sie sah weiter nach vorn auf die Autobahn, doch aus den Augenwinkeln nahm sie wahr, dass er ihr einen raschen, prüfenden Blick zuwarf. »Hoffen wir, dass unser Zimmer nicht direkt neben dem von Tessa und Alexander liegt«, sagte er dann.

Sie antwortete nicht.

»Das war ein Scherz«, sagte er.

»Hoffst du das wegen denen oder wegen uns?«

»Wie meinst du das?«

»Weißt du, was Alexander zu mir gesagt hat, als ich neulich bei Tessa anrief und er am Telefon war? Ich habe gesagt: ›Na, wie geht's euch?‹, du weißt schon, wie man das halt so sagt, und er meinte: ›Gut, durch regelmäßigen Geschlechtsverkehr halten wir uns fit.‹ So etwas sagt man doch nicht, oder?«

Robert lachte. »Ist zumindest mal eine originelle Antwort.«

»Ich fand es – nun ja, distanzlos.«

Eine Zeit lang schwiegen sie, und man hörte nur das Quietschen des Scheibenwischers. »Du hast wirklich wegen unseres Hochzeitstags Amsterdam gebucht?«, fragte er dann.

»Ja.« Sie merkte selbst, dass sie ein bisschen beleidigt klang, und sie wusste auch, dass das, was sie als Nächstes sagen würde, das Einbiegen in eine Gesprächssackgasse bedeutete, in die sie schon einige Male eingebogen war, aber sie konnte nicht anders. »Du könntest wenigstens sagen, dass es dir leid tut.«

»Siehst du, darum sind Hochzeitstage so dämlich«, regte er sich prompt auf. »Die besten waren die, die wir beide vergessen haben. So wie in den letzten Jahren. Da gab es keinen Stress, keiner war beleidigt, alles war gut.«

»Ich …« Sie wollte antworten, dass sie selbst in all den Jahren keinen einzigen Hochzeitstag vergessen hatte, hielt sich aber im letzten Moment zurück. Es wäre billig, jetzt damit aufzutrumpfen, und außerdem unklug. Jahrelang hatte sie jetzt schon so getan, als habe sie den Hochzeitstag auch vergessen. Gegen Abend hatte sie immer vorgegeben, es würde ihr plötzlich einfallen, sie hatten dann gemeinsam über ihre Vergesslichkeit gelacht und noch etwas Schönes unternommen, waren Essen gegangen oder ins Kino. In den ersten Jahren ihrer Ehe war sie offen sauer gewesen, wenn Robert nicht daran dachte. Das hatte nichts gebracht außer Ärger, denn Robert hasste es, wenn man von ihm verlangte, sich zu entschuldigen. Dann hatte es ein paar Jahre des heimlichen Schmollens und Übelnehmens gegeben, die eigentlich weiter nichts bewirkt hatten als einen Robert, der ebenfalls schlechte Laune bekam, bis sie vor fünf oder sechs

Jahren auf die pragmatische Lösung der vorgetäuschten Vergesslichkeit gekommen war. Selbst schuld mit deinem Rückfall in frühere Zeiten, dachte sie.

Er räusperte sich. »Bist du sauer, Lilli?«

»Nein.« Sie zögerte, dann streckte sie die Hand aus und legte sie versöhnlich auf seinen rechten Arm. »Wenn überhaupt, ärgere ich mich darüber, dass ich das Krankenhaus mit nach Hause genommen habe.«

Er warf ihr einen Seitenblick zu, hakte aber nicht nach. Elisabeth hatte das erwartet. Beim Stichwort Krankenhaus wollte er es lieber nicht genauer wissen.

»Inwiefern?«, fragte er nun doch. »Etwas, das dich belastet?«

»Nein«, sagte sie überrascht. »Es ist nicht belastend, aber es beschäftigt mich. Ein alter Mann hat mir so rührende Geschichten erzählt, wie er und seine Frau sich kennengelernt haben. Sehr romantisch.«

»Der alte Mann, dem wir den Pflaumenpfannkuchen neulich verdanken?«

Sie nickte. »Er hat seine Frau bei einer Zugfahrt nach Amsterdam kennengelernt. Dann hat er fast ein Jahr nach ihr gesucht, überall, und als er sie gefunden hatte, hat er ihr bei einer Grachtenfahrt in Amsterdam einen Heiratsantrag gemacht.«

Robert grinste. »Deshalb die Grachtenfahrt, jetzt verstehe ich. Aber falls Sie auf einen Heiratsantrag spekulieren, meine Dame, das können Sie gleich vergessen. Ich hab schon Ja gesagt.«

»Die war's bestimmt nicht wert«, ging Elisabeth auf den Scherz ein. »Nehmen Sie lieber mich!«

»Keine Chance«, winkte Robert ab. »Abwerben ist

sinnlos bei mir. Mein Weib und ich, wir sind unzertrennlich wie zwei alte Pantoffeln. Immer Seite an Seite.« Er grinste jetzt von einem Ohr zum anderen, und sie lächelte auch, allerdings nur, solange er sie ansah. Sie war nicht in der Stimmung für einen Alte-Pantoffeln-Vergleich. Nicht an einem vergessenen Hochzeitstag.

***

»Schaut mal, da steht eine Frau im Schaufenster!« Eine Frau, die inmitten einer Touristengruppe vorbeikam, deutete aufgeregt nach rechts. »Habt ihr das gesehen? In Unterwäsche!«

»Mein Gott, wie naiv kann man sein!«, rief Alexander amüsiert aus. Elisabeth verdrehte die Augen. Dass sie hier waren, daran war nur er schuld. Alexander hatte seit ihrer Ankunft das Kommando übernommen. Wochenendtouristen ohne festen Plan, nur mit den vagen Eckdaten »Grachtenfahrt« und »Bummeln«, das schrie geradezu nach jemandem, der sich auskannte, der plante, strukturierte, die Führung übernahm. Seiner Meinung nach. Alexander war jemand, der sich selbst nie als Touristen bezeichnet hätte. Wenn er im Ausland war, sah er sich als Reisenden, als Connaisseur des Landes, als eine Art besseren Einheimischen. Er kenne Amsterdam in- und auswendig, hatte er verkündet, wegen der vielen Tagungen und »Business-Meetings«. »Ich zeige euch das echte Amsterdam, abseits der ausgelatschten Touri-Pfade!« Und nun waren sie also im Rotlichtviertel. Sehr originell, wirklich, dachte Elisabeth, während sie verstohlen die Frauen in den Schaufenstern musterte. Eine lächelte und zwinkerte ihr zu. Oder meinte sie Robert? Sie blickte zur Seite, doch Robert schaute gerade auf sein Handy. Nein, sie war gemeint. Elisabeth sah wieder zu der Frau, lächelte zurück. Die Frauen jedenfalls waren echt, auch wenn die Präsentation in den Schaufenstern sie ein bisschen wie Jahrmarktsattraktionen wirken ließ. Das ganze Viertel war ein einziger Rummelplatz für Männer, für angeheiterte Horden, die in Jux-Stimmung durch die engen Gassen streiften, in gespannter Euphorie, ermutigt von Alkohol und den anderen. Und wenn einer von ihnen in die rot ausgeplüschte Kammer eingetreten und man sich über den Preis einig geworden war, wurden die Vorhänge zugezogen, und das, was dahinter passierte, war für diejenigen, die draußen blieben und nun ihrer Fantasie freien Lauf ließen, womöglich schwindelerregender als für den Kerl drinnen. Wenn er dann wieder hinaustrat zu den wartenden Freunden, wurde er johlend und schulterklopfend empfangen wie nach einer Mutprobe, und das war es wohl auch.

»Meinst du, das macht Spaß?«, fragte Elisabeth. Sie hatten sich auf Alexanders Drängen an einer kleinen, schmierigen Bude, angeblich die beste Amsterdams und das eigentliche Ziel der Exkursion, mit Pommes und Kroketten versorgt, die sie nun im Stehen aus Tüten aßen, mit fettigen Fingern, mitten im Gedränge zwischen Frauen in Schaufenstern, Sexshops und Imbissbuden.

Robert sah sie fragend an. »Was meinst du?«

»Na, so auf die Schnelle, während die Freunde draußen warten. Ich stelle es mir nicht besonders toll vor.« Sie verzog das Gesicht. »Die Uhr tickt, du regelst das Finanzielle, dann musst du dich vor einem wildfremden

Menschen ausziehen und …« Sie schüttelte sich. »Also, das ist doch total peinlich, oder?«

»Sieh dich einfach um, dann hast du deine Antwort.«

»Ist mir unbegreiflich.« Elisabeth schüttelte den Kopf, während sie eine Krokette nahm und in den Ketchup tunkte. »Die benutzen die Frauen doch nur wie ein Sportgerät. Wie ein Trampolin.«

Robert gab keine Antwort.

Elisabeth biss in ihre Krokette. »Aber sie ist kein Trampolin. Sie ist ein Mensch!«, empörte sie sich kauend. »Das kann doch keine Freude machen!« Sie sah auf die schleimige, graubraune Füllung der verbliebenen Krokettenhälfte und warf sie in einen Mülleimer.

»Wem denn? Dem Trampolin oder dem, der drauf rumhüpft?«, mischte sich Alexander ein. Er zwinkerte ihr gönnerhaft zu. »Komm schon, Elisabeth, vergiss mal für einen Tag deine ländlichen Wertvorstellungen.« Er machte eine weit ausholende Armbewegung. »Das hier ist Amsterdam!«

Elisabeth schlug sich mit der Hand vor die Stirn. »Ach so! Jetzt, wo du es sagst, fällt es mir auch auf!«

»Ich hätte es wissen müssen«, murmelte Robert und legte Elisabeth eine Hand auf den Arm. »Komm, lass gut sein.«

Aber Elisabeth hatte sich in Rage geredet. »Ja, stimmt«, höhnte sie. »Hatte ich ganz vergessen. Das richtige Amsterdam, das echte, abseits der ausgelatschten Touri-Pfade. Ganz toll, Alexander.« Sie imitierte Alexanders weit ausholende Armbewegung. »Weit und breit keine Touristen, was?«

»Hör auf deinen Mann und komm mal runter«, sagte

Alexander. »Genieß deine *Patat*, dann gehen wir woanders hin.«

Er sagt *Patat* zu den Pommes, dachte Elisabeth aufgebracht. Natürlich, man war ja in Holland. »Genießen? Das Zeug schmeckt nach altem Fett! Außerdem: Ich habe verdammt noch mal keine Lust, an meinem Hochzeitstag nackte Frauen in Schaufenstern zu begaffen.« Im selben Moment wünschte sie, sie hätte den Mund gehalten. Ihr Hochzeitstag ging Alexander und Tessa gar nichts an.

»Sie sind genau genommen nicht nackt«, sagte Alexander.

»Es ist auch mein Hochzeitstag«, sagte Robert.

»Und das da ist auch keine echte Frau«, ergänzte Alexander und deutete auf die Prostituierte, die Elisabeth zugezwinkert hatte. »Zu erkennen an dem blauen Licht.«

»Wie wäre es mit dem Rijksmuseum?«, versuchte Tessa zu vermitteln.

Alexander zog die Augenbrauen hoch. »Ja, super«, sagte er gedehnt. »Das perfekte Amsterdam-Erlebnis. Zuerst eine Runde Kultur im Rijksmuseum, dann eine Runde deutsche Betroffenheit im Anne-Frank-Haus und zum Abschluss die romantische Grachtenfahrt.« Er betonte »Grachtenfahrt« wie ein Wort, das wegen seiner Spießigkeit nur zitiert werden konnte, sprach die Anführungszeichen quasi mit. Tessa zerknüllte die leere Pommestüte und erwiderte nichts. Jetzt war auch sie sauer.

Robert sah auf die Uhr. »Wisst ihr was? Ich schlage vor, wir treffen uns um sieben irgendwo zum Abendessen, und davor teilen wir uns auf. Stadtbummel mit so vielen Leuten sind anstrengend.« Alle waren sofort einverstanden. Elisabeth lächelte Robert dankbar an, als Tessa und Alexander außer Sicht waren. »Worauf hast du Lust?«, fragte er. »Sollen wir zum Jordaan bummeln? So wie ich dich kenne, brennst du doch darauf, ein bisschen in De Looier zu stöbern, nach schönen alten Dingen, die keiner braucht und jeder liebt. Und dann vielleicht ein Abstecher zum Trödelmarkt auf den Waterlooplein?«

Sie strahlte ihn an. »Macht dir das denn auch Spaß?«

Er grinste. »Happy wife, happy life. Sieh es als mein Geschenk zum Hochzeitstag an.«

»Aber was ist mir dir? Was willst du machen?«

»Dein Goldgräbergesicht bei De Looier sehen, ich liebe es.« Er legte den Arm um ihre Schultern. »Na los, komm, aber vorher stärken wir uns mit einem Kopje Koffie, ja? Lass uns irgendwo hingehen, wo nicht so viele Menschen sind.« Das war erstaunlich leicht. Sie bogen in eine Nebengasse, gingen hundert Meter, bis sie an eine Gracht gelangten, und spazierten am Wasser entlang. Robert griff nach ihrer Hand, und aller Ärger war vergessen. Als die Sonne hervorkam und das nasse, rote Pflaster glänzen ließ, setzten sie sich vor ein Café, bestellten Koffie verkeerd und beobachteten die vorbeiziehenden Boote.

»Das sollten wir öfter machen«, sagte Elisabeth. Sie sah auf das Straßenschild, prägte sich den Namen ein und nahm sich vor, Herrn Grün von diesem Ausflug zu erzählen. Er würde sich freuen, von Amsterdam zu hören, und wenn sie ihm sagte, an welcher Ecke sie gesessen hatten, vor welchem Café, würde das wieder schöne Erinnerungen wachrufen in dieser scheußlichen Situation, in der er war: voller Blessuren, kraftlos und traurig, und wenn er nach Hause käme: allein.

Sie griff nach ihrem Kaffeeglas und löffelte den Schaum ab. »Was fändest du eigentlich schöner, Robert, wenn du zuerst stirbst oder ich?«

»Wie kommst du jetzt darauf?«

»Nur so.«

»Verstehe, weil wir so schön hier sitzen und die Stimmung droht, ins Fröhliche zu kippen, jetzt, wo wir die beiden Nervensägen los sind.«

»Tessa ist keine Nervensäge, sie hat nur eine im Schlepptau.«

»Und ich wette, heute hat sie es mehr als sonst bereut.«

»Nein, hat sie nicht. Sie verliert nie ein böses Wort über Alexander. Sie betet ihn an.«

Robert grinste. »Vielleicht ist er ja gut im Bett.« Sie lachten, dann wurde Elisabeth wieder ernst. »Also, Robert, raus damit, was fändest du schöner, wenn du zuerst stirbst oder ich?«

»Und du?«

»Ich hab zuerst gefragt.«

»Nein, ich meine, wen betest du an?« Er machte ein selbstgefälliges Gesicht.

»Du lenkst vom Thema ab.«

»Du auch. Also, wen betest du an?« Er strich sich über das Haar.

Elisabeth lachte auf. »Für Anbetung kennen wir beide uns zu lang, oder? Tessa und Alexander sind gerade mal drei Jahre zusammen.«

»Wenn der so weitermacht, bezweifle ich, dass es noch mal drei Jahre werden. Nicht wenn Tessa einigermaßen bei Verstand ist.«

»Ist sie aber nicht. Liebe macht blind.« Elisabeth trank

einen Schluck und wurde wieder ernst. »Also, was fändest du schöner?«

»Schöner.« Roberts Lächeln verschwand zuerst aus den Augen, dann aus dem ganzen Gesicht. »Ich glaube nicht, dass schön das passende Wort ist.«

»Also gut: Würdest du lieber vor oder nach mir sterben?«

»Ach, Lilli. Es war doch alles gerade so nett.«

»Es ist doch nur eine Frage. Wenn du die Wahl hättest.«

»Vielleicht haben wir ja einen Unfall und sterben beide gleichzeitig. Zum Beispiel, wenn wir in deinem Miniauto von einem Laster überrollt werden.«

»Aber wenn nicht: du oder ich zuerst? Nun sag schon.«

»Du lässt nicht locker, was? Also gut: dann ich zuerst.«

»Warum?«

»An inneren Blutungen, weil du mir Löcher in den Bauch gefragt hast. Themawechsel, bitte.«

»Sehr witzig. Warum nicht ich zuerst?«, insistierte Elisabeth.

»Weil ich dir einen Gefallen tun wollte. Dann kannst du dir deinen grünen Kittel anziehen und mir im Krankenhaus noch tüchtig das Händchen halten. Ist doch dein Hobby.«

Sie setzte ihr Glas ab, starrte ihn entgeistert an.

»Was ist? Bei mir könntest du zur Höchstform auflaufen!« Erst jetzt merkte sie, dass er Spaß machte. »Komm schon, Lilli, genießen wir den schönen Tag und machen uns keine Gedanken über Dinge, die wir ohnehin weder wissen noch in der Hand haben. Zum Glück, oder?«

Die Kellnerin kam, und sie bestellten zwei Gläser Wein.

»Vielleicht findest du ja wieder jemanden, wenn du

mich überlebst«, sagte Elisabeth, betont beiläufig. »Und verlebst noch viele glückliche Jahre mit ihr.«

Er schüttelte den Kopf. »Hätte ich mir denken können. Du beißt dich fest. Also gut.« Er stützte den Kopf in die Hand, als müsste er die Vor- und Nachteile abwägen. »Nach einer angemessenen Trauerzeit, oder?«

»Davon gehe ich aus.«

»Sagen wir: ein Jahr, in dem ich untröstlich bin?«

Sie kniff die Augen zusammen. »Vielleicht schaffst du es ja früher, keine Ahnung. Das bleibt voll und ganz dir überlassen. Du musst auch kein schlechtes Gewissen haben, ich bin ja dann tot und begraben. Nimm einen Waldfriedhof, dann brauchst du dich nicht um die Grabpflege zu kümmern.«

»Danke für den Tipp. Und dann würde ich noch mal jemanden treffen, meinst du?« Er grinste, griff nach dem Zuckerstreuer auf dem Tisch und sah hinein wie die Wahrsagerin in die Kristallkugel. »Die Sonne geht auf! Ich sehe eine Frau, mit der ich einfach mal einen Kaffee trinke, ganz harmonisch. Die fünfe auch mal gerade sein lassen kann und sich nicht über Frauen in Schaufenstern aufregt. Und – nein, ist es denn die Möglichkeit – sie sieht aus wie ein Model!«

Elisabeth trat Robert gegen das Schienbein. »Au! Womit ich natürlich meine: Sie sieht aus wie du!«

»Also wirklich, du hättest auch sagen können: ›Nein, ich bleibe dabei: ich zuerst. Denn ohne dich, Liebe meines Lebens, hätte das Leben für mich keinen Sinn mehr.‹«

Er rieb sich das Bein, während die Kellnerin den Wein brachte. »Hoffentlich wird dein Ende kurz und schmerzlos. Leidend wirst du bestimmt noch unausstehlicher.«

»Haha.« Sie verzog das Gesicht zu einem Grinsen, dann machte sie ihn auf ein Ausflugsboot aufmerksam. »Schau mal dort, so eines werden wir heute Abend auch haben!« Sie beobachteten eine Weile das Boot mit den glänzenden Panoramascheiben. Elisabeths Blick blieb an einer jungen Familie hängen. »Sag mal, fändest du es eigentlich schön, wenn wir die Zeit zurückdrehen und mit denen da im Boot tauschen könnten?«

»Denen mit den beiden kleinen Kindern?«

Sie nickte. »Um Gottes willen, auf keinen Fall!« Robert nahm das Glas und prostete ihr zu. »Die haben quengelnde Kinder und keine ruhige Minute, wir haben Sonne, Wein und endlich Ruhe vor den Nervensägen.«

»Niels und Nina sind keine Nervensägen!«

»Ich meinte Tessa und Alexander.« Er sah sie an, stellte abrupt das Glas ab. »Sag mal, habe ich da was nicht mitgekriegt? Du bist doch nicht …?«

»Was bin ich nicht?« Sie nippte an ihrem Wein und bemerkte dabei, wie sein Blick an ihr hinabwanderte und an ihrer Körpermitte stoppte.

»Oh Gott, nein!« Sie lachte wie über einen guten Witz, und er stimmte erleichtert mit ein.

»Heute machst du es einem wirklich nicht leicht, sich zu entspannen, Lilli!« Er leerte sein Glas in einem Zug. Dann winkte er der Kellnerin und kniff Elisabeth mit der anderen Hand in die Seite. »Auf den Schreck trinken wir noch einen, oder?«

KAPITEL 12

Herr Grün genoss jeden Satz, jede Erwähnung eines Straßennamens ließ ihn wissend lächeln. Elisabeth hatte sich extra viele notiert, abends im Hotelzimmer, mit der Karte auf dem Schoß, während Robert mit Durchfall im Badezimmer war und Tessa und Alexander sich gegenseitig fit hielten.

Früher, als die Kinder klein waren, hatte sie Urlaubstagebücher geführt, die Seiten hatte sie später herausgetrennt und neben die jeweiligen Erinnerungsfotos, Tickets und Landkarten in zwei große Aktenordner geklebt. Zu ihrem achtzehnten Geburtstag hatten Niels und Nina dann jeweils einen dicken Ordner mit Erinnerungen an die Familienurlaube geschenkt bekommen. Nun hatte sie auf die Schnelle ein kleines Amsterdam-Buch für Herrn Grün zusammengestellt. Sie hatte viele Fotos ausgedruckt, und Herr Grün strahlte über das ganze Gesicht, als er nun darin blätterte, und dazu erzählte sie ihm von ihren Eindrücken. Immer wieder unterbrach er sie, fragte nach Details, lächelte dann wissend und glücklich, fügte eigene hinzu. Das Amsterdam ihres Berichts war wie die Bilder, die sie in das Album gesteckt hatte: ungetrübt und sonnig. Es gab keinen Regen auf der Hinfahrt, nicht die Frauen im Schaufenster, keinen Durchfall und auch keinen Streit, dafür das kleine Café an der Gracht und den kühlen Weißwein, in den die Sonne schien, die Touristenboote mit den Panoramascheiben, glitzernde Grachten mit Zugbrücken, prächtige Backsteinfassaden, bunte Auslagen. Elisabeth erzählte haarklein, welche Route das Boot bei der Grachtenfahrt genommen hatte, erwähnte jedoch nicht, dass an der Herengracht, zwischen den altehrwürdigen Giebelhäusern des reichen Bürgertums, ein Mann am Ufer gestanden, die Augen starr auf ihr Boot gerichtet, die Hose heruntergezogen und sich selbst befriedigt hatte. Sie erwähnte auch nicht, dass es Robert bereits bei der Grachtenfahrt übel geworden war oder dass sie sich nachts die Ohren zugehalten hatte, weil Alexander und Tessa so laut waren. Das war etwas, das man vielleicht amüsant gefunden hätte, wenn es wildfremde Leute gewesen wären im Zimmer nebenan, aber bei seinen Freunden? Drei Mal in einer Nacht überstieg jedenfalls ganz klar das Maß dessen, was sie zu erfahren gewillt war, selbst wenn es nur die Information gewesen wäre, vertraulich, von Frau zu Frau, abends im *Petit Paris,* nach dem zweiten Caipirinha. Aber das grunzende Stöhnen von Alexander und Tessas seltsame Laute waren geradezu aufdringlich gewesen, sie hatte sich unfreiwillig einbezogen gefühlt, ausgeliefert den Bildern, die ihr Gehirn unweigerlich zur Geräuschkulisse produzierte. Wussten die nicht, wie hellhörig die Wände waren? Offensichtlich nicht, woher auch? Bei ihnen war es ja still. Robert kämpfte zwar im Badezimmer mit dem offenbar leicht verdorbenen Fisch, aber er tat es verhältnismäßig diskret, wofür Elisabeth ihm dankbar war. Doch selbst wenn es bei ihnen lauter gewesen wäre, Elisabeth bezweifelte, dass Alexander und Tessa es mitbekommen hätten. Die beiden waren vollauf mit sich selbst beschäftigt. Alexander stieß, je mehr er in Fahrt kam, immer lautere Flüche aus. Schließlich konnte Elisabeth sie sogar verstehen. Auf Englisch. War ja klar. Selbst beim Sex noch Mann von Welt.

Robert hatte nichts von all dem mitbekommen. Als er blass und erschöpft aus dem Bad kam, war es nebenan gerade still geworden. Robert hatte sich ins Bett fallen lassen und war beinahe augenblicklich eingeschlafen. Nicht lange danach hatte Alexander wieder angefangen zu fluchen: »Bitch! Dirty bitch! Come on, bitch!«

Elisabeth wünschte, Robert wäre wach, gemeinsam hätten sie darüber lachen können, so wie über den Exhibitionisten an der Gracht. Sie nahm ihr Handy und schlug im Online-Wörterbuch »bitch« nach: Hündin, Schlampe. Ob Tessa das gefiel? Warum redete er überhaupt? Es gab doch nun wirklich Momente im Leben, in denen man besser den Mund hielt. Betrunken, beim Sex oder im Schlaf zu reden kann einen in Teufels Küche bringen, hatte Robert einmal gesagt. Es war im Spaß gewesen, bei einem Kollegen-Treffen, von dem sie ihn abgeholt hatte, und er war angeheitert gewesen. Doch es war einleuchtend, fand sie, was den Sex anging. Sex war die Sprache der Körper. Die Stimmen gehörten in das Reich des Tages, sie mussten leiser werden, zur Ruhe kommen, um die erwachenden, stummen Sinne der Nacht aufblühen zu lassen. Endlich war es still nebenan. Elisabeth war schon fast eingeschlafen an diesem Hochzeitstag, der dominiert war vom Liebesspiel anderer Leute, als es schon wieder losging. Diesmal aber anders. Keine Stimmen mehr, keine Flüche und kein Stöhnen. Dafür rhythmisches Quietschen. Jetzt sprach nur noch das Bett, und kurz darauf, als hätte es ein Eigenleben entwickelt, rammelte es auch noch dumpf gegen die Wand. Elisabeth schlug entnervt die Bettdecke zurück, ging ins Bad und duschte. Als sie wieder unter die Bettdecke kroch, war der Spuk vorbei.

»Frau Müller?«

Die Frage schwebte im Raum und riss Elisabeth aus ihren Gedanken. Sie lächelte Herrn Grün zu. »Entschuldigen Sie, wo war ich stehen geblieben?«

»Geht es Ihnen gut?« Herr Grün sah sie besorgt an.

»Ja, mir geht's gut, danke.« Sie räusperte sich und lächelte. »Mir ist nur eingefallen, dass ich heute Morgen vergessen habe, die Hühner zu füttern.«

»Sie haben Hühner? Davon haben Sie ja gar nicht erzählt. Und Sie meinen, Ihr Garten sei langweilig! Wie wunderbar, da haben Sie ja immer frische Eier!«

»Allerdings, ja. Apropos Amsterdam, ich habe Ihnen noch etwas mitgebracht.« Sie zog eine kleine, blau bemalte Vase aus der Tasche. »Hier, die ist für Sie, oder besser gesagt für die schönen Blumen, die Sie von Ihren Lieben bekommen. Ich dachte, die können Sie gut gebrauchen.«

»Danke schön!« Herr Grün nahm die Vase mit seinen schlanken Händen entgegen und betrachtete sie gerührt. »Das ist ja eine echte Delfter Vase!«, rief er dann aus. »Nein, Frau Müller, das kann ich unmöglich annehmen. Die muss ja ein Vermögen gekostet haben.«

»Ach was.« Elisabeth machte eine wegwerfende Handbewegung. »Die ist vom Flohmarkt auf dem Waterlooplein, ein echtes Schnäppchen.« Sie nahm Herrn Grün die Vase ab, füllte sie mit frischem Wasser und gab den Blumenstrauß hinein, sortierte ein paar inzwischen welke Blüten aus und arrangierte neu.

»Sie machen sich viel zu viel Mühe mit einem alten Mann. Ich bin eine Eintagsfliege. Wer weiß, wenn Sie nächste Woche kommen, bin ich vielleicht schon bei meiner Lenya.«

»Unsinn«, sagte Elisabeth in dem resoluten Tonfall, den sie sich von den Schwestern abgehört hatte. »Das würde Ihre Lenya nicht wollen. Nach allem, was Sie von ihr erzählt haben, bin ich sicher, sie würde wollen, dass es Ihnen gut geht. Aber Sie müssen auch etwas dafür tun, wieder gesund zu werden.«

»Ja«, sagte Herr Grün. Seine Hände glitten über die Bettdecke. »Das ist das Problem. Man kann nichts tun. Ich liege hier und esse, schlucke die Pillen und halte meinen Körper für die Nadeln hin. Aber das ist zu wenig. Ich war immer jemand, der Aufgaben brauchte, verstehen Sie? Die täglichen kleinen Dinge, die getan werden müssen. Hier tun sie andere. Und ich sehe nur zu, bin zu nichts mehr nütze, nur noch eine Last.«

»Sagen Sie das nicht«, sagte Elisabeth energisch und zog sich einen Stuhl heran. »Mein Mann und ich hatten einen wunderschönen Hochzeitstag in Amsterdam. Das haben wir nur Ihnen zu verdanken. Sie haben mich mit Ihrer Geschichte verzaubert und überhaupt erst auf diese tolle Idee gebracht! Also, Herr Grün, bitte erzählen Sie mir von Amsterdam, erzählen Sie mir, wie es weiterging damals mit Ihnen und Ihrer Frau! Sie haben sicherlich bald geheiratet. Erzählen Sie mir von der Hochzeit. War das auch auf einem Grachtenboot?«

Herr Grün sah sie eine Weile perplex an. »Sie waren wegen mir in Amsterdam?«

»Aber ja!«

Er schüttelte den Kopf. »Sie sind ja verrückt.«

»Nein, Sie haben mich infiziert. Ihre Romantik ist ansteckend.«

»Oh, da muss ich Sie enttäuschen. Was danach kam, war nicht ganz so romantisch, fürchte ich. Wir haben nicht gleich geheiratet, es gab eine gewisse – nun ja, Durststrecke.« Herr Grün nickte versonnen. »Vielleicht war es besser so. Gut Ding will Weile haben. Eine junge Liebe, sagt man, ist wie eine dünne Eisschicht. Bevor man sich zu zweit darauf wagt, tut man gut daran, etwas zu warten, bis die Eisdecke schön fest geworden ist und trägt.« Er lächelte. »Natürlich, das sage ich heute. Wenn mir damals jemand gesagt hätte, warte noch, gib eurer Liebe Zeit zum Wachsen, ich hätte den Rat in den Wind geschlagen. Ich wollte heiraten, am liebsten sofort, damit sie mir keiner wegschnappt. Aber es war nicht so einfach.«

»Aber warum denn nicht?«, fragte Elisabeth.

»Es gab ja nicht nur uns beide auf der Welt. Wenn nur wir zwei zusammen waren, wie herrlich und unkompliziert war alles. Aber sobald andere Menschen ins Spiel kamen – wie anstrengend. Es waren – nun ja, andere Welten, ihre und meine. Nicht nur, dass ich Deutscher war und sie Niederländerin – es waren die Sechziger, der Krieg lag keine zwanzig Jahre zurück, und Deutsche waren nicht beliebt in Holland. Ein paar Jahre später, bei der Hochzeit der Kronprinzessin mit Claus von Amsberg, gab es Rauchbomben von empörten Niederländern. Mit mir als Freund konnte man damals in Amsterdam nicht viel Staat machen, und ihre Freunde mochten mich nicht sonderlich. Schlimmer aber waren ihre Eltern. Damals habe ich das Wort ›Mesalliance‹ zum ersten Mal gehört, in ihrem Elternhaus, und es war klar, wen sie meinten. Ich war in einer Arbeiterfamilie der Nachkriegszeit groß geworden, der es kaum für das Nötigste reichte. Mein Vater war im Krieg geblieben, meine Mutter starb an Diphterie, als ich acht Jahre alt war. Meine Großeltern nahmen mich mit ins Krankenhaus, zum Abschiednehmen. Ich werde nie vergessen, dass ich an diesem Tag den Tod gesehen habe. Als ich die Tür des Krankenzimmers öffnete, sah ich einen schwarzen Schatten, der ans Bett meiner Mutter trat. Ich zeigte auf ihn und schrie: ›Da, Oma, schau nur!‹ Aber meine Großmutter sah nichts, befahl mir nur, mich zu bekreuzigen und artig zu sein und der Mama Auf Wiedersehen zu sagen. Doch als ich an ihr Bett trat und sie ansah, da war kein Leben mehr in ihren Augen. Ich bin heute noch überzeugt, sie tat ihren letzten Atemzug, als der Schatten zu ihr trat. Es war der Todesengel, der sie abholte.« Herr Grün sah Elisabeth mit einem verlegenen Lächeln an, wie jemand, der weiß, dass er Unsinn erzählt. »Sie denken gewiss, die Fantasie eines Kindes.« Er tippte sich an die Stirn. »Hier oben weiß ich das auch. Aber hier drinnen«, er klopfte auf seine Brust, »in meinem alten, dummen Herzen, ist der Schatten eine Tatsache, daran glaube ich, bis er kommt und mich holt.« Er nickte vor sich hin, schien in eine ferne Zeit abzugleiten, und Elisabeth wollte schon aufstehen, als er wieder zu sich kam, die Schublade des Nachttischchens aufzog und eine Schachtel Pralinen herauszog. »Gestern war meine Schwiegertochter hier, ich habe sie gebeten, Pralinen zu besorgen. Bitte, Frau Müller, so nehmen Sie doch!«

Elisabeth wehrte ab. »Wirklich nicht, danke. Langsam werden mir schon die Kleider zu eng.«

»Kommen Sie, wer soll die denn sonst essen? Die habe ich extra für Sie besorgt! Außerdem, wir sind doch nicht mehr in den Sechzigern. Frauen müssen nicht mehr wie Twiggy aussehen!«

Elisabeth musste lachen. »Es geht ja auch nicht um Größe 34, sondern um Größe 40, die bald nicht mehr passt.« Sie wählte eine kleine Nougat-Ecke. »Apropos Sechzigerjahre, wie ging es denn damals weiter mit Ihnen und Lenya?«

»Wo war ich stehen geblieben?«

»Die Eltern Ihrer Frau.«

»Ach ja. Da war also ich, eine Waise, ein Arbeiterspross, der zwei linke Hände hatte und mit der Nase immer in Büchern steckte. Meine Großeltern zogen mich auf, sie meinten es gut, konnten aber wenig mit mir anfangen. Mein Lehrer und der Pastor überzeugten sie, mich aufs Gymnasium gehen zu lassen. Sie waren ein großes Glück, diese beiden Menschen, die mir freundlich Mut machten, meinen Geist zu weiten und immer wieder neue Schuhe anzuprobieren, wenn die alten zu eng geworden waren. Bevor ich nach Amsterdam ging, hatte ich vier Jahre in Tübingen Philosophie und Geschichte studiert, jetzt hatte ich einen Studienplatz in Amsterdam bekommen, wollte über die Pilgrim-Bewegung forschen. Das war also ich, auf der einen Seite, und auf der anderen Seite Lenya, das behütete Kind wohlhabender

Eltern. Die Familie wohnte in einem Haus an der Herengracht, der ersten Adresse in Amsterdam, mit hohen Decken und einem großen Besucherzimmer, in das man nach dem Eintritt geführt wurde. Während man in der steifen, strengen Atmosphäre, zwischen den wenigen, doch teuren Möbeln darauf wartete, empfangen zu werden, beschlich einen unvermeidlich das Gefühl der eigenen Bedeutungslosigkeit. Jedenfalls wurde mir, als ich zum ersten Mal dort wartete, klar, dass es höchstwahrscheinlich nur eines gab, in dem Lenyas Eltern und ich einer Meinung wären: Sie war der Diamant, ich das Kohlestäubchen. Doch im Unterschied zu ihnen wusste ich, dass Lenya und ich füreinander bestimmt waren. Ich verstand sie ja. Als Eltern wünschten sie sich für ihre Tochter nur das Beste, und ein mittelloser Student, ein Sprössling aus der Arbeiterschicht, dazu noch ein Deutscher, das war gar nicht nach ihren Vorstellungen. Sie davon zu überzeugen, dass ich ein notwendiger, natürlicher Teil der glücklichen Zukunft ihrer Tochter sei, darin sah ich meine Aufgabe. Schwierig, aber zu schaffen. Ich habe sie unterschätzt.«

»Lenyas Eltern haben es verboten?« Elisabeth griff, ohne es zu merken, zu einer weiteren Praline.

»Oh nein«, lächelte Herr Grün. »Das hätte Lenya nicht mit sich machen lassen. Im Gegenteil, sie haben sich hocherfreut gezeigt und drängten Lenya, noch im selben Frühjahr zu heiraten. Sie haben die Dinge forciert, legten sogar schon einen Termin fest, ließen Karten drucken, ohne es mit uns abzusprechen. Angeblich ging nur dieser Termin, schon drei Monate nach meinem ersten Besuch bei ihnen, weil man im Frühsommer zu einer längeren Bildungsreise nach Südeuropa aufzubrechen gedachte. Umarme deine Feinde, das war ihre Maxime. Wissen Sie, was passiert, wenn man einen Feind fest an sich drückt, sodass er kaum noch Luft bekommt? Er hat das Gefühl zu ersticken, befreit sich aus dem Klammergriff und rennt um sein Leben.«

»Sie haben einen Rückzieher gemacht?« Elisabeth war enttäuscht.

»Nein, nicht ich bin weggelaufen, sondern Lenya. Ich bin so dumm gewesen. Ich habe euch durchschaut, dachte ich damals jedes Mal, wenn wir gemeinsam am langen Esstisch saßen und Lenyas Eltern kein anderes Thema als die Hochzeit kannten, die genau durchgeplant wurde, vom Fotografen bis zu den Tischkarten. Oh, ich bin so dumm gewesen zu denken, sie hätten *mich* damit in die Flucht schlagen wollen. Und ich war naiv, mir einzubilden, jemanden zu lieben hieße automatisch, ihn zu kennen, besser als die Eltern. Nein, wen sie in die Flucht schlagen wollten, wen sie mit der akribischen Hochzeitsplanerei verschrecken wollten, das war ihre eigene Tochter. Sie kannten Lenya und ihren Widerspruchsgeist nur zu gut. Niemals hätte Lenya sich von einem Verbot davon abbringen lassen, mich zu heiraten. Sie wussten um ihre Abneigung gegen Pomp, Steifheit, Etikette, gegen Plisseekleider, Hausbälle mit Schallplattenmusik, kaltes Buffet und Bowle, bereitgestellt von Marie, dem wallonischen Dienstmädchen, das eigentlich gar nicht Marie hieß. Lenyas Eltern ahnten wahrscheinlich auch, dass ich für ihre Tochter die Freiheit von all dem verkörperte, und so machten sie mich zu einem der ihren. Und ich, der sah, dass da ein Vater und eine Mutter standen, die Arme ausbreiteten, um ihren neuen Sohn an sich zu drücken, war nur zu bereit, mich in ihre Arme schließen zu lassen, dazuzugehören, und verlor damit die Achtung Lenyas.«

»Sie hat die Hochzeit platzen lassen?«

»Nun, so spektakulär war es nicht. Sie hat einfach Nein gesagt. Zuerst hat sie es mit mir besprochen. Sie fühle sich noch zu jung zum Heiraten. ›Wir haben doch noch das ganze Leben vor uns‹, hat sie gesagt. ›Du bist auch noch nicht fertig mit dem Studium, Jeroen. Es ist zu früh, und wir wären auf meine Eltern angewiesen. Willst du das etwa?‹ Ich war verzweifelt, ich dachte, es ist bei Lenya nur die Panik vor der Hochzeit, und ich ging zu ihren Eltern, wollte mit ihrer Mutter sprechen, denn ich dachte, sie wird ihrer Tochter am besten zureden können. Doch welche Enttäuschung, als ich erkannte, dass die Mutter über die abgeblasene Hochzeit kein bisschen aufgebracht war. Diesmal musste ich im Besucherzimmer lange warten, und als Lenyas Mutter dann kam, war sie kühl und hatte auch nur sehr wenig Zeit. Ja, es sei sehr bedauerlich, aber nun mal nicht zu ändern. Lenya habe schon immer ihren eigenen Kopf gehabt. Sie wünsche mir alles Gute für die Zukunft, und dann kam auch schon Marie, die mich zur Tür geleitete. Abserviert nennt man das wohl.«

»Oh«, machte Elisabeth. »Ihr Verhältnis zu den Schwiegereltern war später wohl nicht besonders gut, oder?« Gleich darauf winkte sie ab. »Nein, nein, entschuldigen Sie, ich bin zu neugierig.«

»Schon gut«, sagte Herr Grün. »Nun, was soll man sagen, ein herzliches Verhältnis entwickelte sich nicht.

Es war zu viel Standesdünkel im Spiel. Ich hätte werden können, was ich wollte, sie hätten in mir immer den Deutschen gesehen, das Arbeiterkind, das sich mit Büchern unterm Arm die gesellschaftliche Leiter hochmüht, aber doch nie den Kohlenstaub abgeschrubbt bekommt. Sie mochten mich, auf eine Art, wie sie Marie mochten, die vielen Maries, die sie im Laufe der Zeit beschäftigten und deren richtige Namen sie sich nie die Mühe machten zu merken. Ich war für sie zeitlebens, wenn sie mit anderen über mich sprachen, nur ›Lenyas Mann‹ oder ›der deutsche Schwiegersohn‹. Es gab noch einen weiteren Schwiegersohn, Lenya hatte eine ältere Schwester, da passte für die Schwiegereltern alles. Er war Niederländer, betrieb eine Galerie und entstammte einer alten Bankiersfamilie aus Den Haag. Pieter war ein netter Kerl, unglaublich belesen, mit einem außergewöhnlichen Musikgeschmack und Sinn für Humor, wir haben uns auf Anhieb gut verstanden. Leider ist er viel zu früh verstorben. Ich weiß noch, wie wir einmal, es war, glaube ich, der sechzigste Geburtstag unseres Schwiegervaters, zusammen beim Sektempfang in der Halle standen und Lenyas Mutter uns zwei Herren im Frack mit den Worten vorstellte: ›Darf ich bekannt machen: unser Schwiegersohn Pieter de Koning, der Ehemann unserer Emma, und dies hier ist – der deutsche Schwiegersohn, Lenyas Mann.‹ Pieter zwinkerte mir zu, als er das hörte, dann deutete er auf mich und sagte laut und deutlich, sodass es alle hören konnten: ›Der Mof hat übrigens auch einen Namen. Justus Grün. Aber machen Sie sich nicht die Mühe, ihn sich zu merken, das tun meine Schwiegereltern auch nicht.‹ Die Herren lachten peinlich berührt, und meine Schwiegermutter hat innerlich gekocht vor Wut. Das nehme ich jedenfalls an, ihrer versteinerten Miene nach zu urteilen. Sie hätte nie die Fasson verloren.«

Elisabeth lachte, und Herr Grün nahm sich nun auch eine Praline und ließ sie genüsslich im Mund zergehen, was eine Weile dauerte.

»Wenn man in einem kleinen Land wie Holland lebt«, fuhr er fort, »tun die Bürger gut daran, Fremdsprachen zu lernen. Deutsch können viele recht gut, es sind Schwestersprachen, das geht wie Osmose, gerade im Grenzgebiet. Aber das gab in der Nachkriegszeit niemand gern zu, am wenigsten gegenüber einem Deutschen. Die meisten waren damals entweder perfekt im Englischen oder im Französischen. Französisch war weniger beliebt, wegen der Belgier, aber meine Schwiegereltern sprachen das kultivierte, melodiöse, wohlmodulierte Französisch der Pariser Elite. Niemand, der Kultur besaß – und sie verkehrten gesellschaftlich nur mit Menschen, die Kultur besaßen, wie sie es ausdrückten –, hätte ihr Französisch etwa mit dem verwechselt, was die Wallonen für Französisch hielten. Die größte Freude, die ein Franzose meiner Schwiegermutter wohl je gemacht hat, war der verwunderte Ausruf bei einem Empfang: ›Niederländerin, ça alors! Und ich dachte, Sie kommen aus Auteuil!‹ Und wenn sie mit jemandem ins Gespräch kam – einem Nicht-Franzosen, versteht sich –, eröffnete sie die Unterhaltung gern mit einer Frage wie: ›Sagen Sie, was halten Sie von der Rolle der Französischen Revolution für das europäische Demokratieverständnis?‹«

Sie lachten, und Herr Grün drängte ihr noch eine Praline auf. Er selbst nahm auch eine.

»Ich habe mir immer gesagt: Justus, denk daran: Alles hat sein Gutes. Diese Frau hat Großartiges vollbracht. Wenn es sie nicht gäbe, dann gäbe es auch Lenya nicht. Außerdem haben meine Schwiegereltern mir eine wichtige Lektion erteilt. Man muss in der Liebe beharrlich sein. Hindernisse sind nicht schlimm, im Gegenteil. Man muss sie nicht unbedingt überspringen, manchmal kann man auch einfach warten, bis sie von selbst zusammenfallen. Beharrlichkeit bringt Erfolg in der Liebe. Ich weiß nicht, ob unsere Liebe für ein ganzes Leben gereicht hätte, wenn alles ganz glatt gegangen wäre.« Herr Grün lächelte verschmitzt, als er Elisabeths verständnisloses Gesicht sah. »Ich glaube, ich muss Ihnen erklären, was ich meine. Die Hochzeit war mein Ziel. Durch Lenyas Eltern wurde mir klar, wie dumm das war. Gerade durch Lenyas Eltern, die so viel Wert auf Äußerlichkeiten legten, begriff ich, worum es wirklich ging. Kennen Sie den Song ›Love and Marriage‹? Nein?« Herr Grün summte die Melodie, dann begann er auch den Text zu singen, mit heiserer Altmännerstimme: «Love and marriage, love and marriage, they go together like a horse and carriage, this I tell you brother, you can't have one without the other.«

»Den habe ich schon einmal gehört«, sagte Elisabeth. »Frank Sinatra, richtig?«

Herr Grün nickte. »Jawohl. Die Botschaft des Songs lautet: Vergiss es, Kumpel, die Liebe kriegst du nur, wenn du sie heiratest. Die Liebe ist das Pferd, die Ehe ist die Kutsche, die das Pferd wohl oder übel hinter sich herziehen muss. Damals, als ich niedergeschlagen von meinen Schwiegereltern kam, ging ich in ein Café und betrank mich. Irgendwann spielten sie diesen Song, und da kam mir der Gedanke, dass es sich in Wirklichkeit auch ganz anders verhalten könnte: Lenyas Eltern haben die Kutsche verhindert, dachte ich, aber was soll's? Wir haben immer noch unsere Liebe. Ein Pferd ohne Wagen ist immer noch ein Pferd, ein freies allzumal. Sagen Sie selbst, Frau Müller: Wenn Sie nur eines von beiden haben könnten, was würden Sie wählen: Liebe oder Ehe?« Er wartete ihre Antwort nicht ab. »Genau. Sie haben sich bestimmt nicht jemanden gewünscht, mit dem Sie sich zum Unterschreiben einer gegenseitigen Besitzerklärung treffen. Sondern jemanden, mit dem man Pferde stehlen kann. Jemanden, der die eigenen Träume teilt und der einem beisteht, wenn dunkle Wolken aufziehen. Das Pferd ist wichtig, nicht die Kutsche. Lenya und ich, wir würden uns auf unserem Pferd davonstehlen.«

Elisabeth knabberte verträumt an einer neuen Praline. »Sie sind einfach gemeinsam davongaloppiert!«

»Jawohl. Und raten Sie mal, wohin!«

Elisabeth zuckte mit den Schultern. »Ich bin nicht gut im Raten.«

»Dann erzähle ich es Ihnen erst beim nächsten Mal!« Herr Grün nahm eine weitere Praline und zerkaute sie energisch, während seine Gedanken ans Ziel seiner Reise wanderten, ohne Elisabeth mitzunehmen.

»Das ist unfair«, protestierte Elisabeth. Sie fühlte sich betrogen, wie bei einem Fernsehkrimi, wenn unerwartet an der spannendsten Stelle statt der Auflösung der Verweis auf den zweiten Teil kommt.

»Nein, liebe Frau Müller.« Er neigte den Kopf zur Seite und lächelte ihr zu. »Das ist der Egoismus eines

Kranken. Ich werde Sie vor ein kleines Rätsel stellen, wie der alte König in einem Märchen. Damit Sie bald wiederkommen. Für neugierige Menschen sind Rätsel das reinste Pattex. Sie kleben daran fest, bis sie die Lösung haben.«

Elisabeth stemmte die Arme in die Hüften. »Aha, ich bin also neugierig. Woher wollen Sie das wissen, bitte schön?«

»Weil Sie nie dieselbe Sorte wählen.« Herr Grün deutete auf die Pralinenschachtel. »Allerdings, wenn ich das anmerken darf, ist Ihnen eine Unaufmerksamkeit unterlaufen. Sie übersahen die Praline mit Fondantfüllung und wählten zweimal Noisette.«

Elisabeth erhob sich. »Ich mag kein Fondant. Außerdem braucht es keine Erpressung, damit ich wiederkomme.«

Schnell griff Herr Grün nach ihrer Hand. »Nicht böse sein, ja? Wissen Sie, es tut so gut, wenn Sie da sind. Dann bin ich Mensch und nicht Patient.«

Elisabeth lächelte und drückte seine Hand. An der Tür drehte sie sich noch einmal um. »Herausforderung angenommen!«

KAPITEL 13

Nach dem Ausfüllen des Anmeldebogens nahm Elisabeth im Wartezimmer Platz und war froh, dass sie ein Buch mitgenommen hatte. Es gab zwei Sorten von Wartezimmern: die gemütlich eingerichteten mit einer großen Auswahl an Zeitschriften und die nüchternen, in denen nur Impfbroschüren und Flyer für IGel-Leistungen auslagen und ein Bildschirm an der Wand laufend über Krankheiten und Behandlungsmöglichkeiten aufklärte. In den gemütlichen, in denen sie sich am liebsten erst einmal genüsslich durch den Prominenten-Tratsch der letzten Wochen blättern würde, wurde man meistens gleich aufgerufen, in den anderen wartete man ewig.

Elisabeth hatte die Ärztin im Internet ausfindig gemacht, denn ihre eigene Frauenärztin war eine Golf-Freundin von Tessa, und seit sie das herausgefunden hatte, kam sie, ärztliche Schweigepflicht hin oder her, für Sachen wie diese hier nicht mehr infrage. Es gab Dinge, die man notgedrungen mit seiner Frauenärztin besprach, die man aber ansonsten erst einmal für sich selbst klarbekommen musste. Und wer wusste schon, wie Tessa und ihre Freundin es mit der ärztlichen Schweigepflicht nahmen, wenn sie ihre Runde über den Golfplatz drehten? Nein, das hier war zu heikel. Sie hatte es noch nicht einmal Robert erzählt. Sie nahm ihr Buch zur Hand. Eine Empfehlung von ihm. Normalerweise lasen sie nicht dieselben Bücher, aber bei diesem hatte er so oft, wenn sie abends im Bett noch lasen, leise in sich hineingelacht, dass sie neugierig geworden war.

»Worum geht's eigentlich?«

»Im Wesentlichen ums Scheitern.«

»Und das ist so witzig?«

»Lies einfach selber.«

Elisabeth schlug die erste Seite auf, begann zu lesen, konnte sich aber nicht konzentrieren. Es war laut, Wartebereich und Empfangstresen bildeten eine Einheit, und die Wartenden wurden zum unfreiwilligen Publikum des sich ständig wiederholenden Anmelderituals, untermalt durch ein leise, aber fast pausenlos läutendes Telefon. Elisabeth klappte das Buch wieder zu und starrte auf den Titel. T. C. Boyle, ›Grün ist die Hoffnung‹. Sie dachte daran, was der Arzt ihr vor einundzwanzig Jahren gesagt hatte: Sie sind guter Hoffnung. Dieser liebenswürdig anachronistische Ausdruck hatte den Schock, schwanger zu sein, und das gleich doppelt, etwas abgemildert. Es war der Beginn einer neuen Zeit. Zunächst war es ihnen noch nicht klar, aber dann dämmerte es ihnen. Zuerst Elisabeth: Schwanger, wie sie war, wurde aus dem geplanten Auslandsstipendium in Italien nichts. Sie beschloss, das Medizinstudium zu unterbrechen. Es fiel ihr nicht schwer, denn sie dachte ja zunächst, es sei ein Kinderspiel, nach der Entbindung wieder weiterzustudieren. Auch Robert unterbrach sein Agrarwissenschaftsstudium. Ihm fiel es ebenfalls nicht schwer, weil er meinte, er habe schon eine Menge gelernt und könne sich nun im Job weiterbilden. Der Job wartete schon, es war der Bauernhof seiner Großeltern. Seit er ein kleiner Junge war, wollte er Landwirt werden. Sein Vater hatte ja lieber Theologie studiert, und so hatten die Großeltern auf die nächste Generation gewartet, auf den heranwachsenden kleinen Hoferben. Doch der Großvater war gestorben, als Robert erst zehn Jahre alt war, und so hatte die Großmutter, schwer rheumakrank, die Felder an einen entfernten Verwandten verpachtet, dessen Frau versprach, sich um die Großmutter zu kümmern. Als sich bei Robert und Elisabeth dann die Zwillinge ankündigten, schien alles so leicht. Sie wurden bei dem Verwandten vorstellig. Doch der präsentierte dem fassungslosen Robert einen notariell bestätigten Kaufvertrag auf Rentenbasis, mit der Unterschrift der Großmutter. Mit der Großmutter selbst war kaum mehr zu reden, sie war inzwischen dement und erkannte Robert nicht mehr. So hatten sich ihre beruflichen Träume innerhalb eines Jahres in Luft aufgelöst, doch Robert hatte sich keinen Moment in Bitterkeit geflüchtet, sondern nach vorn geschaut, die Ärmel aufgekrempelt und sich den Job als Vertreter gesucht, um für das Auskommen ihrer jungen Familie zu sorgen. Trotz ihrer zerplatzten Zukunftsträume war die Schwangerschaft eine glückliche Zeit gewesen. Ein neuer Traum war herangereift, von einem Leben als Familie.

»Frau Müller, bitte Nummer 3.« Der Aufruf kam durch einen Lautsprecher. Elisabeth sah den Gang hinunter. Aha. Eine Praxis mit Nummernboxen. Elisabeth überlegte im Aufstehen, ob sie nicht einfach wieder gehen sollte. Jetzt war ihr klar, warum hier auf die Schnelle noch ein Termin zu bekommen war. Man nahm immer gern neue Patientinnen an, weil die alten in Scharen davonrannten. Kein Wunder bei einer Ärztin, die ihre Patientinnen wie Vieh behandelte und zum Auskleiden in nummerierte, klaustrophobisch enge Umkleidekabinen schickte, aus denen sie dann per Lautsprecher ins Behandlungszimmer gerufen wurden. Sie hätte es sich denken können. Eine Ärztin, die nicht einsah, Geld für gute Zeitschriften auszugeben, um ihren Patientinnen die Wartezeit angenehmer zu machen, geizte natürlich auch mit ihrer Zeit. Warum kostbare ärztliche Arbeitszeit verschwenden, während die Patientinnen sich auskleideten, wenn man sie auch in praktische Umkleidekabinen stopfen konnte. Zur einen Tür rein, zur anderen raus, dazwischen in der Enge warten wie ein Rennpferd in der Startbox. Optimales Zeitmanagement für die Ärztin, minimaler Wohlfühlfaktor für die Patientinnen. Elisabeth kämpfte ihren Ärger nieder. Seit wann waren Arztpraxen Wohlfühloasen? Stell dich nicht so an, sagte sie sich. Du willst etwas, hier hast du wenigstens von heute auf morgen einen Termin bekommen. Sie steckte das Buch in ihre Handtasche, straffte die Schultern und ging den langen Flur entlang bis zu der grauen Tür mit der Nummer 3.

Sie zog nur die Schuhe, ihre Strumpfhose und den Slip aus, behielt den Rock an und schlüpfte auch wieder in die Pumps. Keinesfalls würde sie schon vor dem Platznehmen auf dem Untersuchungsstuhl untenherum entblößt das Behandlungszimmer betreten wie eine halb angezogene Schaufensterpuppe.

Nach einer gefühlten Ewigkeit, in der sie durch die Tür

gedämpfte Stimmen aus dem Behandlungsraum hörte, knarzte der Lautsprecher, was offensichtlich bedeutete, dass sie nun dran war.

Die Ärztin entsprach ziemlich genau Elisabeths Erwartung: schlank, gepflegt, kühl und vermutlich kinderlos. Einmal, dachte Elisabeth, während sie das dünne Lächeln der Ärztin erwiderte und die knochige Hand drückte, einmal nur will ich eine Frauenärztin sehen, die einen mütterlichen Busen und ein herzliches Lachen hat und Hüften, die von Kaffee und Kuchen erzählen. Einmal nicht dieser distanzierten Prise Ruppigkeit ausgesetzt sein, die offenbart, wie sehr die ständige Unterleibsschau sie anödet.

»Was führt Sie her, Frau Müller?« Die Ärztin zeigte, mehr dirigierend als einladend, auf den Stuhl vor ihrem Schreibtisch, während eine Helferin den Untersuchungsstuhl schon mit einer frischen Lage Papier versah. »Bitte.«

Elisabeth nahm Platz, während die Ärztin sich ihrem Laptop zuwandte. »Ich glaube, ich bin schwanger«, sagte sie in das leise Klicken der Tastatur hinein.

Die Ärztin blickte weiter auf ihren Laptop. »Wann war Ihre letzte Periode?«

»Sie ist zwei Wochen überfällig. Sie ist sonst sehr regelmäßig.«

»Das genaue Datum, bitte!«

»Es ist genau sechs Wochen her.«

Die Ärztin sah entnervt über die Brille hinweg zum Wandkalender, dann zu ihr. »Sie sind wie alt?«

»Vierundvierzig.«

Die Ärztin wandte sich wieder dem Bildschirm zu.

»Zwei Geburten, haben Sie angegeben. Zwillinge, vor zwanzig Jahren. Die Familienplanung war – abgeschlossen, nehme ich an?«

»Mein Mann und ich hatten es nicht darauf abgesehen, wenn Sie das meinen, ja.«

»Spätgebärende. Risikoschwangerschaft«, murmelte die Ärztin. »Irgendwelche sonstigen Anzeichen?« Sie erhob sich, streifte Handschuhe über. »Morgenübelkeit?«

»Nein. Aber ich habe zugenommen, mehr als zwei Kilogramm. Manchmal habe ich auch Heißhungerattacken.«

»Worauf?«

»Süßes.«

»Na, dann schauen wir mal. Bitte die Beine auf die Stützen legen, etwas nach vorn rutschen. Ja, so ist's gut. Wie verhüten Sie?«

»Natürlich.«

»Ich fragte nicht, ob Sie verhüten, sondern wie.«

»Und ich sagte: natürlich. Wir verhüten auf natürliche Weise.«

»Ihr Mann ist sterilisiert?«

Was ist an einer Sterilisation natürlich, dachte Elisabeth. »Zeitwahlmethode«, sagte sie.

»Zeitwahlmethode«, wiederholte die Ärztin und schaute Elisabeth über den Rand ihrer Brille hinweg an. Es wäre weniger schlimm gewesen, wenn sie süffisant gelächelt hätte. Oder eine zynische Bemerkung gemacht. Aber da war nichts, nur der kühle Blick. Elisabeth fühlte, wie ihr Kopf heiß wurde. Blöde Kuh. Was glaubte die, wen sie vor sich hatte? Eine Sechzehnjährige, die von Verhütung keine Ahnung hatte?

Jetzt kam doch noch ein Kommentar, kopfschüttelnd über so viel Unverstand. »Russisch Roulette, das wissen Sie, oder?«

Russisch Roulette ist ja wohl so ziemlich das Gegenteil, dachte Elisabeth und biss sich auf die Unterlippe. Wenn schon, dann ging es um ein Spiel mit dem Leben, nicht mit dem Tod. Die Untersuchung war schmerzhaft, weil sie wütend und verkrampft war. Zum Glück dauerte sie nur ein paar Sekunden. »Sie sind nicht schwanger«, konstatierte die Ärztin, während sie das phallusförmige Ultraschallgerät von seinem Kondom befreite.

Elisabeth hob die Beine wieder dahin, wo sie hingehörten. »Aber warum ist meine Periode ausgeblieben?« Sie erhob sich, um den Rock wieder nach unten fallen zu lassen. »Ich kann normalerweise die Uhr danach stellen.«

Die Ärztin streifte die Handschuhe ab, ließ sie in den Mülleimer fallen, setzte sich wieder an den Schreibtisch und tippte. »Sie kommen in die Wechseljahre, schätze ich.«

»Wechseljahre?« Elisabeth sprach es aus wie ein Fremdwort.

»Klimakterium«, übersetzte die Ärztin. »Manche Frauen haben schon mit Mitte, Ende dreißig ihre letzte Blutung. Wenn die Familienplanung ohnehin abgeschlossen ist, seien Sie doch froh, dann haben Sie das hinter sich.«

Elisabeth schluckte und sah an sich herab. So war das also. Nicht schwanger, sondern vorzeitig gealtert. »Und die Gewichtszunahme?«, fragte sie mit rauer Stimme.

»Der Stoffwechsel verändert sich, insofern …«

»Heißt das, ich bin dem hilflos ausgeliefert, weil die Hormone verrücktspielen?«

Die Ärztin sah weiter auf den Bildschirm, aber zum ersten Mal lächelte sie. »Nein, Sie sind dem nicht hilflos ausgeliefert. Es kommt immer noch auf die Energiebilanz an. Treiben Sie Sport und achten Sie auf ausgewogene Ernährung. Ich erkläre es den Patientinnen immer so: Seien Sie die stolze Herrin Ihrer Festung und fahren Sie unerbittlich die Zugbrücke hoch, wenn die Kuchenbataillone anrücken.«

»Wie bitte?« Elisabeth fühlte den mitleidigen Blick der Arzthelferin auf sich.

Die Ärztin sah nun ein letztes Mal von ihrem Bildschirm auf, drehte breit lächelnd in einer Da-kann-man-nichts-machen-Geste die Handflächen nach oben. »Um es ganz platt auszudrücken: Dicker werden Sie nicht von den Hormonen, sondern vom Essen.«

Elisabeth griff nach ihren Schuhen und hielt sich bewusst gerade, während sie barfuß und grußlos zurück zur Umkleidebox ging.

»Wenn Sie wollen, vereinbaren Sie vorne noch einen Termin zur Überprüfung Ihres Hormonstatus«, rief die Ärztin ihr nach. »Ist aber keine Kassenleistung!«

KAPITEL 14

Seien Sie doch froh, dann haben Sie es hinter sich.‹ Kannst du dir das vorstellen? Genauso gut hätte sie auch sagen können: ›Sie haben nicht mehr lange zu leben. Seien Sie doch froh, dann haben Sie es hinter sich.‹« Elisabeth stellte ihr Glas heftig ab.

Tessa schüttelte den Kopf. »Warum bist du auch zu der gegangen?«

»Geheimtipp meiner Friseurin«, log Elisabeth. Sie fächelte sich mit der Speisekarte Luft zu.

»Na, musst du selbst wissen.« Tessa zuckte mit den Schultern, lehnte sich nachdenklich zurück und trank einen Schluck. »Vielleicht stimmt es ja auch nicht, was man über sie erzählt.«

»Was denn?«

Tessa senkte die Stimme. »Aber das bleibt unter uns, ja? Dass sie bei einem großen Krankenhaus in Berlin beschäftigt war und rausgeflogen ist. Fachlich nicht die hellste Kerze auf der Torte, aber deshalb ist sie nicht gefeuert worden, sondern wegen ihrer Art. Spitzname: Terrier. Emotionale Intelligenz wie ein Bügeleisen.«

»Ja, das passt.«

»Lass den Hormontest doch wieder bei Annika machen.«

»Nichts werde ich machen lassen. Die spinnt, Wechseljahre. Ich bin vierundvierzig!«

»Manche Frauen kommen schon mit Ende dreißig in die Wechseljahre.«

Elisabeth gab der Kellnerin ein Zeichen für den nächsten Caipirinha. »Jetzt klingst du schon wie der Terrier.«

»Warum wehrst du dich so dagegen? Es ist ein Übergang, nicht das Ende.« Tessa stellte ihr Glas ab, sah Elisabeth mit ihrem Diagnoseblick an. »Ach, jetzt verstehe ich, so ist das. Du hattest dich gefreut: schwanger sein, noch mal ein Baby haben, die Uhr zurückdrehen und sich wieder jung fühlen.«

»Und immer die älteste Mutter sein, im Kindergarten, in der Grundschule? Und ein Kind, das sich schämt, wenn die Freunde mich für seine Oma halten, mit Geschwistern, die zwanzig Jahre älter sind? Außerdem: Robert wäre vollkommen entsetzt gewesen.«

»Wo ist dann das Problem? Die Vorstellung, dass das nächste Baby, das du in den Armen halten wirst, dein Enkelkind ist?«

»Ich bin mir so dumm vorgekommen«, sagte Elisabeth. »Ausbleibende Regel plus Gewichtszunahme, und was schließe ich daraus? Schwangerschaft. Aber nein, diese Gleichung gilt ab sofort nicht mehr für mich. Ich bin raus aus dem gebärfähigen Alter, und meine Optionen für die Zukunft sind nur noch: fett oder faltig.«

»Was für ein pathetischer Unsinn, und das weißt du auch! Du musst weder aufgehen wie ein Hefeklops noch zur vertrockneten Backpflaume werden. Und die Hormonumstellung muss damit schon mal gar nichts …«

»Danke, sehr anschaulich, ich hab's kapiert«, unterbrach Elisabeth sie hitzig. »Deine Terrier-Kollegin hat mich auch schon bestens aufgeklärt: Dicker werden Sie nicht von den Hormonen, sondern von dem, was Sie essen.«

»Und trinken«, ergänzte Tessa, nun ebenfalls sauer. »Wenn wir schon dabei sind: Alkohol macht dick und dumm. Ach ja, und aggressiv, hätte ich fast vergessen. Aber bestell dir ruhig noch einen.«

»Was soll das denn jetzt?«

»Du trinkst schon den dritten Caipi, falls es dir nicht aufgefallen ist.«

»Na und? Das Baby stört's nicht.«

»Ja, trink ruhig weiter«, höhnte Tessa. »Und dein dröhnender Schädel wird dich morgen früh dann hoffentlich daran erinnern, dass es Schlimmeres gibt als die Wechseljahre.«

»Halt mal kurz den Rand, ich will bestellen!« Elisabeth winkte die Kellnerin heran. Tessa machte ihr von Weitem das Zeichen für die zwei Kaffee, die sie gewöhnlich zum Schluss tranken, und die Kellnerin nickte und drehte wieder ab.

»Was soll das denn jetzt?«, regte Elisabeth sich auf. »Ich will jetzt noch keinen Kaffee!«

»Du hattest genug für heute.«

»Sagt wer? Bist du jetzt meine Ärztin?«

»Nein, aber deine Freundin.« Tessa senkte die Stimme. »Du tust gerade so, als hättest du unbedingt noch ein Kind gewollt und als wäre das Leben nun sinnlos. Dein Körper verändert sich, das tut er laufend, sei froh darüber, darum werden wir so alt. Das bringt vielleicht Unannehmlichkeiten mit sich, aber es ist auch eine Befreiung.

Im letzten Drittel seines Lebens ist der Mensch von allen Verpflichtungen befreit und kann endlich so leben, wie er möchte.«

»Letztes Drittel?«

»Potenziell ist das Alter eine Phase des geistigen Wachstums. Sieh es als einen Neustart an. Da drückt eine kleine, weise Frau in deinem Körper auf den roten Resetknopf, und alles geht zurück auf null.«

»Auf null wie nichts, meinst du.«

»Nein, auf Umstellung, auf eine neue Lebensphase. Ja, meinetwegen auch auf Älterwerden. Aber das ist doch gut! Was wäre die einzige Alternative zum Älterwerden? Forever young, diese Option gibt's nicht. Die einzige Alternative zum Älterwerden ist ...«

»Die Apothekenrundschau kann ich selbst lesen«, unterbrach Elisabeth hitzig. »Und danke noch mal für den Hefeklops-Backpflaumen-Vergleich.«

»Wie gesagt, das muss nicht sein. Richtige Ernährung, Sport, meine Güte, du hast es doch selbst in der Hand!«

»Gar nichts hab ich mehr in der Hand!«, sagte Elisabeth, lauter, als sie wollte. »Alles entgleitet mir: die Kinder, Robert, mein Körper ...«

Tessa schluchzte leise auf, griff sich mit beiden Händen wie ein kleines Kind an die Augen, um die Tränen abzuwischen. Ein Pärchen am Nebentisch sah zu ihnen herüber. Elisabeth war einen Moment perplex, dann begriff sie, dass Tessa sich über sie lustig machte.

»Oh, ich Arme, ich werde älter, mein Leben entgleitet mir!«, schluchzte Tessa. »Ich bin gesund, habe einen tollen Mann, tolle Kinder, ein tolles Haus, aber alles entgleitet mir!«

»Ja, mach dich nur lustig! Apropos Haus, es ist ganz und gar nicht toll. Es ödet mich an. Der einzige Ort, an dem ich mich noch halbwegs wohl fühle, ist das Krankenhaus.«

»Das Krankenhaus. Ach, so ist das.« Langsam griff Tessa zu ihrem Glas, prostete Elisabeth zu. »Zum Glück gibt's das Elend anderer Menschen, das baut auf. Na denn, es lebe die Wohltätigkeit! Und wenn du stöhnst, dass dir alles entgleitet, weißt du, was mir entgleitet? Ich habe eine Patientin, die Krebs hat, mittlerweile schon in der Lunge. Sie ist vierunddreißig Jahre jung, alleinerziehend, eigentlich schon längst tot und kämpft sich tapfer und zäh durch jede neue Chemo, aus Liebe zu ihren Kindern. Sie sind erst sieben und neun Jahre alt. Ich könnte heulen, wenn ich an diese Frau denke, und es gibt nichts, was ich noch tun könnte, verstehst du?«

Tessa und Elisabeth starrten aneinander vorbei, als der Kaffee kam. Sie tranken ihn schweigend. Elisabeth überlegte, ob sie doch noch einen Caipirinha bestellen sollte, weil sie wusste, dass Tessa sie dann endlich allein lassen würde, aber ihr war schon übel. Vielleicht sollte sie einfach die Initiative ergreifen und zuerst gehen. Gerade hatte sie den Entschluss gefasst, aufzustehen und an der Bar zu bezahlen, da streckte Tessa ihre Hand aus.

»Tut mir leid, Ellie.« Tessa drückte ihre Hand, ganz leicht. Ihr Gesicht hatte die Härte verloren. »Das, was ich da gerade gesagt habe, das war ungerecht und gemein.«

»Nein, das Schlimme ist – du hast ja recht.«

»Nein, habe ich nicht. Vergiss es. Ich glaube, ich war nur sauer, weil – na ja, also, was mich angeht, ich freue mich jeden Dienstag darauf, dass wir uns treffen, und dann sagst du, das Krankenhaus ist der einzige Ort, an dem du dich noch halbwegs wohl fühlst.« Tessa warf die langen, dunklen Haare zurück und fuchtelte in gespielter Theatralik mit den Armen. »Was ist mit uns, mit dem hier? Was ist mit dem *Petit Paris*? Ich dachte, egal was kommt: Uns bleibt immer Paris!« Sie summte die ersten Takte von »As time goes by«.

Elisabeth fiel lächelnd in das Summen mit ein. So hatten sie sich vor zehn Jahren kennengelernt, im Kino bei »Casablanca«. Sie waren die einzigen Jüngeren in einer Gruppe von Rentnern gewesen, die sich damals zur ersten Vorstellung der Klassiker-Filmreihe in einem kleinen Programmkino trafen, und hatten sich auf Anhieb verstanden. Damals waren die Kinder noch Kinder gewesen, und Tessa machte gerade im Krankenhaus ihren Arzt im Praktikum. Beide hatten sie einen ausgefüllten Terminkalender und viel um die Ohren, beide waren fast ständig müde, und beide konnten sie die Abwechslung und Entspannung gut gebrauchen. Und eine Freundin. Tessa hatte noch keine Zeit gehabt, einen neuen Freundeskreis aufzubauen, nachdem sie von der Hauptstadt in die Provinz gezogen war. Sie freute sich, jemanden kennenzulernen, der nichts mit dem Krankenhaus zu tun hatte. Elisabeth dagegen fand es erholsam, einen Abend pro Woche mit jemandem zusammen zu sein, mit dem sie nicht über kurz oder lang wieder über Kinder oder Schule redete – oder wenn doch, der die Perspektive eines Außenseiters beisteuern konnte. Nach einem halben Jahr war die Filmreihe zu Ende gewesen, aber sie waren in Kontakt geblieben. Tessa hatte Elisabeth auf die Idee gebracht, Grüne Dame zu werden. Außerdem hatten sie sich gegenseitig angerufen, wenn im Kino ein guter Film kam, ein Frauenfilm, wie Robert es nannte. Was Filme mit Drehbuch, Dialogen und Handlung meinte, im Gegensatz zu dem, was Männer gut fanden, Tessa und Elisabeth jedoch zum Gähnen: Testosteronfutter, vollgestopft mit Verfolgungsjagden, Kampfszenen und Spezialeffekten. Da aber nur alle paar Wochen ein lohnenswerter Film kam, hatten sie irgendwann angefangen, sich einmal die Woche im *Petit Paris* zu treffen. Und jetzt, während sie gemeinsam leise »As time goes by« summten und sich angrinsten, war sie glücklich. Egal was kam, ob sie zum Hefeklops wurde oder zur Backpflaume, ob die Kinder immer weiter davonflogen oder Robert bald nur noch bei seinen Hühnern hockte: »Uns bleibt immer Paris.«

KAPITEL 15

Elisabeth beobachtete Robert beim Frühstück. Genau genommen, seine Hände, denn sie waren das Einzige, was von ihm zu sehen war, rechts und links hielten sie die Zeitung fest. Seit den Hühnern hatten sich seine Hände verändert. Sie waren tatsächlich größer geworden. Früher waren es schlanke, blasse Autofahrer-Hände gewesen, nun waren sie muskulös und schwielig. Zum Anzug wirkten sie inzwischen merkwürdig, als wären die normalen Hände abgebrochen und man hätte künstliche aufgeschraubt. Aber am Wochenende, in seiner Latzhose, vervollständigten sie den Gesamteindruck eines tüchtigen, ehrlichen Farmers. Hände wie Schaufeln, die zupacken konnten, und ein zufriedenes, unrasiertes, wettergegerbtes Gesicht dazu. Der Hahn kräht, und Robert marschiert in seinen grünen Gummistiefeln zum Stall. In der Frühlingssonne streuen seine Schaufel-Hände Körner, und er ist umringt von seiner friedlichen Hühnerschar. Der Wochenend-Robert wäre perfekt für die Butterwerbung, dachte Elisabeth und musste grinsen, während sie ihr Brot schmierte. Idealerweise bräuchte es einen ganzen Tisch voller Roberts, die mit Genuss in ihr dick mit Butter bestrichenes Vollkornbrot beißen würden. Ein ehrliches Frühstück für ehrliche Landarbeiter.

Die Waschmittelwerbung, überlegte sie, die würde auch nur mit Robert allein funktionieren. Er würde in Gummistiefeln vom Misten kommen, ein ganzer Kerl, strahlend weiße Zähne im unrasierten Gesicht, dreckig von oben bis unten, dann Schwenk auf die im Hintergrund flatternde Wäsche und ein verschwörerischer Hausfrauenspruch, der andeutete, dass die Wäsche dank des Superwaschmittels kein Problem sei. Sie seufzte, als sie an diesem Punkt angekommen war. Im Keller wartete der ständig nachwachsende Wäscheberg darauf, gewaschen und durch einen der vielen Weichspüler aufgepeppt zu werden, die sie sammelte wie Tessa ihre Parfüms. Verflucht, die heile Werbungswelt war anstrengend.

Als Robert gegangen war, setzte Elisabeth sich wie jeden Tag an den Schreibtisch, doch sie konnte sich nicht konzentrieren. Schließlich gab sie auf und holte das Bügelbrett hervor. Bügeln war langweilig, aber wenigstens konnte sie dabei in Ruhe nachdenken: über den Besuch bei der Frauenärztin, die Wechseljahre und was ihr Tessa gegenüber herausgerutscht war. Eines war ihr durch Herrn Grüns romantische, liebevolle Erzählungen von seiner Lenya schmerzlich bewusst geworden: Alles entglitt ihr. Die Kinder, Robert, ihr Körper. Die Kinder, ja, aber das war natürlich, war normal, sie wurden ja erwachsen. Der Körper, ja, auch das war offensichtlich normal, sie wurde eben älter. Aber Robert? Das war nicht normal, das war nicht natürlich, aber es war so. Sie hatten ihre Routinen, ihre Gespräche, über die Kinder zumeist, ihre gut eingspielte Arbeitsaufteilung, Besuche bei Freunden und Familie und Feiern, die gemeinsam vorbereitet wurden, ewig gleich wie der Wechsel der Jahreszeiten. Und dann waren da noch ihre Mütter, die so gut befreundet waren, so nah bei ihnen lebten und so sehr als Mütter-Doppelpack miteinander harmonierten, dass Robert und sie sich in der Abwehr der als Fürsorge getarnten Attacken auf ihre Eigenständigkeit stark verbunden fühlten. Aber sonst? Der Höhepunkt ihrer Kommunikation war der Samstagmorgen, wenn sie sich gegenseitig aus der Zeitung vorlasen. Er hatte seine Hühner, seinen Geflügelzüchterverband, sie ihre Arbeit als Grüne Dame, ihre Aushilfsarbeit im Goldenen Stern bei den Müttern, ihre Treffen mit Tessa. Wo war die Spontaneität, die Unbeschwertheit, wo waren die interessanten Gespräche, die Berührungen und Blicke früherer Zeiten, die überraschenden Momente? Sie räumte das Bügelbrett weg und schaute sich ihr Lieblings-Familienalbum an, blätterte sich durch glückliche Momente, bis ihr die Tränen in die Augen stiegen und die Bilder unscharf machten.

Sie klappte das Album zu, trank ein Glas Wasser gegen den Kloß im Hals und fasste einen Entschluss. Tessa, die praktische, vernünftige, patente Tessa hatte natürlich recht. Nicht jammern, sondern aktiv werden. Genau das würde sie tun. Enthusiastisch baute sie das Bügelbrett wieder auf. Hatte Herr Grün es etwa einfach hingenommen, damals, als seine Schwiegereltern seine Hochzeit hintertrieben hatten? Und Lenya, sie war ein starkes Mädchen gewesen, voller Vitalität und Lebensfreude. Sie hatte sich von den starren Konventionen ihres Elternhauses befreit, war hinausgezogen, um die Welt zu erobern, und Herr Grün hatte sie dafür nur umso mehr geliebt. Früher war sie ähnlich wie Lenya gewesen. Stark und auf Konventionen pfeifend, voller

Träume, aber auch voller Tatkraft. Und Robert genauso. Dann waren die Kinder gekommen, und mit ihnen die Mixtur aus tiefen, reinen Glücksgefühlen und totaler Erschöpfung und Sorge, alles eingehüllt in eine Wolke aus Müdigkeit. Es war eine Zeit gewesen, in der sie als Paar gereift waren, aber auch eine Zeit, in der sie ihren früheren Unternehmungsgeist freundlich und ohne ihm groß nachzutrauern in eine Art Sabbatical verabschiedet hatten. Elisabeth war damals sogar auf dem Zahnarztstuhl eingenickt, und das Ehebett war nur noch eines gewesen: ein Sehnsuchtsort, um augenblicklich in Tiefschlaf zu fallen.

Irgendwann waren sie ausgeschlafen genug gewesen, um wieder an Sex zu denken. Aber der Unternehmungsgeist, der verrückte, anarchische ihrer Jugend, er kehrte nicht zurück. Es gab jetzt andere Unternehmungen: Besuche von Spielplätzen, Zoos, Parks, Kinderärzten (Stress!), Unfallambulanzen (noch mehr Stress!), Krabbelgruppen, später auch Besuche bei Freunden, in Restaurants, Freibädern, Kindergärten, Fußballplätzen, Ballettschulen, Bauernhöfen, Klassenzimmern bei Elternabenden, Konzerthallen, Partymeilen und Polizeiwachen (ultimativer Stress!). Nebenher waren sie auch wieder gemeinsam ausgegangen, als Paar, aber die lange im Voraus geplanten Ausgeh-Abende ließen wenig Raum für Überraschung und Abenteuer. Es sei denn, die Zwillinge sorgten dafür, wenn sie die Babysitterin im Bad einschlossen, ein Fläschchen Nasentropfen austranken oder den Adventskranz in Brand setzten und Elisabeth und Robert, via Handy alarmiert, nach Hause hetzten. Natürlich war es nur zu Beginn so, im Laufe der Zeit hätten sie wieder mehr unternehmen können, aber irgendwie, dachte Elisabeth, hatten sie den Zeitpunkt verpasst, zu ihrer früheren Form zurückzufinden. Ja, wieder mehr verrückte Dinge tun. Zurück zu den Wurzeln. Den Resetknopf drücken und wieder gemeinsam Fahrt aufnehmen, hinein in ein neues, aufregenderes, romantischeres Eheleben. Eigentlich war Amsterdam kein schlechter Anfang gewesen.

Die Hühner. Sie sind das Problem. Elisabeth wusste es, als sie nach dem kleinen Nickerchen, das sie am Nachmittag hielt, die Augen aufschlug, so wie sie oft die besten Ideen beim Aufwachen hatte, wenn ihr das Unterbewusstsein wie ein Tischlein Deckdich unzensiert kreative Lösungen hochreichte. Die Hühner waren längst schon kein Hobby mehr für Robert, er war ihnen verfallen wie einer Geliebten, die immer mehr Zeit fordert. Wenn er könnte, würde er sich von mir scheiden lassen und sie heiraten, dachte sie und sah in den Garten, zum Hühnergehege, wo früher ihr geliebtes Mandelbäumchen gestanden hatte. Der einzige Grund, warum er es nicht macht, ist wahrscheinlich, dass er jemanden braucht, der ihre Eier in die Pfanne schlägt.

Im Herbst war eigentlich der Termin gewesen. Der Termin, auf den Elisabeth sich heimlich gefreut hatte. Sie war tierlieb, aber alles hatte seine Grenzen. Und die Hühner hatten ja keinen Grund, sich zu beschweren. Verglichen mit anderen Hühnern lebten sie im Paradies. Freilauf, ein Besitzer, der stundenlang bei ihnen hockte und ihnen jeden Wunsch von den listigen kleinen Tyrannosaurus-Rex-Augen ablas. »Hühner sind Nachfahren der Flugsaurier, wusstest du das?«, hatte Robert bemerkt, als er dabei zusah, wie sie sich gegenseitig eine Kröte abjagten, die sich in das Gehege verirrt hatte. Schlaff hing das erdige, leblose Ding im Schnabel der einen Henne, wurde abgelegt, gehackt, bis die nächste kam und mit der Kröte davonrannte, sie hocherhoben im Schnabel haltend wie eine Trophäe. Es dauerte zwei Stunden, dann war das Schauspiel vorbei und von der Kröte nichts mehr übrig. Robert sah die ganze Zeit zu, bewundernd, fasziniert und mit dem liebevollen Blick eines Vaters, der stolz ist auf die Leistung seiner Kinderschar. Er hatte noch drei Tage lang davon geschwärmt. Nur gut, dass die Hühner so klein waren und nur Kröten ermorden konnten. Sie hatte apokalyptische Albträume gehabt, mit Hühnern, so groß wie Elefanten, die Jagd auf Menschen machten, sie wie Würmer aufpickten und in ihren gierigen Schlünden verschwinden ließen.

Im Herbst, hatte Robert gesagt, sei Hühnerpause. Zwei Legeperioden, länger lohne sich das nicht, das sei die einhellige Meinung unter den Geflügelhaltern. Robert kannte inzwischen einige von ihnen, ein paar hatte auch Elisabeth kennengelernt: kauzige, wortkarge Typen mit schwieligen Händen und einer Vorliebe für grüne Gummistiefel. Robert war auf dem besten Weg, zu einem der ihren zu werden. Sie liebten die Geflügelhaltung, aber sie waren weit davon entfernt, die Tiere zu verhätscheln.

»Hühner sind Haustiere im besten Sinne, seit Jahrtausenden domestiziert«, dozierte Robert gern. »Tiere, die einen praktischen Nutzen haben, mehr Eier einbringen, als sie an Futter kosten. Verwerter von Grünabfällen und am Ende ihres Lebens noch zu einem guten Braten nütze.«

Er hatte ihnen keine Namen gegeben. Hühnerhalter,

die das taten, wurden im Verband belächelt. Namen wie »Hedwig« oder »Hanna« waren etwas für Hühner von Abonnentinnen von Hochglanzmagazinen über das Landleben, für Stadtbewohnerinnen, die Bio kauften und ihre sanften Fernflugreisen nach Namibia oder Neuseeland bei Reiseanbietern mit ökologischem Gewissen buchten. Leute, die ihre Hühner in der Mauser zum Tierarzt brachten. Zu denen wollte Robert beileibe nicht gehören, er war einer der praktisch und professionell orientierten Geflügelhalter. Die Haltung machte ihm Freude, das einzelne Tier auch, insofern es Leistung brachte. Robert war stolz darauf, dass seine Hühner mehr Eier legten als die seiner Verbandskollegen, er führte genau Buch, hatte eine Wissenschaft aus der Zusammenstellung des Futters und der Einstreu gemacht, Legeboxen selbst gezimmert und die Kanten der Dachlatten sorgfältig abgeschliffen, damit die Tiere keine Ballenentzündungen bekamen, wenn sie nachts darauf ruhten. Er perfektionierte die Belüftung des Stalls, tauschte regelmäßig die feine Erde für das Staubbad aus, träufelte Basilikumöl ins Trinkwasser für bessere Widerstandskräfte, hielt die Einzäunung des Geheges in Ordnung, damit keine Ratten, Marder oder Füchse in den Auslauf eindringen konnten. Im Winter sorgte eine kleine Heizung im Stall dafür, dass den Hühnern nachts nicht der Kamm gefror.

Im ersten Jahr hatte sie ihn gefragt, ob er nicht etwas übertreibe. »Beste Produktionsbedingungen sind die Grundlage für ein Maximum an Produktivität«, war seine Antwort gewesen, und sie hatte lachen müssen.

»Du klingst wie ein Firmenchef.«

»Nein, wie ein Landwirt«, hatte er ganz ernst geantwortet, und da war ihr klar geworden, dass es wirklich nicht nur ein Hobby war, sondern, wenn auch in kleinem, ja geradezu winzigem Maßstab, die Wiederaufnahme seines Kindheitstraums. Es hatte sie gerührt. Doch inzwischen war von der Rührung nicht mehr viel übrig geblieben, dazu verschlangen die Hühner einfach zu viel von seiner Zeit, seinen Gedanken und seiner Aufmerksamkeit. Es war vielleicht lächerlich, aber sie war tatsächlich eifersüchtig auf die Hühner, in dem Maß, in dem sie selbst das Gefühl hatte, unsichtbar für ihn zu sein. Er sah jede Feder, die seine Mädels verloren, aber wenn sie beim Friseur gewesen war, verstrichen meist Tage, bis er es bemerkte, wenn überhaupt. Und wenn sie neue Schuhe, eine neue Bluse trug, sagten zuerst die Kinder etwas darüber, bevor von Robert ein »stimmt, war mir auch schon aufgefallen« kam. Womöglich hat er ihnen doch Namen gegeben, überlegte sie. Warum sonst hatte er sich nicht an seine eigene Maxime gehalten, sie nach der zweiten Legeperiode zu schlachten?

Es war Herbst geworden, die Hühner kamen in die Mauser und stellten die Eierproduktion fast vollständig ein. Elisabeth hatte beiläufig gefragt, wann es denn eigentlich so weit sei mit dem Schlachten. Er hatte keine Antwort gegeben. »Ich friere sie ein für Weihnachten«, hatte sie ihn zu überreden versucht. »Das wäre doch ein – ganz besonderer Höhepunkt, oder?« Er hatte nur den Kopf geschüttelt. »Warum denn nicht?«, hatte sie nachgehakt. »Sie legen doch kaum noch Eier. Dafür haben sie gut Fleisch angesetzt.«

Da hatte er es zum ersten Mal ausgesprochen, unwillig, dieses »aus verschiedenen Gründen«, diese Antwort, die eigentlich eine Unverschämtheit war. Wenn er wenigstens einen Grund angegeben hätte. Aber nein, er schloss sie aus, die Hühner gehörten ihm und gingen sie nichts an. Sie durfte sie nur füttern, wenn er keine Zeit hatte, und erfreut tun über die ach so gesunden Eier. Sie kannte mittlerweile hunderte Rezepte, die Köche aus aller Welt zur Verwendung von Eiern ersonnen hatten, aber Robert mochte eh am liebsten Spiegeleier, und so verarbeitete sie den ständigen Eier-Überschuss inzwischen einfach zu Likör.

Eine Woche nach ihrem kleinen Streit über das Schlachten hatte Robert ihr triumphierend sechs blanke, braune Eier präsentiert. »Sie legen wieder. Siehst du, ich hatte recht. Sie waren in der Mauser, und jetzt legen sie wieder.«

»Aber du hast doch immer gesagt, nach zwei Legeperioden ist Schluss, dann werden sie im Herbst geschlachtet, und im Frühjahr kommen neue.«

»So lange sie legen, sehe ich keinen Grund, sie zu schlachten.«

»Wenigstens den Hahn?«

»Hör auf, dich einzumischen. Such dir dein eigenes Hobby.« Er hatte es im Weggehen gesagt, eher beiläufig, nicht in kränkender Absicht, es war einfach eins zu eins das, was er gerade dachte, aber das war umso schlimmer gewesen. Er hatte keinen Gedanken daran verschwendet, welche Verheißung für sie an die winterliche Hühnerpause gekoppelt gewesen war: der Urlaub, von dem Elisabeth schon lange träumte und den sie sich, als die Kinder noch kleiner waren, nie hatten leisten können. Über Weihnachten in die Karibik. Es wäre ihr Weihnachts-Highlight schlechthin gewesen, sie hatte ganze Vormittage am PC gesessen und sich in Strände mit Kokospalmen hineingeträumt. Das Weitergekrähe im Garten hatte ihr den Traum verleidet. Robert traute keinem Fremden zu, sich um die Hühner zu kümmern. Er traute niemandem zu, es richtig zu machen. Kein Wunder, bei der Wissenschaft, die er daraus machte.

Elisabeth ging hinaus in den Garten, blieb in drei Metern Abstand vom Gehege stehen. Wenn Robert sich den Hühnern näherte, kamen sie alle angerannt. Er war ihr Held, ihr Gönner, ihr Gott. Wenn aber sie kam, gab es nur ein zögerliches, hoheitsvolles Schreiten in ihre Richtung, dabei reckten sie die Hälse, drehten die Köpfe zur Seite, um mit ihren listigen kleinen Dinosaurieraugen besser fokussieren zu können. Ein Blick mit dem rechten, einer mit dem linken Auge, dann begaben sie sich wieder ans Picken und Scharren. Als wäre sie Luft. Der Hahn streckte die Brust vor und krähte, aber selbst das klang enttäuscht.

Sie öffnete die Tür des Geheges, da ließ ein hoher, langgezogener Ton über ihr Elisabeth zusammenfahren. Sie blickte hoch zum Himmel und sah drei Vögel mit mächtigen Schwingen über dem Garten kreisen. Sie beobachtete eine Weile die Eleganz ihres Flugs, dann ging sie weiter zu dem kleinen Holzstall, den Robert neben den Auslauf gebaut hatte. Die Tür des Geheges hatte sie vergessen hinter sich zu schließen. Sie sammelte die Eier aus den Nestern und verließ den Stall durch die Vordertür, die sie sorgfältig schloss. Während sie zum Haus zurückging, richtete sie ihren Blick wieder nach oben, auf die elegant am Himmel kreisenden Greifvögel, und sah nicht, wie die Hühnerschar durch die noch immer offen stehende Tür des Geheges in den Garten schritt.

Im Haus beschloss Elisabeth, sich einen Cappuccino zu machen. Es war ein Genuss, für den sie sich selten die Zeit nahm, aber er würde definitiv ihre Stimmung heben, gerade wegen des Zeitaufwands. Sie gab sorgfältig Wasser und Pulver in den Espressokocher, verschraubte ihn und stellte ihn auf die Herdplatte. Außerdem goss sie Milch in einen kleinen Topf. Sie summte eine kleine Melodie, bis sie aufkochte, dann nahm sie das Aufschäumsieb und drückte und zog es in dem Töpfchen auf und ab, sodass der Milchschaum bald bis zum Rand stand. Inzwischen fauchte auch die Espressomaschine. Elisabeth spülte eine Tasse mit heißem Wasser aus, gab löffelweise den weißen Schaum hinein, ließ den kochend heißen Espresso in einem dünnen Strahl hineinlaufen, krönte den weißen Schaum mit einer großzügigen Prise Zimt, kramte nach der Gebäckdose und fand – perfekt! – noch ein paar schokolierte Kaffeebohnen.

Als sie eben den ersten himmlischen Löffel zimtigen Milchschaums zum Mund führte, hörte sie plötzlich ein Lärmen aus dem Garten und rannte zum Fenster. Im ersten Moment erkannte sie nur einen kreischenden Federkreisel. Dann wurde ihr klar, woraus der Federkreisel bestand: aus dem Hahn und einem Greifvogel, und schlagartig fiel ihr ein, dass sie die Tür des Auslaufs nicht geschlossen hatte, als sie zum Stall weitergegangen war. Sie stürzte schreiend in den Garten und schleuderte die Tasse mit aller Kraft in Richtung der kämpfenden Vögel. Es klappte, der Wildvogel bemerkte den vorbeifliegenden Schatten und schwang sich zurück in die Luft, ins sichere Element. Weiße Federn blieben auf der grünen Wiese und ein Häufchen Hahn.

Elisabeth hob mit zitternden Händen das Tier auf, das zu kraftlos war, um wegzulaufen, und nur erschöpft nach ihr pickte. »Tapferer Bursche«, murmelte sie. Sie sah einige Blutstropfen auf der Wiese, untersuchte den Hahn, so gut es ging, konnte aber zwischen den Federn kein Blut entdecken. Dann fiel ihr Blick wieder auf die Federn am Boden. Schneeweiß. Der Hahn auf ihrem Arm war ein Maran. Schwarz, die langen Schwanzfedern grünlich eingefärbt wie die Federn an den Hüten alter Damen. Da wurde ihr klar, was passiert war. Der Greifvogel hatte eine Henne angegriffen, und der Hahn hatte sie verteidigt und sein Leben dabei aufs Spiel gesetzt. Ein Kampf David gegen Goliath. Der Habicht war ohne Beute geflohen, die angegriffene Henne musste also noch irgendwo stecken. Den Hahn auf dem Arm, suchte sie den Garten ab, fand jedoch weder ein verletztes noch sonst ein Huhn im Garten. Wahrscheinlich hatten sie im Hühnerhaus, in ihrem vertrauten Stall, Zuflucht gesucht. Elisabeth eilte zum Stall, und da sah sie es. Das weiße Huhn kauerte in einer Ecke am Boden, das Gefieder blutverschmiert. Elisabeth setzte den Hahn ab, dann näherte sie sich vorsichtig dem verletzten Tier. Es wirkte apathisch und leistete keinen Widerstand, während sie es untersuchte. Blut tropfte aus einer Wunde an der Brust. Es war nicht viel, doch andererseits: Wie viel Blut hatte so ein Huhn schon? Vorsichtig setzte sie das Tier zurück ins Stroh, kämpfte die aufsteigende Übelkeit nieder und zog ihr Handy hervor.

»Tessa, bitte komm sofort! Ein Notfall!«

KAPITEL 16

Audrey Hepburn, der Inbegriff des unschuldigen, bezaubernden jungen Mädchens«, sagte Elisabeth, während der Abspann von »Frühstück bei Tiffany« lief und sie sich die letzten Tacos aus der Tüte in die Hand schüttete. Sie hatten sich spontan bei Tessa zum Filmabend getroffen, denn Robert steckte wegen einer Vollsperrung auf der Autobahn fest, und Alexander war auf einer mehrtägigen Dienstreise. »Beneidenswert, oder? Die Hepburn sah auch im reifen Alter noch aus wie ein junges Mädchen.«

»Ich bin auch immer noch ein bezauberndes junges Mädchen.« Tessa griff sich ans Herz. »Vielleicht nicht im Spiegel, aber im Herzen!«

Elisabeth stoppte den DVD-Spieler. »Ich nicht. Weder im Spiegel noch im Herzen.«

»Wann hast du aufgehört, dich als junges Mädchen zu sehen?« Tessa sah Elisabeth an, als säße sie plötzlich im Rollstuhl.

»Keine Ahnung. Als die Kinder kamen, hatte ich keine Zeit mehr, mich überhaupt noch als irgendwas zu sehen.« Elisabeth griff nach den Chips. »Und dann ziehen sie aus und du stellst fest, dass du in denselben Klamotten, die deine Tochter trägt, nicht lässig wie sie, sondern schlampig aussiehst. Ich wette, Audrey hat nie Postwurfsendungen mit Kleidungskatalogen gekriegt, die ›Happy Size‹ heißen. Ach ja, und ich schleppe jetzt Handtaschen mit mir rum, mit denen man einen Hausstand gründen könnte.«

»Ich auch, aber das heißt doch nichts.«

Elisabeth musste lachen. »Du bist also noch ganz und gar junges Mädchen. Herzlichen Glückwunsch. Und was hast du davon?«

Tessa lachte jetzt auch. »Vergiss nicht, ich lebe mit Alexander zusammen. Sonst wird der Altersunterschied zwischen uns zu groß.« Sie tippte sich an die Stirn. »Du kennst ihn ja: ein großes Kind.«

»Dafür aber sehr frühreif«, grinste Elisabeth. »Ich habe euch in Amsterdam gehört.«

»Was?« Tessa starrte Elisabeth an.

»Unsere Zimmer lagen nebeneinander.«

»Was habt ihr denn alles mitbekommen?«

Elisabeth wich ihrem Blick aus. »Vielleicht kam es auch von der anderen Seite.«

»Oh mein Gott, ich hatte keine Ahnung, dass es so hellhörig war. Wir haben überhaupt nichts gehört von euch.«

Elisabeth schwieg. Hätte sie bloß den Mund gehalten. Tessa legte den Kopf schief, sah Elisabeth mit ihrem Doktorblick an. »Apropos Robert. Was glaubst du, was Robert im Herzen ist: ein großer Junge, so wie Alexander, oder passt er zu dir reifer Dame und ist ein reifer Gentleman?«

»Es ist unfair, oder? Reifer Gentleman klingt nach silbernen Schläfen, Verantwortung und teurem Whisky.

Reife Dame klingt nach fettem Goldschmuck, Hüftpolstern und Damenbart.«

»Das ist Unsinn, und das weißt du. Du siehst gut aus. Für dein Alter.«

»Neulich war ich mit Roberts Schwester im Kino, und weißt du, was der Kartenabreißer zu mir gesagt hat? ›Ihnen und Ihrer Tochter viel Spaß!‹«

»Meine Güte, lass dich doch von einem sehbehinderten Affen nicht verunsichern.«

»Sie ist nur fünf Jahre jünger als ich.«

»Bestimmt hatte sie wieder diese unmögliche Frisur, oder? Diese geflochtenen Kindergartenzöpfe, die jedem entgegenschreien: Ich bin Lolita, gib mir einen Lolli, und ich zeige dir, wie gut ich darin bin, etwas abzu…«

»MS Niveau, wir sinken«, unterbrach Elisabeth.

Tessa pustete sich die Haare aus der Stirn. »Ich will ja nur sagen, deine Schwägerin bewegt sich geistig auf der Höhe der Teeniefilme, die sie so gern schaut.«

»Kann sie sich leisten, sie sieht auch so aus.«

»Und was hat sie davon? Kondome mit Erdbeergeschmack. Du hast was viel Besseres.«

»Ach ja? Seelischen Reichtum?«

»Du hast Robert. Die große Liebe.«

Elisabeth nickte langsam. Da waren sich alle einig. Alle Frauen zumindest. Robert und sie, das war die ganz große Liebe. »Eine Sandkastenliebe?«, fragten sie. Und dann kam ein verträumtes Seufzen und ein: »Wie romantisch!« Oder: »Wie süß!« Das war jedenfalls ihre eigene Erfahrung. Elisabeth wusste, dass es bei Robert anders war. Er schwieg sich gewöhnlich darüber aus, wie lange sie sich schon kannten. Besonders im Geflügelzüchterverband. Weil Männer untereinander andere Gesprächsthemen hatten, wie er behauptete, aber sie vermutete eher, es war ihm peinlich. Welcher Mann prahlt schon gern damit, dass die Liste der Frauen, mit denen er im Bett war, sein Trauschein ist? Der unvermeidliche Satz »Eine Sandkastenliebe, wie romantisch!« würde zweifellos auch von den Kollegen in den grünen Gummistiefeln kommen, aber ironisch und mit mitleidigem Blick.

»Das ist sie doch noch, oder?«, hakte Tessa nach. Sie hatte wieder ihren Doktorblick.

»Ja, sicher.«

Elisabeth holte noch eine Flasche aus Tessas gut bestücktem Weinkeller und dachte darüber nach, wie es früher gewesen war. Robert und sie hatten verrückte Sachen gemacht. Waren in einer mondlosen Nacht durch ein Maisfeld gelaufen, hatten einen Monat lang jede Pommesbude der Stadt getestet und der besten einen Pokal überreicht, hatten jeder einen Pullover um die Wette gestrickt und wären fast ertrunken beim Versuch, auf dem Rhein toter Mann zu spielen. Sie hatten nächtelang durchgemacht, einen Sommer lang ausprobiert, wie es ist, ohne Schuhe auszukommen, und einen Winter lang ohne elektrisches Licht. Sie hätte ganze Bücher zu jedem Urlaubsfoto erzählen können, jetzt hatte sie Mühe damit, sich überhaupt noch an die Namen der Urlaubsorte zu erinnern. Sie hätte früher tausend Dinge aufzählen können, die ihn zum Lachen brachten. Jetzt, wenn sie darüber nachdachte, fielen ihr eigentlich in erster Linie Dinge ein, über die er sich aufregte. Zu langsame Autofahrer; die Landwirtschaftspolitik der EU; Mittelfahrbahn-Blockierer auf der Autobahn; Handwerkerrechnungen; der Nachbar, der sein Auto stets gegenüber ihrer Einfahrt parkte; nicht zusammenpassende Socken; wenn die Kinder stundenlang duschten; plötzliche Planänderungen; wenn er seine Lesebrille verlegt hatte; Leute, die am Ende der Rolltreppe stehen blieben; Coffee-to-go-Becher; Liegefahrräder; Musikberieselung an öffentlichen Orten; wenn die Fernbedienung nicht am Platz lag; Rasenmäher-Lärm am Samstagnachmittag; zu hart gekochte Eier; verstopfte Salzstreuer; Werbung für Abführtropfen; Zwirbelbärte; Leute, die ihre Hunde nicht im Griff hatten; wenn die Frühstückszeitung regenfeucht war; Zugaben bei Konzerten; Kellner, die immer woanders hinschauten; Rechtschreibfehler auf der Speisekarte; und, das Schlimmste überhaupt: der falsche Apostroph. Über »Michi's Kneipe« regte er sich schon auf, seit es das Schild gab. Elisabeth ging mit dem Weißwein zurück ins Wohnzimmer. Selbst wenn Michi irgendwann aufgibt und die Kneipe Geschichte ist, dachte sie, selbst dann wird Robert sich noch jedes Mal beim Vorbeifahren aufregen: »Michi-falscher-Apostroph-S-Kneipe!« Und der Hinweis, dass das mit dem Apostroph laut Duden schon lange erlaubt war, nützte da gar nichts.

Tessas Räuspern riss Elisabeth aus ihren Gedanken. Sie hatte etwas gefragt. Elisabeth kramte in der mentalen Zwischenablage, fand aber nur »du weißt schon«. Sie sah Tessa fragend an. »Wie?«

»Na, wie ist es denn mit, du weißt schon … Wie läuft es im Bett?«

Elisabeth lächelte unverbindlich, während sie den Wein öffnete. »Wie immer.«

Tessa reichte ihr das Weinglas zum Einschenken. »Und das ist … gut?«

»Sicher.« Elisabeth machte einen deutlichen Punkt hinter die Aussage. Sie hatte keine Lust, das Thema zu vertiefen. Eigentlich, dachte sie, während sie auch sich selbst nachschenkte, ist das Bett sogar der einzige Ort, an dem Robert noch Robert ist, so wie er immer war. Mein Rob. Und ich seine Lilli.

»Also immer auf Autopilot?«

Elisabeth stöpselte den Korken wieder in die Flasche. »Erfindet ihr das Rad jedes Mal neu?«

Tessa strich sich die Haare aus der Stirn. »Sagen wir mal so: Was ist Roberts Lieblingsessen?«

»Bratkartoffeln mit Spiegeleiern.«

»Im Ernst?« Tessa lachte auf. »Ihr seid echt originell, ihr beiden. Was habe ich auch erwartet, bei Menschen, die Müller heißen. Okay, er liebt also die gute alte Hausmannskost.«

»Oder Apfelpfannkuchen.«

Tessa schüttelte den Kopf. »Schon klar. Hauptsache was mit Eiern. Na schön, isst er das jeden Tag?«

»Natürlich nicht.«

Tessa prostete ihr zu. »Da hast du's. Wenn er jeden Tag Bratkartoffeln oder Apfelpfannkuchen essen würde, was würde passieren?«

»Esst ihr etwa immer Kaviar?«

»Nein. Aber genau das ist doch der Punkt.«

Tessa hatte es geschafft. Elisabeth kam sich mal wieder provinziell und hausbacken vor. Sie griff nach ihrem Wein.

»Auch wenn du's nicht glaubst, im Bett mögen wir …

na ja, unsere Bratkartoffeln.« Tessa und Alexander spielen in einer anderen Liga, dachte sie. Mit Dirty Talk, wild quietschenden Betten, vibrierenden Wänden und wer weiß was sonst noch. »Und den Apfelpfannkuchen«, setzte sie trotzig hinzu.

Tessa nahm auch einen Schluck Wein. »*Du* meinst, dir fehlt da nichts. Was Robert fehlt, wird er dir nicht sagen.«

»Sag mal, hältst du uns für völlig verklemmt?!«

»Die wenigsten Menschen schaffen es, offen ihre Wünsche zu äußern. Da gibt es zu viele Hemmungen. Das gilt besonders für Männer. Was glaubst du, warum so viele zu Prostituierten gehen?«

»Also, das wird ja immer besser. Robert und mir geht's prima, was das betrifft, danke der Nachfrage.« Sie nahm einen großen Schluck Wein, setzte mit Nachdruck das Glas ab. »Und außerdem wäre Robert der Letzte, der – so was macht.«

»So was«, wiederholte Tessa grinsend. »Nein, er leidet und hält Hühner. Wenn du die Viecher wirklich loswerden willst, nichts einfacher als das. Lade ihn zu einer Abenteuerreise ins Reich der ungehemmten Sinnesfreuden ein. Kein Kerl kann da widerstehen, wenn seine Partnerin im Bett die Initiative ergreift. Dann sind die blöden Hühner bald Geschichte.« Sie kicherte. »Nächsten Herbst kannst du mit ihren Federn die Kissen stopfen. Das wäre doch mal ein Triumph!«

Sie sah auf die Uhr. »Einen Film schaffen wir noch, oder?« Sie gingen zum DVD-Regal. »Für meinen Einsatz als Hühner-Notärztin gestern«, sagte Tessa, während sie mit dem Finger über die DVD-Hüllen strich, »könntest du mir auch ruhig ein Kissen schenken, finde ich. Nimm aber nicht die Federn von der weißen. Sie war schließlich meine Patientin.« Tessa hielt zwei Finger zum Schwur in die Höhe. »Eid des Hippokrates, du verstehst. Ich werde die Kranken bewahren vor Schaden und willkürlichem Unrecht.«

Elisabeth lachte über den Scherz, aber ihr war nicht nach Lachen. Das verletzte Huhn kränkelte immer noch. Am Morgen hatten jede Menge Federn im Stall gelegen.

»Glaub mir«, fuhr Tessa fort, während sie »Vom Winde verweht« und »La Strada« für die engere Auswahl beiseite legte, »ich weiß das aus der Praxis. Ganze Kontinente bleiben unentdeckt. Es heißt ja, Sex ist wie Radfahren, das verlernt man nicht. Aber die traurige Tatsache ist leider oft, dass die wenigsten Paare mit offenen Augen durch die Welt der Sinnlichkeit radeln, sondern dass da sozusagen zwei Heimtrainer nebeneinander am Boden festgeschraubt sind, und man strampelt sich freudlos ab, leistet sein Pensum, ohne je wirklich vom Fleck …«

»Ist ja gut, ich hab's kapiert«, unterbrach Elisabeth. Doch Tessa hatte sich in Fahrt geredet. »Im Ernst, Ellie. Steigt vom Heimtrainer runter. Bei euch beiden bringt es wahrscheinlich schon viel, einfach mal das Licht anzulassen.« Sie zog »9½ Wochen« aus dem Regal und stapelte die DVD auf die anderen. So machten sie es immer: Jede von ihnen wählte zuerst ein paar Filme aus, dann wurde getauscht, und jede wählte aus dem Stapel der anderen einen Film aus. Zuletzt entschied das Los. »So, mein Stapel ist fertig. Wo ist deiner?«

»Ich habe keinen Stapel«, sagte Elisabeth und überreichte ihrer Freundin die einzige DVD, die sie gefunden hatte: »Love Story«. Tessa sah Elisabeth kopfschüttelnd an. »Dein Ernst?«

Elisabeth zuckte die Schultern. »Großes Kino, große Gefühle.«

»Große Gefühle ist gut. Große, traurige Gefühle, wenn ich mich recht erinnere. Sie stirbt am Ende, oder?«

»Lass uns doch losen, so wie immer«, sagte Elisabeth. »Wenn ich verliere, sehe ich ihn mir mit Robert an.«

»Das kannst du ihm nicht antun!« Tessa legte die DVD ein. »Dann opfere ich mich.«

»Warum soll ich ihm das nicht antun? Es ist ein klassischer Liebesfilm, ideal für einen romantischen Abend!«

»Ach, Ellie.« Tessa holte die Weinflasche und füllte die Gläser nach. »Filme dieser Art sind für Mädelsabende okay, aber für einen romantischen Abend zu zweit sozusagen das Anti-Viagra. Weißt du, was hinterher passieren wird? Du weinst dich in den Schlaf. Zum einen wegen der Story und zum anderen, weil Robert schon während des Films eingepennt ist.«

KAPITEL 17

Während sie über den Abrechnungen des letzten Monats saß, grübelte Elisabeth, wie sie Robert davon abbringen konnte, am Abend, wenn er nach Hause kam, nach den Hühnern zu sehen. Die Henne war immer noch nicht wieder in Ordnung. Sie fraß zwar wieder, besonders die Fleischwurstbröckchen und die Weintrauben, die Elisabeth ihr und dem Hahn zur Stärkung verabreichte, ließ aber nach wie vor Federn, die Elisabeth sorgfältig einsammelte. Robert durfte nichts davon mitbekommen, er würde womöglich den Ausbruch einer ansteckenden Krankheit befürchten und das arme Huhn schlachten. An den letzten beiden Abenden war er zum Glück erst spät von der Arbeit gekommen und dankbar gewesen, dass sie schon nach den Vögeln geschaut hatte. Aber heute wäre er wohl pünktlich zu Hause. Mittags beim Kartoffelschälen fiel ihr die Lösung ein. Sie würde ihn an der Garage abfangen. Eine Überraschung, so wie früher. Wenn sie zurückkämen, wäre es schon dunkel und die Hühner auf der Schlafstange. Den restlichen Tag konnte sie sich kaum auf die Arbeit konzentrieren und ging zwischendurch immer wieder zum Stall. Dem Hahn war nichts mehr anzumerken. Im Gegenteil, sie glaubte sogar einen neu gewonnenen Stolz, größeres Selbstbewusstsein in seinem Daherschreiten auszumachen. Robert behauptete ja immer, Hähne seien die reinsten Kavaliere. Aber was dieser tapfere kleine Kerl geleistet hatte, ging weit über Galanterie hinaus. Ein Held, der für seine Angebetete mutig gegen den viel stärkeren Feind gekämpft hatte.

Sie lächelte, weil ihr einfiel, wie Robert einmal für sie gekämpft hatte, mit der Ritterlichkeit eines kleinen Jungen hatte er sich tatsächlich in einen Kampf mit einem Goliath gestürzt. Die fiese Gudrun aus Goch, die Elisabeth schon seit dem Kindergarten ärgerte, hatte sie mal wieder im Pausenhof an den Zöpfen gezogen. Robert hatte es mitbekommen und sich Gudrun, die einen Kopf größer und weitaus kräftiger war als er, in den Weg gestellt. »Mach das nicht noch mal!« – »Sonst was?«, hatte Gudrun gesagt und die Hände in die Hüften gestemmt. Da hatte er ausgeholt und ihr eine runtergehauen, oder besser hochgehauen, und Elisabeth erinnerte sich noch heute an das Geräusch, wie seine Hand kühn auf Gudruns Wange klatschte. Gudrun hatte sich natürlich sofort auf Robert gestürzt, und verbissen kämpfend, schlagend, tretend und kratzend waren sie über den staubigen Schulhof gerollt. Als die Pausenaufsicht, angelockt durch die Anfeuerungsrufe der anderen Kinder, die beiden schließlich trennte, hatte Gudrun ein geschwollenes Auge, Robert einen abgebrochenen Zahn und an Gesicht und Hals blutige Kratzspuren. Es war eine Prügelei gewesen, von der man an der Schule noch lange sprach. Robert hatte ungerechterweise einen Tadel für die Prügelei bekommen, während Gudrun nicht mal ermahnt wurde. Gudrun war gut darin, das Opfer zu spielen. Trotzdem, sie hatte nie wieder gewagt, Elisabeth an den Zöpfen zu ziehen.

Gegen Abend duschte Elisabeth, zog frische Sachen an, sparte nicht mit Parfüm, wählte eine Jeansjacke, die Robert besonders an ihr mochte. Es galt, den automüden Robert, der sich beim Heimkommen auf seine abendliche Routine aus Essen, Hühnern und Fernsehen freute, dazu zu bewegen, noch einmal mit ihr auf Tour zu gehen. Denn läge er erst einmal gemütlich auf dem Sofa, würden ihn keine zehn Pferde mehr hochbekommen.

So wartete sie schon an der Einfahrt, als er kam, und setzte sich zum verdutzten Robert ins Auto. »Fahr los, ich sag dir unterwegs, wohin!«

Er sah sie beunruhigt an, während er den Rückwärtsgang einlegte. »Wieso, ist was mit den Kindern?«

»Oh, nein!« Sie legte ihm beruhigend die Hand auf den Arm. »Ich dachte nur, ich lade dich zum Essen ein. In ein besonderes Restaurant.«

»Und die Hühner?«

»Sind schon im Stall auf der Bettstange, die Klappe ist zu.«

Jetzt kniff Robert die Augen zusammen. »Abdullah, falscher Apostroph, S, Veggie, Bindestrich, Döner«, las er vor. Elisabeth schaute fassungslos auf das Schild, das direkt über der Tür angebracht war, dort, wo früher der altvertraute Schriftzug »Grill am Dreiecksplatz« geleuchtet hatte. Seit wann war ABDULLAH'S VEGGIE-DÖNER hier hingezogen?

»Das ist also das besondere Restaurant?«, fragte Robert. »Haben die Kinder dich missioniert?«

Elisabeth schluckte. An seinem Gesicht sah sie, dass er wirklich keine Ahnung hatte. »Der Veggie-Döner ist neu«, sagte sie. »Da wollte ich eigentlich gar nicht hin.« Er sah sie mit ausdruckslosem Gesicht an.

»Der Grill am Dreiecksplatz«, erklärte sie. »Unser Pokal für die besten Pommes! Sag bloß, du weißt das nicht mehr?«

»Ah, doch, ja.« Er lächelte, unfroh wie jemand, der eine verschüttete Leiche aus einem Trümmerhaufen zieht. Elisabeth schaute auf den sich langsam drehenden Dönerspieß und blinzete, um die Tränen zurückzudrängen. Mein Gott, warum heulte sie in letzter Zeit bei jeder Gelegenheit los? Aber warum musste Abdullah mit seinem Veggie-Döner auch ausgerechnet hier hinziehen? Die Kinder waren oft hingegangen, und sie war manchmal in das vorige Lokal mitgekommen, das Essen war lecker und Abdullah ein witziger Typ, der seine Kunden während der Wartezeit mit muslimischen Sprichwörtern unterhielt. Aber Abdullah gehörte den Kindern. Er war kein Ersatz für das, was der Grill am Dreiecksplatz für sie und Robert bedeutete. Früher einmal bedeutete, korrigierte sie sich. Nämlich ihr zweites Zuhause und ihre Trutzburg in der Oberstufe. Hier hatten sie in herrlicher gemeinsamer Anarchie die Lateinstunden geschwänzt, hier hatten sie bei Pommes rot-weiß gemeinsam Träume gesponnen und Luftschlösser gebaut. Hier hatte er ihr erzählt, dass er einmal einen eigenen Bauernhof haben würde, und sie von ihrem Traum, Ärztin zu werden. Eigentlich hatte der Gewinner ihres großen Pommestests von vornherein festgestanden. Die Pommes vom Dreiecks-Grill waren einfach die besten der Welt.

»Und jetzt?«, fragte Robert und sah sie an. Kurz befürchtete sie, er würde ihre Tränen sehen, doch die Sorge war unbegründet.

Sie zuckte die Schultern. »Veggie-Döner?«

Er machte ein Gesicht wie Magenschmerzen.

»Zu Hause Bratkartoffeln?«

Robert zog den Autoschlüssel hervor. »Mit Spiegeleiern, perfekt!« Er sah auf die Uhr. »Wenn wir uns beeilen, schaffen wir es noch zu den Nachrichten.«

KAPITEL 18

»Sag mal, Robert, liebst du mich eigentlich noch?«

Robert legte sein Buch auf den Bauch, sah sie über den Rand seiner Lesebrille hinweg an. Früher hatten sie sich über Leute lustig gemacht, die das taten.

»Wie kommst du denn jetzt darauf?«

Elisabeth sagte nichts und sah weg. Sie wollte nicht weinen. Erstens, weil Robert es hasste, und zweitens, weil sie ohnehin schon Kopfschmerzen hatte. Sie hatte sich im Laufe des Tages vorgestellt, wie sie das Thema anschneiden würde. Souverän und unverkrampft. Dabei aber doch gehofft, dass sie es nicht müsste. Dass er es bis zum Abend doch noch irgendwie mitbekommen hätte, es ihm einfach so eingefallen wäre oder er zumindest irgendwann mal auf den Terminkalender geschaut haben würde und es ihm beim Datum heiß geworden wäre. Die Kinder ihn angerufen hätten. Oder wenigstens die Mütter, die doch sonst auch immer als perfektes Nachrichtenorgan funktionierten. Aber wie hätten die Mütter oder die Kinder ahnen können, dass Robert es tatsächlich vergessen hatte? Sie selbst war beim Kaffeetrinken im Goldenen Stern zu stolz gewesen, es zuzugeben. Sie hatte behauptet, Robert sei beruflich leider etwas dazwischengekommen. So war Robert ahnungslos, immer noch. Vielleicht wäre es besser, es dabei zu belassen? Aber wie lange würde das gutgehen? Er wäre stinksauer, wenn er es irgendwann doch noch bemerken würde. Nicht auf sich selbst, sondern auf sie, weil sie nur gewartet und es ihm heimlich übel genommen hätte, statt offen und geradeheraus zu sagen, wenn es ein Problem gab. So hatten sie es am Anfang ihrer Ehe schließlich vereinbart: nie über Nacht sauer sein. Streit, Probleme, Uneinigkeiten, alles sollte vor dem Ausknipsen der Nachttischlampe bereinigt sein. Sie schlug die Bettdecke zurück, stand auf. Den Satz, den sie sagen wollte, würde sie nicht über die Lippen bringen, während sie neben ihm lag.

»Weil du meinen Geburtstag vergessen hast«, sagte sie über die Schulter, während sie Richtung Bad ging. Im Bad atmete sie ein paarmal tief durch und schaute in den Spiegel. Sie hatte die Bombe abgeworfen.

Als sie ins Schlafzimmer zurückkehrte, hatte Robert die Lesebrille abgenommen. Er summte leise »Happy Birthday« und griff nach ihrer Hand, als sie wieder unter die Decke kroch.

»Ich bekomme Geburtstagwünsche von Ikea und meinem Friseur, aber nicht von dir«, sagte sie. Es hatte witzig klingen sollen.

»Die wollen ja auch was von dir«, sagte er.

Sie zog ihre Hand weg. »Und du nicht? Liebe zum Beispiel?« Sie wünschte, sie hätte sich den Nachsatz gespart. Das war endgültig anklagend und erbärmlich.

»Du weißt, was ich meine.« Bildete sie sich das nur ein, oder klang Roberts Stimme wirklich so wie immer? Wo sie ein großes Problem sah, sah er – allenfalls ein kleines Ärgernis, schnell aus der Welt zu schaffen?

»Ich hab mich den ganzen Tag scheußlich gefühlt wegen dir. Einsamer als ein einsamer Wanderer in der Wüste.«

Er streichelte ihre Wange. »Armer Schatz, aber jetzt übertreibst du. Ich habe nicht auf den Kalender geschaut, das ist alles. Außerdem bin ich ja nicht der einzige Mensch auf der Welt, der dir zum Geburtstag gratuliert.«

»Stimmt, du bist der einzige Mensch auf der Welt, der mir nicht zum Geburtstag gratuliert hat.«

»Es ist ja noch nicht zu spät, nicht wahr?« Er beugte sich zu ihr, gab ihr einen zärtlichen Kuss, der auf ihrer Wange landete, weil sie ihr Gesicht wegdrehte. »Happy Birthday, Lilli!«

»Ausgerechnet du!«

»Du weißt, wie ich es meine. So furchtbar einsam war dein Geburtstag nicht. Wie ich dich kenne, hattest du einen schönen Tag. Morgens Frühstück mit deinen Grünen Damen, mittags hast du dich mit den Kindern an der Uni zum Essen getroffen. Nachmittags gab's wie immer Kaffee und Kuchen im Goldenen Stern. Und zwischendurch hast du die halbe Zeit am Handy Glückwünsche entgegengenommen.«

»Na und?« Sie wischte sich mit einer schnellen Bewegung die Tränen aus den Augen und sah ihn an. Es tat gut, wütend zu sein. »Ja, es wäre ein schöner Tag gewesen. Wenn es dich nicht gäbe, wäre es ein schöner Tag gewesen. Aber es gibt dich, und deshalb musste ich mich die ganze Zeit zusammenreißen, um nicht loszuheulen, weil ausgerechnet du meinen Geburtstag vergessen hast, und ich bin sauer und sehe es auch verdammt noch mal nicht ein. Du hast deinen Terminkalender, du hast dein

Handy, und du vergisst nie einen beruflichen Termin. Darauf bist du doch stolz, oder?«

»Was hast du denn geschenkt bekommen?«

Sie hatte keine Lust, von dem Low-Carb-Kochbuch und den Dessous zu erzählen, den Geschenken ihrer Schwiegermutter, die damit offensichtlich eher ihrem Sohn eine Freude machen wollte. Und auch nicht von Tessas Geschenk, dem Volkshochschul-Töpferkurs, augenzwinkernd überreicht mit den launigen Worten: »Gegen Midlife-Frust!« Und auch nicht von dem Paartanzkurs, den ihre Mutter ihr geschenkt hatte, im Bewusstsein überlegener mütterlicher Manipulationsmacht. »Tango argentino, wenn zwei für drei Minuten eins sind«, versprach der Flyer, der ein elegantes Paar mit langen Beinen und ohne Figur- und Rückenprobleme zeigte. Elisabeth wusste schon, was dabei herauskommen würde: ein zitroniger, genötigter Robert, der ihr bei den Tanzstunden auf die Füße trat, und eine Mutter, die sich selbst beglückwünschte. Jaja, man muss den Kindern nur auf die Sprünge helfen. Nein, über den Paartanzkurs hätte sie sich nur gefreut, wenn er von Robert gekommen wäre.

Das einzige Geschenk, über das sie sich wirklich gefreut hatte, war von den Kindern gekommen. Sie hatten Elisabeth ein Vorlesungsverzeichnis der Fakultät für Geschichte geschenkt, in dem Vorlesungen zur Kunstgeschichte markiert waren.

»Du stehst doch auf alten Krempel«, meinte Niels. »Und es hat dir solchen Spaß gemacht, den Goldenen Stern auszustatten.« – »Da dachten wir«, ergänzte Nina, »du könntest Gasthörerin für Kunstgeschichte werden. Anmelden musst du dich selbst, aber wir zahlen den Beitrag, und an deinem Unitag laden wir dich in die Mensa ein.«

Sie merkte, dass Robert sie von der Seite ansah. Er wartete immer noch auf eine Antwort. »Du lenkst ab«, sagte sie. »Warum schreibst du dir den Geburtstag deiner Frau nicht einfach auch in deinen Terminkalender? Oder ins Handy?«

»Weil der Geburtstag meiner Frau da drin nichts zu suchen hat. Du bist kein beruflicher Termin. Ich trenne Beruf und Privatleben.«

»Dann schaff dir doch einen Terminkalender für dein Privatleben an, wenn du es sonst nicht geregelt bekommst, an meinen Geburtstag zu denken!«

»Warum hast du heute Morgen nichts gesagt?«

»Weil ich dachte, du holst nur eben Brötchen beim Bäcker, um mich mit Frühstück im Bett zu überraschen, aber dann warst du einfach weg und kamst nicht wieder.«

»Oder dann wenigstens später angerufen?«

»Habe ich«, sagte sie. »Mailbox.«

»Und warum hast du nicht draufgesprochen? Oder eine SMS geschrieben? Du wolltest doch, dass es eskaliert!«

Sie presste die Lippen aufeinander.

»Hör mal, ich stehe ziemlich unter Druck.« Er griff nach ihrer Hand. »Es tut mir leid, dass du dich gekränkt gefühlt hast.«

Sie zog ihre Hand weg. »*Ich* habe *mich* gekränkt gefühlt? Ach, stimmt, alles meine Schuld, du kannst gar nichts dafür. Was bin ich auch so blöd, mich von jeder Kleinigkeit gekränkt zu fühlen. Nein, Robert, du kannst nicht einfach mir den Schwarzen Peter zuschieben. Du bist schuld.«

»Schuldzuweisungen bringen doch nichts.«

»Du würdest dir ja eher die Zunge abschneiden, als dich zu entschuldigen.«

»Ich habe doch gesagt, es tut mir leid.«

»Nein. Du hast gesagt, es tut dir leid, dass ich mich gekränkt gefühlt habe. Nicht dass du was falsch gemacht hast. Das ist ein Unterschied.«

»Ich bin zu müde für Haarspaltereien. Vielleicht sollten wir morgen weiterreden.« Er knipste das Licht aus. Eine Weile sagte keiner von ihnen etwas. Aber sie hörte an seinem Atem, dass er wach war.

»Wir haben uns mal was versprochen«, sagte sie. »Weißt du noch?«

Er griff im Dunkeln nach ihrer Hand. »Nie sauer sein über Nacht. Gute Idee. Versöhnung?«

»Das ist jetzt nicht dein Ernst, oder?«

Er ließ ihre Hand los. »Ich hatte einen schlimmen Tag heute, ehrlich.«

Sie knipste das Licht wieder an. »Ich auch. Und rate mal, warum.«

»Das tut mir auch sehr leid, aber ich denke, es ist nicht zielführend, wenn wir das heute Nacht noch ausdiskutieren.«

Sie setzte sich im Bett auf. »Zielführend? Ich denke, du bist für die Trennung von Beruf und Privatleben? Dann halte auch gefälligst dein Berufsblabla aus unseren Privatgesprächen raus!«

Er starrte eine Weile vor sich hin, dann schlug er seufzend die Bettdecke zurück, stand auf, holte sein Notebook und schaltete es ein. »Ist noch Sekt vom Grüne-Damen-Frühstück übrig?«, fragte er.

»Mhh.«

»Kannst du ihn schon mal aus dem Kühlschrank holen? Lass dir Zeit. Wenn du zurückkommst, habe ich dein Geschenk.«

Widerwillig ging sie in die Küche, entkorkte die Flasche, schenkte den Sekt in zwei Gläser, hörte währenddessen das Geräusch des Druckers und überlegte, wie sie reagieren sollte, wenn er ihr gleich einen rasch herbeigeklickten Kaufbeleg präsentierte.

»Du hast meine Frage nicht beantwortet«, sagte sie, ohne zu lächeln, als sie den zusammengefalteten Zettel entgegennahm. Sie sehnte sich nach Versöhnung und fürchtete eine Enttäuschung.

»Nun mach schon auf!«, drängte er.

Sie hielt den zusammengefalteten Zettel in der Hand. »Liebst du mich eigentlich noch?«

»Natürlich. Es ist doch alles prima, so wie es ist.«

»Was genau findest du denn prima?«

»Herrgott, Lilli, alles. Wie wir leben. Ich freue mich immer, nach Hause zu kommen.«

Sie trank ihren Sekt in einem Zug, stellte das Glas ab und ging wieder ins Bett. Er setzte sich auf die Bettkante, streichelte ihr behutsam über die Wange. »Das zum Beispiel hast du ewig nicht gemacht«, sagte sie.

Er nickte. »Ich habe so viel im Kopf, dass ich manchmal denke, die Hälfte fällt einfach wieder raus.«

Sie wischte sich eine Träne aus dem Augenwinkel. »Lass was anderes rausfliegen, aber doch nicht mich!«

Er nickte, nahm ihr das ausgedruckte, zusammengefaltete Blatt aus der Hand, faltete es auseinander und gab es ihr zurück. »Jetzt schau endlich!«

Sie ließ das Blatt auf ihren Schoß sinken, sah ihn forschend an. »Gibt es Stress in der Firma?«

»Es ist immer stressig, das weißt du doch.«

»Mehr als sonst?«, bohrte sie nach.

Robert wich ihrem Blick aus. »Es gibt Gerüchte, dass der Konzern verkauft wird, und wenn das passiert, wird umstrukturiert. Mein bisheriger Bezirk würde noch größer. Die Alternative wäre Neuorientierung.«

»Einen anderen Job suchen?« Elisabeth dachte an die Kinder, die noch jahrelang studieren würden, an die marode Heizung. »Aber was, wenn du keinen findest?«

»Eben.«

»Meine Güte, warum hast du nichts gesagt?«

»Es reicht doch, wenn es mich belastet. Vielleicht kommt der Verkauf ja auch gar nicht, und alles bleibt beim Alten.«

Für einen Moment kam ihr ein schäbiger Gedanke. Was, wenn Robert sich die ganze Geschichte nur als Ausrede für seine Vergesslichkeit ausgedacht hatte? In der Schulzeit war er für seine Ausreden berühmt gewesen. Im nächsten Augenblick schämte sie sich für ihr Misstrauen, und sie setzte sich im Bett auf und umarmte ihn. »Armer Rob.«

Er streichelte ihr übers Haar. »Außerdem macht mir eine der Hennen Sorgen. Sie verliert Federn. Hoffentlich ist es nichts Ansteckendes.«

Großer Gott, dachte Elisabeth. Er hat es doch gemerkt. »Ach was«, sagte sie. »Das ist die Mauser.«

»Nein, die hat sie gerade erst hinter sich. Wenn es nicht besser wird, muss sie weg.«

»Schlachten? Um Gottes willen, nein!«

Robert sah sie erstaunt an. »Wer hat denn letztens noch von Hühnchen mit Aprikosen geschwärmt?«

»Ich meine nur, jeder verdient eine zweite Chance. Gib dem armen Tier noch ein paar Tage, ja?« Sie merkte, dass ihr Gesicht heiß geworden war. »Und jetzt will ich endlich mein Geschenk sehen!« Sie starrte auf ein Hotellogo. »Hotel Moulin Vert, Paris«, las sie vor.

»Eine Reise in die Stadt der Liebe«, flüsterte er ihr ins Ohr. »Nur wir zwei. Das wollten wir schon vor zwanzig Jahren machen. Höchste Zeit, oder?« Er nahm sie in den Arm, streichelte ihr übers Haar.

Hinter seinem Rücken schaute sie ängstlich auf das Datum der Buchung. Hatte er sich das jetzt gerade erst überlegt? Dann atmete sie auf. Die Buchung lag schon zwei Monate zurück. Er hatte das schon länger geplant, es war keine schnell herbeigeklickte Verlegenheitslösung.

»Sag mal, weinst du?« Sie nickte an seiner Schulter. »Also, wenn es doch nicht das Richti…«

Da boxte sie ihn aufschluchzend in die Seite. »Vor Freude, du Trottel!«

KAPITEL 19

Ich kenne die Lösung des Rätsels: Paris! Es ist Paris!« Sie rief es ihm schon beim Hereinkommen entgegen.

»Nanu, was machen Sie denn schon hier?«, fragte Herr Grün. »Wir haben doch erst Donnerstag!«

Seine Stimme klang belegt, doch Elisabeth bemerkte es nicht. Sie kam näher, griff mit beiden Händen überschwänglich nach der Hand, die auf der Bettdecke lag, und drückte sie. »Ich war gerade in der Nähe. Nun sagen Sie schon: Stimmt es? War es Paris, wohin Sie beide nach der geplatzten Hochzeit gingen?«

Herr Grün zog seine Hand zurück. »Sind Sie also deshalb schon heute gekommen, um mir das zu sagen? Das ist ja allerhand.«

»Rätsel sind für neugierige Menschen das reinste Pattex, wissen Sie noch?«, sagte Elisabeth und zwinkerte ihm zu. Sie setzte sich neben das Bett. »Außerdem weiß ich nicht, ob ich es Montagmorgen schaffe zu kommen. Mein Mann und ich fahren übers Wochenende weg und kommen erst Sonntagnacht zurück.«

Herr Grün nickte, ohne zu lächeln. »Wo soll es denn hingehen?«

Elisabeth lächelte breit. »Jetzt sind Sie dran und dürfen raten!«

»Keine Ahnung.«

»Doch, haben Sie, wollen wir wetten? Deshalb komme ich ja auf die Idee. Sie haben mir dieses Rätsel gestellt, Sie alter Märchenkönig, und mein Mann hat mir diesen Wochenendtrip zum Geburtstag geschenkt, und da kam mir plötzlich die Idee. Paris! Es muss Paris sein. Paris war die Stadt, in die Lenya ging und in die Sie ihr nachreisten, oder? Es gibt nämlich keine Zufälle.«

»Da möchte ich widersprechen«, sagte Herr Grün. »Aber erst einmal meinen herzlichen Glückwunsch zum Geburtstag, liebe Frau Müller.« Jetzt lächelte er zum ersten Mal, doch es war ein müdes Lächeln, und Elisabeth bemerkte, wie blass er war. Er wich ihrem prüfenden Blick aus.

»Dankeschön«, sagte sie. »Wie geht es Ihnen heute?«

»So lala. Aber lassen Sie uns von etwas anderem reden als von meiner Befindlichkeit, das ist ja ansonsten das Einzige, über das sich im Krankenhaus alle mit einem unterhalten. Ich bin des Themas inzwischen reichlich überdrüssig.«

»Wie meinten Sie das, dass Sie mir widersprechen? Liege ich mit meiner Intuition daneben? Ist es etwa doch nicht Paris gewesen? Tun Sie mir das nicht an!«

»Keine Sorge«, sagte Herr Grün mit belegter Stimme. Wo sonst ein Lächeln seine Worte begleitet hatte, war jetzt ein bitterer Zug um den Mund. »Sie haben ganz recht, Frau Müller, es war tatsächlich Paris. Aber ich widerspreche Ihnen vor dem Hintergrund meiner Lebenserfahrung, wenn Sie meinen, dass es keine Zufälle gibt. Im Gegenteil, unser Leben besteht zum größten Teil daraus. Wie ein absurdes Puzzle, das ein

Leben lang auf uns niederregnet, und wir puzzeln an unserem Lebensbild herum, bis wir in die Grube fahren. Mit lauter unpassenden Teilen, und wir tun nichts anderes, als die Teile zurechtzubiegen und uns einzureden, es würde irgendwann einmal alles passen. Und je älter wir werden, desto anstrengender ist es, die Tatsache, dass niemals alles passen wird, auszublenden und so zu tun, als sei alles, was im Leben passiert, folgerichtig und nur so möglich und als hätten wir unser Schicksal selbst in der Hand.« Herr Grün schlug die Bettdecke zurück und drückte auf den Schalter zum Hochfahren des Kopfteils. »Wenn Sie so freundlich wären, mir aufzuhelfen. Sobald ich den Rollator habe, komme ich allein zurecht. Ich müsste zur Toilette. Ich möchte Sie nicht aufhalten, wenn Sie also gehen wollen …«

»Nein, nein, Sie wissen doch, ich habe Zeit«, sagte Elisabeth schnell. Sie half Herrn Grün auf, und während er, auf den Rollator gestützt, ins Badezimmer ging, setzte sie sich verwirrt auf den Besucherstuhl. Das war ein anderer Herr Grün als der, den sie bisher kennengelernt hatte. Womit hatte sie ihn so verärgert? Und wo waren sein Humor, seine Souveränität geblieben? Was war passiert?

Elisabeth merkte, dass er sie mit seiner schlechten Stimmung angesteckt hatte. Da war sie extra ins Krankenhaus gekommen, zwischendurch, obwohl nicht Montag war, nur um den freundlichen alten Herrn zu besuchen, der sie so rührte, weil er so viel Liebe zu seiner Frau empfand, dass es für zwei Leben gereicht hätte. Um ihm von Paris zu erzählen. Von Robert und seiner romantischen Idee der lange im Voraus geplanten Reise, die alles Geburtstagvergessen wieder gutgemacht hatte.

Tessa hatte sie es gleich am nächsten Morgen erzählt, am Telefon, woraufhin Tessa keine halbe Stunde später, noch vor dem Öffnen ihrer Praxis, vor der Tür gestanden und ihr ein silbern glänzendes Köfferchen überreicht hatte. »Erotische Marschverpflegung!«, hatte sie ihr verschwörerisch zugeraunt. Als Elisabeth den Koffer später öffnete, grinste ihr eine obenauf liegende Schweinemaske entgegen, und sie hatte ihn schnell wieder geschlossen.

Sie wünschte sich doch einfach nur ein wenig unschuldige Romantik, eine Fortsetzung der Liebesgeschichte der Grüns. Es konnte gar nicht anders sein, als dass diese Liebe in Paris ihre Fortsetzung gefunden hatte. Allein schon, weil sie so oft an diese Liebe dachte, sich ihr so verbunden fühlte. Doch Herr Grün schien wie ausgewechselt, zwar nicht direkt unfreundlich, aber auch nicht mehr der liebenswürdige, charmante alte Herr, der ihr Pralinen aufnötigte und von der Liebe seines Lebens vorschwärmte. Was habe ich auch erwartet, dachte sie und versuchte, nicht enttäuscht zu sein. Selbst schuld, wenn du diesen alten Mann, der in einer schlimmen Lage steckt, zum Märchenonkel der romantischen Liebe stilisierst. Seine Frau ist tot. Wahrscheinlich ist ihm seine Situation inzwischen erst so richtig klar geworden. Allein wird er sein, wenn er aus dem Krankenhaus zurückkehrt. Ein alter, einsamer Mann, der nur noch in Erinnerungen lebt. Und dann komme ich, erzähle ihm freudestrahlend von Paris und erwarte, dass er sich mit mir freut.

Als Herr Grün wieder aus dem Bad trat, lächelte sie ihm abwartend zu. Sie war bereit zuzuhören, was auch immer er ihr erzählen mochte, und wenn es noch so sehr in Kontrast stand zu dem, was sie nur zu gern hören würde.

Herr Grün brauchte eine ganze Weile, bis er wieder im Bett lag, sie half ihm, die Beine bequem zu lagern, und brachte ihm einen Kaffee. Er trank ihn schweigend, und Elisabeth saß einfach dabei und sagte kein Wort. Als er fertig war, bedankte er sich für den Besuch und den Kaffee, machte die Augen zu und tat so, als ob er schliefe. Sie überlegte gerade, ob sie nicht doch gehen sollte, doch da blinzelte er, und sie musste grinsen. Da lächelte auch er wieder das Lächeln mit den vielen Falten.

»Na gut, Sie haben gewonnen. Reden wir über Paris … Schauen Sie mal, da unten müssten auch noch Pralinen sein.« Herr Grün deutete auf den Nachttisch und begann dann ganz versonnen: »Paris, die Stadt der Liebe …«.

Elisabeth machte es sich auf dem Besucherstuhl bequem. Sie knabberte an einer Praline und fühlte sich an früher erinnert, als die Kinder klein waren und Robert ihnen vor dem Schlafengehen Geschichten erzählt hatte. Damals hatte sie sich wieder neu in ihn verliebt. In Robert, den Vater ihrer Kinder.

»Lenya ging also nach Paris, und ich folgte ihr«, fuhr Herr Grün fort. »Woran denken Sie, wenn Sie ›Paris‹ hören?«

Elisabeth zuckte mit den Schultern. »An den Eiffelturm?«

Herr Grün nickte. »Ja, ja, und weiter?«

»An große Boulevards, an schicke Cafés, vor denen Leute sitzen und Café au Lait trinken, an den Louvre und Notre-Dame, an Baguette und Rotwein, an Maler und Philosophen, an die Seine und Sacré-Cœur, an die

Champs-Élysées und die edlen Modehäuser, an Napoleon, an Humphrey Bogart und Ingrid Bergman, an …«

»Na also, da haben wir's«, unterbrach Herr Grün. »Sehen Sie? Früher oder später fällt jedem, wenn er an Paris denkt, ein Liebespaar ein. Aber wieso gerade Humphrey Bogart und Ingrid Bergman, wenn ich fragen darf?«

»Paris. Uns bleibt immer Paris«, erklärte Elisabeth. Sie sah, dass Herr Grün nicht verstand, und ergänzte: »Der Film ›Casablanca‹, am Schluss. Die beiden Hauptfiguren, Rick und Elsa, gespielt von Humphrey Bogart und Ingrid Bergman, müssen sich trennen. Rick will Elsa trösten, ihr sagen: Auch wenn wir uns nun trennen müssen, uns bleibt immer die Erinnerung an die glückliche gemeinsame Zeit in Paris.«

»Uns bleibt immer Paris«, wiederholte Herr Grün und blinzelte.

Elisabeth erhob sich langsam. »Ich verstehe, wenn Sie nicht darüber reden möchten. Verzeihen Sie.«

»Schon gut«, sagte Herr Grün, räusperte sich und deutete mit der nicht verletzten Hand auf den Stuhl, damit sie sich wieder hinsetzte. »Paris, wie war Paris? Nun, es war im Wesentlichen das für uns, was Sie gerade angesprochen haben. Wir wurden nicht enttäuscht, denn wir sehen zuerst immer das, was wir sehen wollen, erwarten und wofür wir bereit sind. Aber das geht nur für die ersten ein, zwei Wochen, danach wird es schwieriger. Eine Stadt ist wie ein Gastgeber, finden Sie nicht auch? Wenn Sie in eine fremde Stadt ziehen, sind Sie wie der neue Gast auf einer Party. Der Gastgeber empfängt Sie freundlich. Wie schön, dass du da bist! Fühl dich wie zu

Hause! Und man fühlt sich wohl und schaut sich erwartungsvoll um. Der Gastgeber hat viel zu tun und begrüßt den nächsten Gast. Und dann sehen Sie sich noch mal um und stellen fest, dass niemand sonst bemerkt hat, dass Sie da sind. Alle amüsieren sich, es ist laut, Sie bekommen nur Gesprächsfetzen mit und fühlen sich verloren in all dem Trubel, unter all den Menschen, denen es einerlei ist, ob Sie dabei sind oder nicht. Niemand hat auf Sie gewartet. Was tut man also? Es anpacken, sich ins Gewimmel stürzen und bekannt machen oder sich erst einmal mit einem Drink auf ein Sofa zurückziehen, etwas abseits der Party, und beobachten?«

Elisabeth zuckte die Schultern. »Ich würde auf dem Sofa sitzen.«

Herr Grün nickte. »Ja, das war auch meine Wahl. Meine Lenya hingegen mit ihrem Temperament, ihrer Neugier und Unbekümmertheit hat die erste Option gewählt. Sie hat in Paris die Beat Dolls gegründet. Offiziell hat sie, wie ihre Eltern es für sie vorgesehen hatten, an der Sorbonne Kunstgeschichte studiert, das typische Studienfach für ein Mädchen aus besseren Kreisen, das zur gescheiten Gesprächspartnerin für den später einmal zu ehelichenden Museums- oder Bankdirektor erzogen werden sollte. Inoffiziell hat sie das Leben genossen und am Montmartre jede Nacht zum Tag gemacht mit ihren drei Freundinnen. Sie waren inspiriert von den Beatles, aber ich schwöre, wenn die Beatles die Mädchen jemals bei einem ihrer Auftritte erlebt hätten in ihren Babydoll-Kostümen, wären auch sie inspiriert gewesen von ihnen.«

»Und Sie?«, fragte Elisabeth.

»Ich?« Er lachte, doch das Lachen ging in Husten über. »Ich habe ebenfalls weiter studiert«, fuhr er fort, als er sich von dem Husten erholt hatte. »Nachts arbeitete ich am Montmartre als Kellner und habe nebenbei auf Lenya aufgepasst.«

»Hat Sie das nicht gestört?«

»Lenya? Im Gegenteil! Ich habe sie ja nicht eingeschränkt, nur für ihre Sicherheit gesorgt.«

»Nein, ich meine, hat *Sie* das nicht gestört? Dass Ihre Frau jeden Abend im Babydoll auf der Bühne stand? Waren Sie nicht eifersüchtig?«

Herr Grün schüttelte den Kopf. »Erstens: Sie war ja noch nicht meine Frau. Wir hatten das Pferd, nicht die Kutsche, Sie erinnern sich?«

»Und zweitens?«

»Zweitens?« Herr Grün lächelte das Lächeln mit den vielen Falten. »Zweitens war ich einfach stolz auf sie. Lenya sah umwerfend aus auf der Bühne, sie brauchte keine Scheinwerfer, sie glühte von innen. Die Musik der Beat Dolls, diese Energie, das war mitreißend.«

Herr Grün schloss die Augen und gähnte. »Wenn ich heute ein Tausendstel der Energie der Beat Dolls hätte, wäre ich froh.«

Elisabeth verstand und erhob sich. »Danke, Herr Grün.«

»Wofür? Entschuldigen Sie meine Enerviertheit und mangelnde Energie, die probieren hier seit gestern ein neues Medikament aus. Haben Sie eine gute Reise und genießen Sie Paris!«

Elisabeth schüttelte Herrn Grün die Hand. Er lächelte ihr zu. »Wenn Sie und Ihr Mann in das Viertel Saint-

Germain-des-Prés kommen, trinken Sie einen Kaffee auf Lenya und mich im Café de Flore. Dort haben wir oft Händchen gehalten. Im ersten Stock, in der hinteren Ecke, vor dem Blumenfenster mit der Leuchtschrift, da ist es passiert. Da hat sie noch einmal Ja gesagt. Und diesmal für immer.«

KAPITEL 20

An: E.Muell@aol.com

Hallo Elisabeth,

Bonjour à Paris! Wie läuft es in der Stadt der Liebe? Hast du alles dabei, um Robert aus der Reserve zu locken? Wenn du es richtig machst, wird Paris der Beginn einer neuen Zeitrechnung eurer Ehe ☺. Bis bald, Tessa

An: TheresaTrolope@hotmail.com

Hallo Tessa,

gut läuft's. Wir sind in der 4. Etage, haben ein kleines Zimmer mit französischem Balkon (haha, was sonst), metallener, verzierter Balkonbrüstung und Geranien vor dem Fenster. Das Hotel liegt in Montparnasse, im 14. Arrondissement südlich der Seine, in einem gemütlichen, lebhaften Viertel. Gegenüber ist ein kleiner, umzäunter Park, mehr wie ein gepflegter, abgeschlossener Garten für die Nachbarschaft, unten an der Ecke eine Boulangerie, an der von morgens bis abends knackige, duftende, noch warme Baguettes verkauft werden, dazu Köstlichkeiten wie Aprikosen-Pistazienecken. Etwas weiter die Straße runter gibt es eine Brasserie mit Heizpilzen und roten Decken draußen, die Leute sitzen in den Korbsesseln und genießen ihren Café au Lait oder ihren Rotwein –

leben die Franzosen hier wirklich so viele Klischees, oder fallen mir nur so viele auf? Irgendwie kommt es einem hier vor, als hätten nicht nur wir, sondern alle Urlaub, oder zumindest Zeit, das Leben zu genießen. Wenn man die Straße weiter runtergeht, in Richtung Tour Montparnasse, kommt man an einem chinesischen Restaurant vorbei, mit einer unglaublichen Vielfalt an Speisen in der Auslage. Man wählt, dann füllt die Bedienung das Essen in ein Plastikschälchen, wiegt es aus und macht es in der Mikrowelle heiß – und wirklich heiß! Ein japanisches Restaurant, ein Blumengeschäft mit zahlreichen Kübeln voll bunter Rosen auf dem Bürgersteig, eine Wäscherei und auf dem Weg zur Metro – Klischee!! – ein Schaufenster, hinter dem Leute den Pinsel schwingen, offenbar ein Malkurs, und ein weiteres Schaufenster mit Leuten, die aus Tonklumpen Menschenköpfe formen.
Auf der Straße vor dem Hotel ist es jetzt in der Nacht erstaunlich ruhig, am Nachmittag knatterten viele Mofas vorbei. Wenn man aus dem Fenster schaut, sieht man die alten Häuser, die maximal sechs Stockwerke haben und so viele Schornsteine aus der Zeit, bevor die Zentralheizungen aufkamen. Viele Fenster sind noch erleuchtet, und ich male mir aus, was in den Wohnungen vor sich geht, wie die Menschen hier leben. Nach dem, was in der Bäckerei an der Ecke ständig los ist, beißt jeder Hausbewohner abends in sein frisches Baguette. Und nach dem Angebot der Kühltheke in dem kleinen Lebensmittelgeschäft zu schließen, das ein paar Schritte entfernt in die andere Richtung liegt, essen sie dazu alle Camembert oder Brie oder irgendeinen anderen Käse. Den Rotwein nicht zu vergessen. Das Lebenmittelgeschäft wird

übrigens von einem Algerier geführt, der gut Deutsch spricht. Im Gegensatz zum Hotelier, der aber sehr gnädig und freundlich mit meinem Französisch ist. Er sieht aus wie ein Kettenraucher, der nicht rauchen darf. Blass, etwas unglücklich und nervös. Aber zuvorkommend, er hat uns unseren Stadtplan so voll mit Sehenswürdigkeiten gemalt, dass man kaum noch was darauf erkennen kann. Morgen gehen wir als Erstes zur Tour Montparnasse, vom 56. Stockwerk aus hat man einen fantastischen Blick über die Stadt, sagt er.
Das nur als erster Eindruck. Lege mich jetzt aufs Ohr. Morgen mehr: Paris, wir kommen!
Ach, noch etwas: Hast du schon nach Gretchen geschaut?

An: E.Muell@aol.com
Hallo Elisabeth,
apropos kommen, das klingt ja alles sehr gemütlich, aber vergiss nicht das silberne Köfferchen! Die Nacht ist noch jung. Wann, wenn nicht jetzt?
PS: Keine Sorge, deinem Gretchen geht es gut. Hockte auf dem Nest, als ich kam. Wenn ein Huhn Eier legt, ist es gesund, oder?

An: Theresa.Trolope@hotmail.com
Das Köfferchen muss noch warten. Robert schläft schon, wir hatten Rotwein beim Essen. Danke für den Krankenbesuch!

An: E.Muell@aol.com
Ach je. Also morgen! Tipp von Alexander: Geht morgen

Abend ins Crazy Horse. Da kommt ihr in die entsprechende Stimmung. Und berichte anschließend mal, wie's gelaufen ist!

An: Theresa.Trolope@hotmail.com
Hast du etwa Alexander von unserem Plan erzählt??? Und was ist das Crazy Horse?

An: E.Muell@aol.com
Nein, natürlich habe ich ihm nichts erzählt. Er weiß nur, dass die Reise dein Geburtstagsgeschenk von Robert ist. Oh, là, là, eine Reise in die Stadt der Liebe ... Da kommt Alexander auch ohne den speziellen Hintergrund auf solche Tipps. Das Crazy Horse ist ein berühmter Nachtclub. Strass, Pailletten, Federkostüme, Glitzer und Glamour. Wird Robert auf die Sprünge helfen. Horsd'œuvre vor euren Bratkartoffeln ;-)

An: Theresa.Trolope@hotmail.com
Dein Ernst, Robert und ich in einer Tabledance-Bar? Lieber würde ich zum Zahnarzt gehen.

An: E.Muell@aol.com
Das Crazy Horse ist kein schmuddeliges Striptease-Lokal, an Silvester wird die Show sogar traditionell im französischen Fernsehen ausgestrahlt. Das Crazy Horse ist Kult, sozusagen die Mutter aller Nachtbars, und das auf Topniveau. Glamour, Weiblichkeit und Sinnlichkeit, gemischt mit einem Hauch Burlesque und einer großzügigen Prise Erotik – künstlerisch anspruchsvolle Inszenierungen mit vielen Licht- und Schatteneffekten für das

gehobene Publikum, inklusive Damen. Bonne nuit et bonne chance!

***

An: E.Muell@aol.com

Hallo Ellie,

na, wie ist es gelaufen heute? Seid ihr im Crazy Horse gewesen?

An: Theresa.Trolope@hotmail.com

Hallo Tessa,

nein, sind wir nicht.

An: E.Muell@aol.com

sondern??

An: Theresa.Trolope@hotmail.com

Wir sind lieber ins Bett gegangen.

An: E.Muell@aol.com

Bravo! Ich hab's gewusst, Paris wirkt auch ohne Crazy Horse als Aphrodisiakum. Zumal mit deinem Reisekoffer. ☺

Elisabeth machte ihr Handy aus und schaute auf den schlafenden Robert. Sie hatte ihm das Crazy Horse vorgeschlagen, halb im Spaß, und sie hatten tatsächlich nach Tickets gegoogelt.

»Über hundert Euro für ein Ticket?«, hatte Robert ungläubig gesagt. »Da muss eine alte Frau lange für stricken!«

Damit war das Crazy Horse vom Tisch gewesen, und sie waren lieber essen gegangen, an den Champs-Élysées hatten sie sich jeder einen köstlichen Topf Muscheln gegönnt, selbstverständlich mit Pommes frites, so wie damals, während ihrer Interrail-Rucksacktour durch Frankreich, Spanien und Portugal. Nur dass sie hier das Dreifache kosteten.

Es war ein erlebnisreicher, ermüdender Tag in Paris gewesen. Sie wachten früh auf, nahmen nur schnell einen Milchkaffee im Hotel zu sich und brachen dann gleich zu Fuß zur Tour Montparnasse auf. Oben waren sie fast allein und nutzten die relative Stille für ein zweites Frühstück in dem kleinen Café des Aussichtsturms. Dann gingen sie auf die Aussichtsplattform und schauten zu, wie die Sonne die glänzende Nebeldecke, die auf der Stadt lag, langsam auflöste und die prächtigen Haussmann-Boulevards hell erstrahlen ließ. Als eine laute chinesische Touristengruppe dazukam, baten sie eine Chinesin noch um ein Erinnerungsfoto von ihnen beiden, das sie an die Kinder schickten, dann fuhren sie wieder hinab.

Elisabeth wollte den Friedhof Montparnasse besuchen, denn sie war fasziniert von alten Friedhöfen, und so spazierten sie eine Weile an den vielen Grabmälern berühmter Leute entlang, bis Robert meinte, ob sie es nicht schade finde, die ganze Zeit ihres kurzen Parisaufenthalts hier zu vertrödeln, wo es doch noch so viele andere schöne Friedhöfe in Paris gebe. Sie musste lachen, und händchenhaltend schlenderten sie anschließend durch den Jardin du Luxembourg in Richtung Notre-Dame.

Nach dem Besuch der Kirche spazierten sie an der

Seine entlang und tankten im Café de Flore neue Energie. Robert stöhnte beim Blick auf die Speisekarte zwar auf und fragte, ob sie nicht woanders hingehen sollten, sie würden das Café schließlich nicht mieten, sondern nur eine Kleinigkeit essen wollen. Sie erzählte ihm daraufhin von Herrn Grün, von seinen Nachmittagen dort gemeinsam mit Lenya und von den Beat Dolls. Dann kam der Kellner, und Robert nahm ihr die Speisekarte ab und bestellte einen Croque Monsieur, eine Zwiebelsuppe, ein Stück Far Breton, fünf Petit Fours, zwei Fruchtsalate und dazu Kaffee und Pastis auf Eis. Es war ein bunter Tisch voller Köstlichkeiten, und beschwipst vom Pastis aßen sie alles auf, gut gelaunt und angeregt miteinander plaudernd wie seit Langem nicht mehr. Zwischendurch wollte sie eine Fliege von ihrem Bein verscheuchen, doch sie merkte, dass es Roberts Hand war, die über ihr Knie strich. Da sah sie ihn an und fühlte sich wieder wie ein junges Ding, das zum ersten Mal ohne Eltern Urlaub macht.

Anschließend schlenderten sie lange durch die Gassen von Saint-Germain. Seinen End- und Höhepunkt fand dieser perfekte Tag in einem schicken Restaurant an den Champs-Élysées vor zwei Töpfen voller Miesmuscheln und zwei gut gefüllten Weingläsern. Danach stiegen sie glücklich und entspannt ins Taxi und fielen sofort ins Bett. Doch sie schliefen nicht miteinander, wieder nicht. Wie auch, wenn die Energie kaum noch dafür reichte, sich die Schuhe auszuziehen. Aber einen langen Blick in die Augen gab es, und ein Lächeln, in dem noch das Glück dieses unbeschwerten Tages lag, und ein Greifen nach ihrer Hand, das an die wiedereroberte Vertrautheit des händchenhaltenden Schlenderns durch Paris anknüpfte. Das ist so viel mehr wert als schnöder Sex nach dem Besuch eines Nachtlokals, dachte Elisabeth, während sie im Halbdunkel des kleinen Hotelzimmers zärtlich auf Robert blickte, dessen Nasenflügel sich sacht im Schlaf bewegten.

Am nächsten Morgen, als Elisabeth aus dem Bad kam, stand Robert vor dem Kleiderschrank und winkte sie zu sich. »Schau mal, was ich hinten im Schrank entdeckt habe!«

Vor ihm stand das kleine silberne Köfferchen von Tessa, und er war im Begriff, es zu öffnen. »Lass es zu!«, sagte Elisabeth schnell.

»Warum? Denkst du etwa, das ist eine Bombe, die beim Öffnen hochgeht?«

»Wer weiß!« Sie nahm ihm den kleinen Koffer aus der Hand und stellte ihn wieder in den Schrank. »Ich meine, er gehört uns doch nicht. Wahrscheinlich haben ihn die letzten Gäste hier vergessen. Lassen wir ihn einfach stehen.«

»Wie du meinst.« Robert warf ihr einen prüfenden Blick zu. »Und du bist kein bisschen neugierig? Ich kenne meine Frau nicht mehr wieder.«

»Es wäre indiskret.«

Robert ging zum Schrank und nahm das Köfferchen wieder heraus. »Die Zimmermädchen sind wohl ein bisschen schlampig, was? Das Ding hätte doch längst beim Saubermachen entdeckt werden müssen. Auffällig genug ist es doch. Weißt du was? Wir geben es an der Rezeption ab. Der Besitzer vermisst es wahrscheinlich schon längst, weiß aber nicht mehr, wo er es vergessen hat.«

Elisabeth nickte stumm, während sie Roberts Pflichtbewusstsein verfluchte und sich gleichzeitig überlegte, wie sie sich Tessa gegenüber rechtfertigen sollte. Am besten mit der Halbwahrheit. Sie würde einfach sagen, sie hätte ihn in Paris vergessen. Während sie die Treppe zur Rezeption hinunterstiegen, kam ihr eine noch bessere Idee: Nein, sie würde Tessa bitten, noch eine Weile auf den Koffer zu verzichten, bis sie alles ausprobiert hätten. In der Zwischenzeit würde sie im Hotel Moulin Vert anrufen und den Concierge bitten, ihr das Köfferchen nachzusenden. Das einzig Peinliche wäre natürlich, dass der Concierge und womöglich jeder Hotelangestellte inzwischen wissen würde, was drin war, aber das konnte ihr, am Telefon und wieder in Deutschland, ja einigermaßen gleichgültig sein. Sollten die doch denken, was sie wollten. Hauptsache, Robert hatte nicht gesehen, was darin war.

Zwischen der ersten Etage und dem Parterre hörten sie plötzlich ein helles Lachen und ein Hecheln, und im nächsten Augenblick stürmte ihnen auch schon ein riesiger, zotteliger Hund entgegen, der an seiner Leine ein kleines Mädchen hinter sich herzog, das ausgelassen kichernd die Treppe hinaufstolperte. Robert sah den Hund und wich rasch aus, hielt den silbernen Koffer dabei hoch, damit er aus dem Weg war. Der Hund interpretierte dies jedoch als Drohung und blieb mitten auf der Treppe, genau vor Robert, wie angewurzelt stehen und begann zu knurren, wobei er das Köfferchen nicht aus den Augen ließ. Das kleine Mädchen sagte etwas auf Französisch zu ihnen, was sie nicht verstanden, und versuchte, den Hund, den es mit »César« anredete, zum Weitergehen zu bewegen.

»Nimm den Koffer runter«, raunte Elisabeth Robert zu. »Aber ganz langsam. Er hat Angst vor dem Koffer, wenn du ihn so hochhältst. Er denkt, du drohst ihm.«

Robert nickte und senkte langsam den Koffer hinab, während der Hund immer noch im Weg stand und knurrte. Doch dann, als Robert den Koffer schon auf Höhe seiner Hüften hielt, bellte der Hund plötzlich, machte einen Satz auf Robert zu, der Elisabeth den Atem stocken ließ, sprang an ihm hoch und leckte ihm über das Gesicht. Robert fiel nach hinten auf die Treppenstufen und ließ reflexartig den Koffer los, um sich mit den Händen abzustützen. Der kleine Koffer polterte über die Stufen nach unten und zerbarst wie ein kleiner Wunderwürfel am Fuß der Treppe. Ein seltsam geformter Dildo, der entfernt an einen Joystick erinnerte, zwei Pornohefte, lila beplüschte Handschellen, eine Schweinemaske, diverse Federn, Strümpfe und Strapse, ein nietenbesetzter BH, etwas, das aussah wie ein Geschirr für ein sehr kleines Zugpferd, und eine kleine Peitsche lagen verstreut auf dem Boden. Und eine DVD, auf deren Cover schwarze Highheels, lange, tätowierte Beine und ein Po im Tanga zu sehen waren. Doch es war nicht die nackte Haut, an der Elisabeths Blick hängen blieb, sondern der Titel, der ihr in roten Versalien zurief: *DIRTY BITCH!*

KAPITEL 21

Am nächsten Tag schlug Elisabeth die Augen auf und brauchte einen Moment, bis ihr klar wurde, dass sie nicht mehr in Paris waren. Sie sah zur Seite und begriff, woran das lag: Es duftete nach Croissant und Kaffee. Sie lauschte, ob Robert schon weggegangen war, rief nach ihm, dann hörte sie eilige Schritte.

»Ich wollte dich ausschlafen lassen!« Er beugte sich über das Bett, duftend und gut rasiert. »Ein bisschen Paris, damit der erste Morgen nicht so schwer fällt«, raunte er ihr ins Ohr und gab ihr einen Kuss auf die Wange.

Sie hielt ihn an der Krawatte fest. »Danke! Und was ist mit dir?«

»Ich hab schon gegessen«, sagte er, schaute auf die Uhr und schickte ihr an der Tür noch einen Luftkuss. »Bis nachher!«

Sie reckte sich wohlig und ließ sich Zeit mit dem Frühstück im Bett. Wenn Tessa wüsste, wie gut Paris funktioniert hatte. Ein wahrer Jungbrunnen für die Liebe. Und das alles ganz ohne das blöde Köfferchen. Allerdings würde sie Tessa erklären müssen, warum es immer noch in Paris war.

Elisabeth hatte natürlich wegen Robert weiter so

getan, als sei es ein Fund im Hotelzimmer gewesen. Also überrascht und amüsiert getan ob des obszönen Inhalts, was ihr ganz gut gelungen war. Der beste Partner, den man sich in dieser Privatvorstellung für den Portier denken konnte, war natürlich der ahnungslose Robert. Authentisch hatte er den Ahnungslosen gegeben, kein bisschen übertrieben, absolut überzeugend.

Sie kuschelte sich noch einmal in die Decke und beschloss, gemeinsame Hotelübernachtungen öfter mal einzubauen. Es musste ja nicht immer Paris sein. Von Zeit zu Zeit, wenn er in Süddeutschland zu tun hatte, musste er auch über Nacht bleiben. Was sprach dagegen, ihn zu begleiten? Sie würden das Extrabett getrennt bezahlen. Hotels kannten diese Arrangements. Eine zweite Person, die nicht auf der Firmenrechnung auftaucht, wie ein verruchtes, heimliches Liebespaar. Mit professioneller Freundlichkeit würde man ihr die zweite Schlüsselkarte überreichen, einen angenehmen Aufenthalt wünschen und nicht ahnen, dass sie wirklich die Ehefrau war und nicht die heimliche Geliebte. Morgens im Bett dann Champagner und frische Erdbeeren, mit denen sie sich gegenseitig … In ihre Erdbeerfantasie hinein klingelte das Telefon. Es war das Backoffice.

»Richten Sie Ihrem Mann bitte aus, dass das mit dem 25. und 26. klargeht«, sagte eine der Mitarbeiterinnen. Elisabeth hatte es aufgegeben, sich die Namen der Frauen im Backoffice zu merken, sie wechselten zu häufig. Sie bedankte sich und schrieb gerade eine Notiz für Robert, als es schon wieder klingelte. Diesmal war es Tessa.

»Und? Wie war's?«

»Traumhaft.«

»Der Koffer hat geholfen, oder?«, fragte Tessa mit dem leicht gelangweilten Interesse des Arztes, der sich nach der Wirkung von Standardpillen erkundigt.

»Nein«, sagte Elisabeth stolz. »Wir haben ihn nicht gebraucht. Und außerdem in Paris vergessen.«

Sie erzählte ihrer Freundin die ganze Geschichte, und Tessa stöhnte auf. »Also ehrlich, Ellie, du bist so verklemmt! Das alles hast du vorgespielt, nur damit Robert nicht merkt, dass es dein Koffer ist?«

»Es ist ja auch gar nicht mein Koffer, das ist doch gerade der Punkt«, sagte Elisabeth entschieden. »Hör zu, ich versuche, da anzurufen und den Koffer wiederzubekommen, und im Übrigen lass uns die ganze Sache vergessen. Wir brauchen keine Sextipps.«

»Wozu auch«, sagte Tessa. Es entstand eine kleine Pause. »Okay, Schwamm drüber«, sagte Tessa dann. »Denk dran, morgen ist die erste Töpferstunde.«

»Darüber wollte ich auch noch mit dir reden«, sagte Elisabeth. Jetzt war die Gelegenheit. Sie würde Tessa endlich sagen, dass Töpfern nichts für sie war. Sie hatte nicht die geringste Lust, mit anderen dicker werdenden Frauen über vierzig ihre Kreativität im Lehm zu suchen.

»Was ist denn? Hast du dazu etwa auch keine Lust, genauso wenig wie auf mehr Spaß im Bett? Lass dich doch einfach mal auf was Neues ein, das hält jung! Lebe wild und gefährlich!«

»Und was ist, wenn mein Finger im Lehm stecken bleibt?«

»Dann verarzte ich ihn. Also morgen Nachmittag, ja? Nicht vergessen!«

Tessa legte auf, ehe Elisabeth widersprechen konnte.

Sie sah auf die Uhr. Höchste Zeit aufzustehen, sie wollte vor Dienstantritt im Krankenhaus noch ein paar Dinge für Herrn Grün in seinem Haus holen. Er hatte sie telefonisch darum gebeten. Seinem Sohn, der eigentlich am Wochenende habe kommen wollen, sei leider wieder etwas dazwischengekommen. Ob er sie ausnahmsweise noch einmal bitten könne, etwas aus seinem Haus zu holen? Dann hatte er ihr gesagt, wo der Schlüssel versteckt sei. Robert hatte das Gespräch mitbekommen.

»Du gibst Patienten deine private Telefonnummer?«, fragte er beiläufig, aber mit einem Gesichtsausdruck, den sie seit ewigen Zeiten nicht mehr gesehen hatte.

»Herr Grün ist kein Patient, Herr Grün ist …«, hatte sie zu einer Erklärung angesetzt, als ihr bewusst wurde, was es war, das sich da in seinem Gesicht spiegelte. »Herr Grün ist … eben Herr Grün«, hatte sie den Satz beendet und sich Mühe gegeben, geheimnisvoll zu lächeln.

Dieses Gesicht hatte sie bei Robert nicht mehr gesehen, seit sie fünfzehn war und Johannes Twisteden, der schon in die elfte Klasse ging, auf der Kirmes einen Strauß Plastiktulpen geschossen und ihr überreicht hatte. Robert hatte kein Wort darüber verloren und sie nach der Kirmes wie immer nach Hause gebracht. Aber später am Abend war er noch einmal zurückgekehrt, mit einem riesengroßen blauen Teddybären im Arm. »Hab ich an der Losbude gewonnen«, hatte er gesagt und ihr den Teddy überreicht. Sie hatte mit offenem Mund und mit riesigem Teddy im Arm vor ihm gestanden, und bevor sie etwas sagen konnte, war er schon wieder verschwunden. Als sie am nächsten Tag in die Klasse kam, war Robert noch nicht da, aber trotzdem Thema. Ein

Klassenkamerad gab gerade zum Besten, er habe ihn abends auf der Kirmes gesehen.

»Echt, der hat sie nicht mehr alle. Der hat so lange Lose gezogen, bis er freie Auswahl hatte. Aber jetzt kommt's: Wisst ihr, was er sich ausgesucht hat?« – »Skateboard?«, »Gettoblaster?«, »Discokugel?«, wurde geraten, doch der Junge, der erzählte, winkte feixend ab. »Einen riesigen himmelblauen Teddy hat er sich ausgesucht! Wie schwul!«

Natürlich sprach die Sache sich herum. Elisabeth verriet nicht, dass Robert ihr den Teddy geschenkt hatte, und Robert ertrug seine neuen Spitznamen, Teddy Blue oder auch Schwulbert, gelassen. Ein paar Wochen später nahm sie all ihren Mut zusammen und griff nach Roberts Hand, als es zur Pause klingelte und sie nebeneinander zum Schulhof gingen, und die Spitznamen gerieten allmählich in Vergessenheit.

Eine halbe Stunde später radelte Elisabeth zum Haus der Grüns. Robert hatte natürlich recht, normalerweise gab sie keinem Patienten ihre Telefonnummer, und sie machte für Patienten auch keine Besorgungen außerhalb des Krankenhauses. Doch sosehr sie seine Anwandlung von Eifersucht genossen hatte, so unbegründet war sie. Wenn Robert nur wüsste, in welchem Zustand Herr Grün in seinem Krankenbett war. Und doch ist es, dachte sie, als sie ins Haus der Grüns trat, mehr als nur Mitleid. Sobald er von seiner Lenya erzählte, war sie hingerissen. War es nicht auch eine Form von Untreue, wenn man sich von der Romantik, die jemand ausstrahlte, so angezogen fühlte? Sei's drum, sie war froh, sich revanchieren zu können. Nicht mit eigenen romantischen Geschichten, aber immerhin mit einem Botendienst, einem edlen Tropfen aus dem Weinkeller der Grüns. Ein Château Pétrus zum Abendessen, das sei etwas, worauf er sich den ganzen langweiligen Tag freuen könne, hatte er ihr am Telefon gesagt, leise und in eindringlichem Verschwörerton wie jemand, der fürchtet, erwischt zu werden. Und auf seine Bücher freue er sich auch. Sie hatte angeboten, ihm welche aus der Bücherstube des Krankenhauses auszuleihen, aber er wollte seine eigenen. »Meine Bücher sind wie gute Freunde für mich. Im Moment mag ich keine neuen Bekanntschaften schließen.«

Elisabeth legte also die gewünschte Weinflasche, die sie nach einigem Suchen fand, in ihren Fahrradkorb und ging dann die Treppe hinauf in den ersten Stock, ins Schlafzimmer. Neben dem Ehebett stapelten sich die Bücher auf dem Boden: eine Biographie über Caruso, ein Gedichtband von Heinrich Heine, einer von Christian Morgenstern, ›Die Wahlverwandtschaften‹ von Goethe, der Rest waren Reisebildbände. Den Lexikonband ließ sie, wo er war, die restlichen Bücher packte sie ein. Fasziniert betrachtete sie die bunten Umschläge der Reisebücher: China, Philippinen, Japan, Kuba, Argentinien, Australien, Neuseeland, Kanada. Auf dem Nachttischchen stand ein gerahmtes Porträtfoto von Lenya, daneben eins von seinem Sohn und seiner Schwiegertochter und ein großes, bauchiges Glasgefäß mit Schraubdeckel. Herr Grün hatte ihr aufgetragen, auch diese Bilder und den Rumtopf der Liebe, wie er ihn nannte, mitzubringen. Verwundert betrachtete sie das Glas. Es war voller bunter, bekritzelter Zettel, Fotos, Eintrittskarten. Ein paar kleine Steine waren auch dabei, zwei handgeschriebene Briefe und eine Kastanie. Neugierig versuchte sie, die Beschriftung einiger Zettel zu lesen. Das Glas aufzuschrauben und sie oder gar die Briefe zu lesen kam nicht infrage, aber so, wenn sie nur das Glas ein wenig hierhin und dorthin drehte und das las, was es freiwillig preisgab, war es wie das Lesen einer Postkarte.

Unser erster Kuss stand auf einem Zettel. *Das Desaster beim Kirschblütenfest* auf dem nächsten. *Das Geschenk unserer Bäume* auf einem weiteren. *Wenn deine Augen leuchten* auf dem nächsten. *Die Rose, die du mir gabst.* Fasziniert drehte Elisabeth das Glas, bis neue Zettel außen lagen. *Baukebauke, Binebine, Wombala. Kirschernte. Glühwürmchenabende. Pflaumenpfannkuchen. Deine kalten Hände im Bad. Sizilien statt USA. MÄH! Unser erster Segeltörn mit Jan. Flauschige Pflaumen. Unser Hornissenhaus. Der 10. November im Café de Flore.*

Das meinte Herr Grün also mit Rumtopf der Liebe. Sie drehte das Glas wieder, merkte, dass sie damit nicht weiterkam, und schüttelte es ein wenig. Es gab zwei verschiedene Handschriften, und je mehr sie schüttelte und las, desto schillernder präsentierte sich ihr anhand der Erinnerungen, welche die beiden hier in diesem Glas gesammelt hatten, ein Bild ihrer Ehe. Rätselhaft und schön.

Ein Foto, das beim erneuten Schütteln sichtbar wurde, zeigte Justus und Lenya, nicht mehr ganz jung, wie sie übermütig aus einer Hochzeitskutsche heraus winkten. Sie mochten darauf etwa so alt sein wie Robert und sie jetzt. Hatten die beiden noch so lange mit der Hochzeit gewartet? Da schraubte sie den Deckel doch noch auf, nahm das Foto heraus und las auf der Rückseite: *Love and marriage … 25 Jahre happy und kein end!* Schnell legte Elisabeth das Foto in den Rumtopf zurück und schraubte den Deckel wieder zu.

Auf dem Weg zum Krankenhaus besorgte Elisabeth Leckereien für Gretchen im Supermarkt. Die Henne lief ihr inzwischen schon entgegen, sobald sie in den Garten kam, und hüpfte auf den dargebotenen Arm. Elisabeth war anfangs ängstlich gewesen, Gretchen könnte sie mit dem scharfen Schnabel beim Füttern in die Hand zwicken, doch die Henne war vorsichtig. Zwischendurch legte sie den Kopf schief, musterte ihre Gönnerin mit einem Auge und stieß Laute in mittlerer Tonlage aus, die, so bildete Elisabeth es sich wenigstens ein, Dankbarkeit ausdrückten. Elisabeth hatte das Bedürfnis zu antworten, und so hielten sie eine Weile Zwiesprache. Natürlich war es Unsinn, sich Illusionen über das Motiv der Zuneigung des Tieres zu machen: Es wurde mit Futter verwöhnt. Liebe ging durch den Hühnermagen.

Elisabeth steuerte im Supermarkt sogleich auf die Gemüse- und Obstabteilung zu. Sie wog Trauben ab, Gretchen mochte die kleinen, kernlosen am liebsten. Als sie weiter am Obstregal entlanglief, stachen ihr erste frische Erdbeeren ins Auge. Sie packte die Früchte in den Wagen. Herr Grün würde sich darüber freuen, und er konnte ein paar Vitamine gut gebrauchen. Auf dem Weg zur Kasse kam ihr eine Idee. Sie würde heute nicht nur Gretchen und Herrn Grün verwöhnen. Sie drehte noch einmal um, kehrte zur Gemüse- und Obstabteilung zurück und ließ ihren Blick über die bunte Auslage schweifen. Beim Anblick der aufgehäuften Tomaten dachte sie an ihren wunderbaren Urlaub in Nizza vor vielen Jahren, und sie wusste, mit welchem Gericht sie Robert, ihren so rührend eifersüchtigen Rob, zum Abendessen überraschen würde. Als Vorspeise Spaghetti Carbonara mit frischen Eiern, Parmesan und Speck. Als Hauptgang etwas ohne Eier: zwei gegrillte Doraden, dazu einen Salat aus frischem Spinat, Feigen, Schafskäse und Walnusskernen mit Himbeer-Senf-Dressing. Zum Schluss kamen mit einer Zabaione wieder legefrische Eier ins Spiel, Robert würde nicht genug davon bekommen können.

Auf dem Weg zur Kasse ging sie an den Kerzen vorbei, und ihr fiel der Art-déco-Silberleuchter ein, den sie bei einem der Möbeleinkaufstouren in einem Amsterdamer Antiquariat erstanden hatte. Ob er noch hinten in der Wohnzimmervitrine stand, oder hatten sie ihn bei einem ihrer gemeinsamen Frühjahrsputze in den Keller geräumt? Sie grinste, weil ihr einfiel, dass Robert den Frühjahrsputz Inventur nannte. Er plante die ganze Sache »generalstabsmäßig« und notierte zwei Tage lang, während sie die Fenster putzte und Übergardinen wusch, akribisch jedes Ding, das in ihrem Haushalt zu finden war: *Kerzenleuchter, Silber: Werkzeugkeller, 3. Regal von oben.* Oder auch: *Kerzenleuchter, Silber: Wohnzimmer, Vitrine (hinten).*

»Ganz egal, was du suchst, ein Blick auf die Inventarliste, und du weißt sofort, wo du es findest!« Allerdings war Robert nicht geschaffen für Schreibtischordnung. Sobald die Liste fertig war, heftete er sie irgendwo ab, und nach kurzer Zeit hätte es eine Inventarliste der Inventarliste gebraucht, um sie wiederzufinden.

Egal, dachte Elisabeth, ich finde den Leuchter schon irgendwo, und zur Not nehmen wir einfach leere Flaschen, so wie früher. Die Kerzen sind wichtig, nicht der Leuchter.

KAPITEL 22

Frau Müller, wie schön.« Elisabeth schüttelte Herrn Grün die Hand und hatte das Gefühl, dass sein Händedruck weniger kräftig war als beim letzten Mal.

»Ich habe Ihnen das Gewünschte mitgebracht«, sagte sie mit Verschwörermiene und ließ ihn einen Blick auf den Wein in der Tasche werfen. »Soll ich ihn in den Rollwagen stellen?« Sie senkte ihre Stimme zu einem Flüstern. »Ein Korkenzieher ist auch dabei.«

»Sie sind ein Engel. Oder ein barmherziger Samariter, wie der, der unten am Eingang hängt.« Er blinzelte ihr zu. »Aber aus besserem Holz geschnitzt!«

Sie lachte. »Keine Scherze bitte über unseren barmherzigen Samariter. Sie können jeden Arzt nachts wecken, und er erzählt ihnen die Geschichte des Holzbildes. Das ganze Krankenhaus ist stolz auf ihn, und als er restauriert wurde, heißt es, war die Aufregung fast so groß wie damals beim Papstbesuch.«

»Der Papst war hier im Krankenhaus?«

Elisabeth lächelte. »Glücklicherweise nicht, aber er hat 1987 Kevelaer besucht. Stellen Sie sich die Aufregung damals im Krankenhaus vor: Was, wenn der Papst auf dem Kapellenplatz umgekippt wäre? Man hätte ihn hier ins Marienkrankenhaus gebracht, es ist ja nur knapp fünfhundert Meter entfernt. Alle entscheidenden Abteilungen, der Operationssaal, die Radiologie und die Chirurgische Ambulanz wurden sicherheitshalber doppelt besetzt. Man hielt alle Blutkonserven parat, denn man wusste nichts, weder die Blutgruppe noch sonst was, und im Fall der Fälle durfte kein Fehler passieren. Abgesehen vom Papst selbst hätten noch jede Menge andere Leute eingeliefert werden können, es gab über 70.000 Besucher.«

»Und?«, fragte Herr Grün.

»Nichts«, lächelte Elisabeth. »Gerade mal zwei Polizisten, die sich beim Aufstellen der Absperrgitter verletzten, und ein Schwächeanfall. Dann noch ein Polizist, der sich die Hand in der Schiebetür eines VW-Busses quetschte. Das war alles.«

»Schade eigentlich«, sagte Herr Grün und zwinkerte ihr zu, »dass der Papst damals nicht aus den Latschen gekippt ist. Stellen Sie sich vor, das wäre Ihre Chance gewesen, als Grüne Dame den Papst zu besuchen!«

Elisabeth lachte. »Damals war ich erst dreizehn.«

Herr Grün lachte auch, das selbstvergessene Lachen eines Menschen, der einen anderen zum Lachen gebracht hat. »Wenn Sie fröhlich sind«, sagte er, »dann lachen Ihre Augen mit. Glauben Sie mir, das gibt es nur ganz selten.«

Elisabeth zog sich einen Stuhl heran. »Wie geht es Ihnen heute?«

»Fragen Sie lieber nicht. Aber ich freue mich auf den Wein nach dem Abendessen.«

Elisabeth packte die Bücher aus. »Ich habe Ihnen erst einmal nur die Bücher neben dem Bett mitgebracht.«

»Vielen Dank.« Herr Grün schaute die Bücher kurz durch, nickte zufrieden und gab sie ihr zurück. »Wenn Sie sie bitte unten in mein Nachttischchen legen könnten?«

»Wie ging es weiter mit Ihnen und Lenya?«, fragte Elisabeth, während sie sich bückte, um die Bücher zu verstauen. »Ich bin so neugierig, was nach Paris kam.« Als sie sich wieder aufrichtete, stieß sie sich den Kopf an der Schublade des Nachttischchens, die etwas herausgezogen war.

»Oh, pardon«, sagte Herr Grün und schloss sie schnell. »Sie wollen also wissen, wie es weiterging?«, fragte er, und als sie stumm nickte, fühlte sie seinen forschenden Blick auf sich gerichtet, als wollte er herausfinden, was sie gesehen hatte.

Sie zog sich einen Stuhl ans Bett, zwang sich zu einem unbefangenen Lächeln. »Ja, unbedingt.«

Herr Grün erzählte, von Paris, seinem Studienabschluss, dem gemeinsamen Umzug nach Hamburg, wo er ein Volontariat bei einer großen Zeitschrift machte und Lenya weiter Kunstgeschichte studierte und ein neues Hobby, das Segeln, für sie beide entdeckte, und schließlich von der Hochzeit, die sie auf hoher See feierten. Währenddessen kreisten Elisabeths Gedanken um die Tabletten, die sie in der Nachttischschublade entdeckt hatte. Keine Tablettenbriefchen, keine Schachtel, sondern lose Tabletten unterschiedlicher Farbe und Größe. War das möglich? Da war so viel spürbare Lebensfreude in seinen Erzählungen, so viel Wärme in seiner Stimme. Konnte es sein, dass sich hinter der Fassade des tapferen Witwers, der sich an seine schönen Erinnerungen klammert, ein ganz anderer Mensch verbarg, ein verzweifelter, der mit Absicht seine Tabletten nicht mehr nahm? Je länger Herr Grün in seiner liebenswürdigen Art erzählte und sie ins Zauberreich seiner Erinnerungen mitnahm, desto begreiflicher wurde ihr, dass es gar nicht zwei verschiedene Menschen sein mussten. Es war kein Widerspruch, wenn dieser alte Herr in seiner seelischen und körperlichen Not tatsächlich keinen Sinn mehr in seiner Behandlung sah. Und dass, hilflos wie er war, das Verweigern von Medizin der einfachste Ausweg aus einem Leben schien, das nur noch in den Erinnerungen Glück für ihn bereithielt. Sie konnte sich kaum noch auf Herrn Grüns Erzählung konzentrieren. Was sollte sie tun? Wie reagieren? Sollte sie ihn darauf ansprechen?

»Aber jetzt habe ich genug geredet«, riss Herr Grün sie aus ihren Gedanken. »Ich bin schon ganz heiser.«

Sie räusperte sich. »Herr Grün, da in ihrem Nachttisch ...«

Herr Grün zog die Augenbrauen hoch, als verstünde er nicht, was sie meinte. »Die Tabletten«, sagte Elisabeth.

»Ach, die!« Er machte eine wegwerfende Handbewegung. »Meine Knoblauchpillen. Jetzt sind Sie dran, Frau Müller! Wie war es in Paris?«

»Wunderbar«, sagte Elisabeth und erzählte. Von all dem Schönen, das sie erlebt hatten, vom Blick auf Paris im Morgennebel von der Tour Montparnasse aus, vom Schlendern an der Seine entlang, von Miesmuscheln und Pommes frites. »Es war himmlisch«, schloss sie. »Und im Café de Flore habe ich an Sie und Ihre Frau gedacht.« Das war eine Untertreibung. Eigentlich hatte sie bei allem, was sie taten, an Herrn Grün und seine Frau gedacht.

»Der Kaffee schmeckt übrigens immer noch ausgezeichnet dort.« Sie zuckte die Schultern. »Und jetzt hat der Alltag mich wieder.«

Herr Grün nickte und sah aus dem Fenster. »Der Alltag. Ein seltsames Wort, nicht wahr? Als wären es alle Tage. Dabei sind es nur die, die wir nicht bemerkenswert finden. Die nicht in Erinnerung bleiben, weil sie nichts haben, was in der Erinnerung haften bleibt.«

»Nein, so ein Alltag ist das nicht«, sagte Elisabeth. »Krankenhaustage bleiben mir in Erinnerung. Sie haben immer etwas, das man mit nach Hause nimmt.«

»Den Geruch nach Desinfektionsmittel?«

»Nein.« Elisabeth lächelte, als habe er einen Scherz gemacht und keine bittere Bemerkung. »Menschen und Geschichten.«

Herr Grün nickte mit unbewegtem Gesicht. »Geschichten von Krankheit und Tod. Traurige Geschichten.«

»Oh nein!«, widersprach Elisabeth heftig. »Es gibt alles Mögliche. Ja, auch Geschichten von Krankheit und Tod, natürlich. Aber auch viele andere, von Schmerz und Mitgefühl, von Heldenmut, von Kampf und Sieg und Kampf und Abschiednehmen. Von Geduld, Hoffnung, zähem Ringen und Gewinnen, von Freude und Liebe und Dankbarkeit. Es ist wie ein bunter Blumenstrauß des Lebens. Und Sie, lieber Herr Grün, sind ein besonders bunter Blumenstrauß.«

»Soso, ich bin ein Blumenstrauß«, wiederholte Herr Grün. Er schloss die Augen und sprach so leise, dass Elisabeth ihn kaum verstand. »Als ich damals in Paris lebte, gab es am Ufer der Seine einen Blumenhändler. Die bunten Sträuße, die er anbot, sahen prächtig aus.

Aber wenn man zu Hause genauer hinsah, entdeckte man die Mogelpackung, die vielen verwelkten Blüten dazwischen. Am nächsten Tag waren alle verwelkt.« In den Augenwinkeln bildeten sich Tränen.

»Den Rumtopf habe ich auch mitgebracht.« Elisabeth deutete auf das Nachttischchen, auf das sie das Glas gestellt hatte. Herr Grün nickte nur, und Elisabeth verabschiedete sich mit dem Gefühl, versagt zu haben. Als sie schon auf dem Flur war, besann sie sich, kehrte noch einmal zurück. »Sie haben recht, Herr Grün«, sagte sie leise. »Manche Tage sind einfach scheiße.«

»Ja«, sagte er leise. »An manchen Tagen bleibt man am besten im Bett, was?«

»Und glauben Sie übrigens nicht, ich komme so oft, weil ich Ihnen helfen will. Es ist genau umgekehrt. Sie sind der bunteste Blumenstrauß in meinem Tag.«

»Dito.« Er putzte sich eine Träne aus dem Augenwinkel.

Elisabeth nahm ihren Mut zusammen. »Herr Grün, ich möchte Ihnen nicht zu nahe treten, aber darf ich Sie etwas fragen? In Ihrem Nachttischchen, die Tabletten …«

»Wie gesagt, Vitaminpillen«, sagte Herr Grün und drehte den Kopf zur Wand.

Es war das Pechtüpfelchen auf dem verkorksten Tages-i, dass Robert später vom Auto aus anrief: »Warte nicht mit dem Essen auf mich, ich stehe im Stau, es dauert noch ewig.«

Er klang müde und übellaunig. Sie inspizierte die Doraden. »Haltet durch bis morgen«, murmelte sie und räumte sie in den Kühlschrank. Heute war ohnehin nicht der richtige Tag für ein romantisches Abendessen.

Abends im Bett durchbrach sie ausnahmsweise ihre Regel, Robert nicht vom Krankenhaus zu erzählen, hatte aber das Gefühl, dass er nicht richtig zuhörte. Erst als sie von den Tabletten im Nachttischchen erzählte, legte er sein Buch beiseite.

»Hat der alte Mann noch Angehörige? Du solltest mit ihnen sprechen.« Sie starrte ihn perplex an. Robert hatte oft einen lebenspraktischen Blick auf Probleme und kam auf Lösungen, die so einleuchtend waren, dass sie sich hinterher immer fragte, warum sie ihr nicht selbst in den Sinn gekommen waren. Sie hatte natürlich im Dienstzimmer von ihrer Beobachtung berichtet. Man würde die Tabletten einsammeln und demnächst bei der Tabletteneinnahme dabei bleiben, hatte ihr die diensthabende Ärztin versichert. Elisabeth war sich wie eine Verräterin vorgekommen. Aber wenn es jemanden gab, der Herrn Grün aus seinem seelischen Tief heraushelfen konnte, dann war es sein Sohn.

»Du hast vollkommen recht«, sagte sie.

»Gern geschehen.« Robert knipste das Licht aus. Als sie ihm im Dunkeln vom Rumtopf der Liebe erzählte, hörte sie ihn gähnen, und als sie vorschlug, so etwas auch anzulegen, sagte er nur »gute Idee«, als hätte sie vorgeschlagen, die kaputte Glühbirne im Flur auszutauschen. Im nächsten Augenblick war er eingeschlafen.

Elisabeth lauschte auf seinen regelmäßigen Atem, um ebenfalls einzuschlafen, doch vergeblich. Schließlich stand sie leise auf, ohne Licht zu machen, stieß sich den kleinen Zeh am Bettpfosten und humpelte leise fluchend in die Küche. Eine warme Milch mit Eierlikör half erfahrungsgemäß gegen kreisende Gedanken. Während die Milch im Topf langsam warm wurde, fiel ihr Blick auf Roberts blinkendes Handy auf dem Küchentisch. Das Laden war abgeschlossen. Sie zog den Netzstecker und bemerkte, dass er drei neue Nachrichten bekommen hatte.

Ihr fiel der Anruf der Sekretärin wieder ein. Das mit dem 25. und 26. ginge klar. Sie hatte es notiert und keine Ahnung gehabt, worum es überhaupt ging. So wie die Sekretärin es formuliert hatte, konnte es eigentlich nur um freie Tage gehen. Ob er wieder so etwas wie Paris plante für sie beide? Ob eine der Nachrichten eine Hotelreservierung war? Das Wochenende war so herrlich unbeschwert gewesen, und vielleicht hatte der Ausflug auch bei Robert die Sehnsucht nach mehr geweckt. Womöglich plante er eine Überraschung? Letztes Jahr hatte sie ihm von einem Wellness-Hotel erzählt, von dem Tessa schwärmte. Vielleicht war ihm das wieder eingefallen?

Die Milch zischte, und sie legte das Handy beiseite. So weit kommt es noch, dachte sie, während sie den Eierlikör einrührte. Nein, sie würde sein Handy nicht ausspionieren. Sie dachte daran, wie sie sich als Kind einmal mit einem einzigen neugierigen Blick ins Wohnzimmer die Weihnachtsfreude verdorben hatte. Während des Krippenspiels in der Kirche hatte sie ihren einzigen Einsatz – sie war ein Schaf und musste nur an einer bestimmten Stelle »Mäh!« machen – verpatzt, weil sie nur noch daran gedacht hatte, dass sie nachher bei der Bescherung für die Eltern Überraschung über das Fahrrad würde schauspielern müssen. Nein, Robert würde ihre ehrliche Überraschung sehen.

Genüsslich trank sie Schluck für Schluck die warme Milch. Dann kam ihr eine Idee. Sie kramte in einer der Küchenschubladen nach einem Zettel und malte in Schönschrift darauf: *Paris*. Dann suchte sie ein leeres Einweckglas, gab den Zettel hinein und stellte stolz ihren nagelneuen, eigenen Rumtopf der Liebe ins Küchenregal.

KAPITEL 23

Als sie sich im *Petit Paris* trafen, merkte Elisabeth gleich, dass Tessa immer noch verstimmt war. Dabei hatte sie sich schon am Telefon entschuldigt. Natürlich war es nicht die feine Art, den gemeinsamen Abend kurz vorher abzusagen. Nur um dann, keine halbe Stunde später, wieder anzurufen und zu fragen, ob sie sich vielleicht doch noch treffen könnten.

»Was war denn das für ein Hin und Her?«, fragte Tessa dann auch gleich, als sie bestellt hatten.

»Ich wollte was Tolles für Robert kochen«, sagte Elisabeth. »Aber dann hat er angerufen und gesagt, dass er heute wieder später kommt.«

Tessa zog die Augenbrauen hoch. »Und warum musste das unbedingt heute sein, an unserem Abend?«

»Weil die Doraden sonst verdorben wäre«, erklärte Elisabeth. Es hatte keinen Zweck, Tessa etwas vorzumachen. Hier half nur Ehrlichkeit. »Ich hatte gestern für ein romantisches Abendessen eingekauft. Dann hat er mal wieder vom Auto aus angerufen, dass es spät wird und er schon unterwegs gegessen hat. Also war die letzte Chance heute, deshalb habe ich dir abgesagt. Aber dann kam wieder ein Anruf von ihm.« Sie sah Tessa entschuldigend an. »Ich habe nur deine Idee aufgegriffen, weißt du noch? Unser Gespräch über Bratkartoffeln? Von wegen nicht immer nur Bratkartoffeln und wieder mehr Schwung in unsere Ehe bringen.«

Tessa legte ihre Finger mit einer anzüglichen Geste um den Hals der Wasserflasche. »Du weißt aber schon, dass es nicht wirklich um Bratkartoffeln ging?«

»Liebe geht immer noch durch den Magen«, verteidigte Elisabeth sich.

»Du Sexgöttin.« Tessa verdrehte die Augen. »Aber wahrscheinlich stimmt's, wenigstens bei deinem verfressenen Robert.«

Elisabeth war erleichtert. Auch wenn Tessa sich über sie lustig machte, jedenfalls war sie ihr nicht mehr böse. »So verfressen ist Robert nun auch wieder nicht«, verteidigte sie ihn. »Jedenfalls nicht mehr«, setzte sie hinzu. Es war lange her, dass Robert sich freudig die Hände reibend an den Tisch gesetzt hatte.

»Passt doch, und du kochst nicht mehr so gern«, stellte Tessa fest. »Also schön, dann spar dir beim nächsten Mal eben den Einkauf von irgendwelchem teuren Kram, der schnell verdirbt, und konzentriere dich auf die Präsentation. Altes Marketinggesetz: Die Verpackung ist wichtiger als der Inhalt. Öffne ihm mit einer sexy Kochschürze die Tür.« Sie machte eine kleine Pause, in der sie sich die Haare aus der Stirn pustete. Tessa sah verrucht aus, wenn sie das machte. Elisabeth hatte es auch ausprobiert, vor dem Schlafzimmerspiegel. Bei ihr sah es lächerlich aus.

»Also ich weiß nicht, meine Kochschürze ist mehr praktisch als sexy«, überlegte Elisabeth und nahm sich vor, sie zumindest mal wieder in die Waschmaschine zu stecken. »Es ist ein eher klassischer Schnitt, und das Muster ist …«

»… geblümt?«, unterbrach Tessa und grinste. »Irrelevant. Oder besser: Je spießiger, desto größer der Effekt. Denn du trägst nichts drunter. Nur die Kochschürze. Sonst nichts. Oder doch: High Heels.«

»Habe ich nicht.«

»Du hast keine High Heels?«

»Sexappeal mit Fußschmerzen erkaufen? Dein Ernst?«

Tessa verdrehte die Augen. »Hopfen und Malz.«

»Wie?«

»Sind bei dir verloren.«

»Jede Wette, er würde es nicht mal merken.«

»Jede Wette, er würde.«

»Nein. Ich könnte ihm als kleines grünes Marsmännchen die Bratkartoffeln wenden, und er hätte nur Augen für sie.«

»Ein kleines grünes Mauerblümchen, meinst du. Du bist die einzige Frau, die ich kenne, die mit Mitte vierzig immer noch …«

»Anfang vierzig, bitte!«, unterbrach Elisabeth.

»… auf Blümchenmuster steht.«

»Ich liebe Blumen!«

»Aber doch nicht auf der Bluse! Was bist du, ein Kindergartenkind? Goldene Regel, sobald eine Frau die modische Volljährigkeit erreicht: Muster sind nur selten sexy. Blümchen sind es nie. Trage einfarbige Sachen. Lieber dunkel als hell. Dunkel macht schlank und ist verführerisch. Und versuche es mal mit schulterfrei, das ist sexy. Die Schultern sind bei einer Frau das Letzte, was altert.«

Elisabeth nickte geistesabwesend. »Paris war so herrlich. Am Tag nach Paris hat er mich mit Kaffee und Croissant geweckt. Aber jetzt ist alles wieder so wie vorher. Wenn ich ihn fragen würde, wüsste ich seine Antwort: Es ist doch alles prima!«

Tessa schüttelte den Kopf. »Was erwartest du denn auch?«

»Ich weiß nicht. Vielleicht kleine Liebesbeweise.«

»Ellie, was brauchst du kleine Liebesbeweise, wenn du einen großen hast! Das sind über zwanzig Jahre Ehe. Und dass er nicht geht, jetzt, wo die Kinder aus dem Haus sind. Vorher hättest du dir einreden können, er bleibt nur wegen der Kinder, aber jetzt muss es wohl doch an dir liegen, oder?«

»Oder an seiner Bequemlichkeit.«

»Bequemlichkeit? Da fass dir mal lieber an die eigene Nase. Gehst du wenigstens zum Töpferkurs?«

»Was hat das denn jetzt damit zu tun?«

»Du musst dir schon auch selbst ein bisschen Mühe geben, attraktiv zu bleiben.«

»Mit Töpfern?«

»Mit Sozialkontakten, Kreativität. Also, du gehst doch, oder etwa nicht?«

»Ich habe keine Lust, klobige Blumenvasen zu töpfern für Blumen, die er mir sowieso nie schenkt.«

»Blumen kannst du dir selbst kaufen, ihr seid verheiratet! Da will man helfen, und selbst ein Töpferkurs ist dir zu anstrengend.«

Elisabeth seufzte, stützte den Kopf auf ihre Hände. »Mir fehlt einfach die Romantik. Früher dachte ich, es ist eben normal, so wie es bei uns läuft, aber in letzter Zeit …«

»Wenn du dich nicht so dumm mit dem Köfferchen angestellt hättest«, unterbrach Tessa sie.

»Was ist bitte schön an einer Schweinemaske beim Sex romantisch?!«, rief Elisabeth aus. Sie merkte, wie ein Paar vom Nachbartisch zu ihnen herübersah, und senkte die Stimme. »Abgesehen davon, würde ich unter dem Ding keine Luft mehr bekommen.«

»Dachtest du etwa, die Maske ist für dich?«

»Oh, bitte!« Elisabeth hielt sich die Ohren zu. »Nicht schon wieder!«

Tessa griff nach Elisabeths Händen, zog sie von den Ohren. »Jetzt will ich dir mal was sagen«, flüsterte sie. »Sei froh, dass du Robert hast. Jeder andere Mann wäre schon längst weggerannt vor deinen Blümchenblusen, deinem Gejammer und deinen ewigen Bratkartoffeln!«

Elisabeth schluckte. »Jetzt will ich dir auch mal was sagen«, flüsterte sie wütend zurück. »Das bin ich auch. Ich habe einen Mann, der keine High Heels oder sonst irgendwelchen Schwachsinn braucht, um in Stimmung zu kommen.«

»Weil ihr sowieso das Licht ausmacht«, giftete Tessa zurück.

Elisabeth fühlte ihren Puls im Hals und atmete durch. »Findest du es eigentlich toll, wenn Alexander vor dem Sex mit dir einen Porno braucht, um in Fahrt zu kommen? Dieses Schmuddelfilmchen lief doch gleich zweimal im Hotelzimmer in Amsterdam, bevor es bei euch zur Sache ging. Findest du das sexy? Mir fällt ein anderes Wort dafür ein: armselig!«

Tessa starrte Elisabeth an und sagte nichts. Das hatte gesessen. »Dirty Bitch!«, schob Elisabeth hinterher und wünschte im nächsten Augenblick, als sie Tessas verletzten Gesichtsausdruck sah, sie hätte den Mund gehalten. »Tut mir leid«, stieß sie hervor. »Das war unfair.«

»Schon gut.« Tessa zuckte die Schultern, sah aber an Elisabeth vorbei.

»Wie sind wir überhaupt auf das blöde Thema gekommen?«

»Liebesbeweise«, sagte Tessa. Sie starrte aus dem Fenster. Nach einer halben Ewigkeit wandte sie sich wieder Elisabeth zu. »Na gut, Sex ist also nicht deine Baustelle, ich hab's begriffen. Du willst wissen, ob er dich wirklich noch liebt. Von Herzen, mit Schmerzen.«

»Über alle Maßen, kann nicht von mir lassen«, ergänzte Elisabeth und streckte versöhnlich die Hand nach Tessa aus.

Tessa nickte Elisabeth zu. »Ich glaube, ich habe die Lösung für dich, Ellie. Es gibt eine Art Thermometer für die Liebe. Biete ihm die Chance, dir zu beweisen, wie große seine Liebe ist.«

»Aber wie? Die hätte er doch jeden Tag.«

»Werde krank.«

Elisabeth sah Tessa ungläubig an. »Wie jetzt?«

»Ich habe schon gestandene Männer am Krankenbett ihrer Frauen weinend zusammenbrechen sehen. Da trennt sich die Spreu vom Weizen, glaub mir.«

»Wie stellst du dir das denn vor? Soll ich mich vom Balkon stürzen, oder was?«

Tessa lachte auf. »Du bist so ein Schaf, Ellie. Tu so, als ob, kapiert? Es wäre der ultimative Test.«

Elisabeth wollte etwas sagen, doch Tessa redete schon weiter. »Erzählen tun die Männer viel, wenn der Tag lang ist. Verlassen kannst du dich nur auf das, was einer tut. Würde er dir tatsächlich beistehen, wenn schlechte Zeiten kommen? Um das herauszufinden, musst du dich mal zeitweise von deinen ländlich-sittlichen Wertvorstellungen emanzipieren und auf Risiko gehen. Rüttle ihn auf.«

»Du klingst schon wie Alexander«, stieß Elisabeth hervor. »So was kann ich nicht. Das bin ich nicht.«

Tessa musste lachen. »Wollen wir jetzt über Selbstdefinition reden oder darüber, wie du eure Ehe retten kannst? Finde heraus, ob es immer noch Liebe ist oder nur noch Bequemlichkeit.«

»Ich kann Robert nicht anlügen.«

»Wir alle lügen, ständig. Lügen sind das Schmiermittel der Gesellschaft.«

»Ich meine – doch nicht so! Das würde er mir nie verzeihen.«

»Er würde es nie erfahren, und es wäre ja auch nur für kurze Zeit. Wenn er den Test nicht besteht, sich von dir abwendet, statt dir beizustehen, wenn er sich sogar schon nach einer anderen umsieht – man sollte es nicht für möglich halten, aber auch das habe ich in meiner Praxis tatsächlich mehr als einmal erlebt –, dann weißt du wenigstens rechtzeitig, woran du bist.«

Die Caipirinha kamen. Elisabeth nahm einen großen Schluck, Tessa verquirlte mit ihrem Strohhalm energisch den braunen Zucker vom Grund des Glases. Sie war immer überzeugter von ihrer Idee. »So weißt du, woran du bist«, bekräftigte sie. »Jetzt bist du noch jung, Ellie. Der Zug ist noch nicht abgefahren, das Leben noch nicht vorbei.« Tessas Stimme klang nüchtern und klar.

Eine Ärztin, die eine Therapie erklärt. »Hinterher stellt sich das Ganze als Fehldiagnose heraus, als im Labor vertauschte Blutproben, das mache ich schon. Schau mal, so gesehen ist es gar keine Lüge, sondern wirklich nur ein Sicherheitscheck. Wie mit dem Auto zum TÜV fahren. Jetzt könnt ihr noch getrennte Wege gehen, wenn das ›In guten wie in schlechten Tagen‹ für Robert nicht mehr gilt. Warte nicht so lange, bis Holland in Not ist, du wirklich krank und hilflos bist und er dich dann verlässt. Finde es heraus, bevor es zu spät ist. Jetzt hast du doch noch mehr als die Hälfte deines Lebens vor dir.«

Elisabeth erhob sich abrupt. »Das ist … nein.«

Tessa zuckte die Schultern. »Du musst es selbst wissen.«

»Könntest du Alexander etwa noch in die Augen sehen?«

»Mein Gott, darum geht's doch, oder? Er sieht dir doch sowieso kaum noch in die Augen! Mit ein bisschen Unternehmungsgeist ändert sich das aber wieder. Wenn man jemanden zu verlieren droht, wird einem doch erst so richtig klar, wie sehr man ihn liebt!«

Elisabeth zögerte, dann setzte sie sich wieder, griff nach ihrem Drink und löffelte den Zucker vom Grund des Glases. Vielleicht war es ein Fehler gewesen, Tessa von ihren Eheproblemen zu erzählen. »Das geht nur deine Mutter und mich etwas an«, hatte ihr Vater einmal zu ihr gesagt, als Elisabeth ihre Eltern bei einem Streit überrascht hatte, und ihre Mutter hatte sie nicht minder resolut hinausgeschickt und ihr beim Schließen der Tür mit dem Finger gedroht: »Der Lauscher an der Wand hört seine eigene Schand!«

Als sie wieder aufschaute, sah sie, wie Tessa der Kellnerin das Zeichen für zwei weitere Caipirinha machte. Dann lächelte sie ihr entschuldigend zu. »Die gehen auf mich. Tut mir leid, Ellie. Ich bin nicht mal verheiratet und mache hier auf Eheberatung. Ich dachte nur: Wenn die Entwarnung käme, wäre er überglücklich, würde dem Himmel danken und dich danach wieder auf Händen tragen. So wie früher. Ich hab's nur gut gemeint, ehrlich.«

»Ich weiß, aber ich denke, das ist nichts für mich.«

»Überleg es dir einfach in Ruhe, ja?« Elisabeth erwiderte Tessas Lächeln und fühlte sich erleichtert. Das war eine von Tessas guten Eigenschaften. Sie konnte penetrant sein, wenn sie das Gefühl hatte, anderen zu ihrem Glück verhelfen zu müssen, aber sie akzeptierte auch ein klares Nein.

»Denk an die Töpferstunde morgen!«, rief Tessa ihr nach, als sie sich eine Stunde und zwei Caipirinha später vor dem *Petit Paris* verabschiedeten.

KAPITEL 24

Elisabeth versuchte die ganze Woche über, Jan Grün telefonisch zu erreichen, sprach aber nur ein paarmal auf seine Mailbox. Er rief nie zurück. Am nächsten Montag, als sie von der Frühstückspause kam und Herrn Grün besuchen wollte, sah sie ihn. Er eilte gerade aus dem Zimmer seines Vaters. Schnell lief sie ihm nach, erreichte ihn erst vor dem Aufzug.

»Gut, dass ich Sie sehe, Herr Grün! Kann ich Sie einen Augenblick sprechen? Es geht um Ihren Vater.«

»Ja, natürlich.« Grün junior sah sie abwartend an. Der Aufzug kam und öffnete sich. Jan Grün trat ein, hielt die Hand zwischen die Tür. »Wollen Sie auch nach unten?«

»Ja«, sagte sie. »Ich möchte in die Cafeteria. Haben Sie es eilig? Sonst könnten Sie mich begleiten.« Grün junior sah auf seine Armbanduhr, schien ambivalent. »Ich weiß, Sie sind sehr beschäftigt«, sagte Elisabeth schnell. »Es dauert nur fünf Minuten, aber wenn es jetzt ungünstig ist, können wir auch zeitnah einen anderen Termin ausmachen.«

»Nein, kein Problem«, sagte Herr Grün und deutete ein Lächeln an. Elisabeth lächelte zurück. Sie hatte ihn richtig eingeschätzt. Ständig unter Strom und den Kopf voller Dinge, die noch erledigt werden mussten.

So jemand ging Probleme lieber gleich an, als sie auf die lange Bank zu schieben. Der Hinweis auf den zeitnahen Termin hatte den Ausschlag gegeben. Lieber sogleich ein paar Minuten opfern und es aus dem Kopf haben, als dieses Gespräch auch noch auf die ohnehin überladene To-do-Liste packen.

Sie setzten sich in der Cafeteria an einen freien Tisch.

»Also, was gibt's?«, fragte er. Sein Handy hatte er auf den Tisch gelegt, und er starrte aufs dunkle Display, als wäre es die Öffnung eines magischen Tunnels, durch den er jeden Augenblick entfliehen könnte.

Elisabeth nippte an ihrem Kaffee. Es war schwierig, einen Einstieg zu finden. Sie hatte schon versucht, sich einen idealen Gesprächsverlauf vorzustellen: »Herr Grün, Sie müssen sich mehr um Ihren Vater kümmern«, würde sie sagen. »Er ist einsam, krank und traurig. Er braucht Sie, sonst tut er sich noch etwas an. Ich habe bemerkt, dass er seine Tabletten nicht nimmt und sie stattdessen in seinem Nachttisch sammelt. Im besten Fall widersetzt er sich nur der Behandlung, im schlimmsten Fall ist er lebensmüde und plant, sich damit umzubringen.« Grün junior würde überrascht, ja geradezu bestürzt reagieren. »Was sagen Sie da? Ich hatte ja keine Ahnung, dass es so schlimm um ihn steht!«

»Frau Müller?« Elisabeth schreckte auf, fühlte den Blick von Jan Grün auf sich. »Entschuldigen Sie, ich habe gerade an Ihren Vater gedacht«, sagte sie.

Herr Grün schaute auf die Armbanduhr. »Ja, wegen ihm sind wir hier, oder?«

»Ja.« Elisabeth zerrührte den Milchschaum. »Ihr Vater ist ein bemerkenswerter Mensch. Er hat mir viel erzählt aus seinem Leben. Dabei holt er weiter aus als jeder, den ich kenne, breitet ein ganzes Kaleidoskop seines Lebens aus, und doch verliert er nie den roten Faden. Es ist so interessant, ihm zuzuhören. Man vergisst die Zeit.«

»Apropos weit ausholen«, bemerkte er und sah wieder auf seine Armbanduhr.

»Er hat mir auch viel von Ihrer Mutter erzählt«, sagte Elisabeth schnell. »Eigentlich fast nur. Es muss eine große Liebe gewesen sein.« Sie sah Jan Grün an, rechnete mit einer Bemerkung, einer Bestätigung, doch er wartete offenbar auf die Pointe.

Elisabeth fühlte Unwillen in sich aufsteigen. Das Verhalten dieses Mannes grenzte an Unverschämtheit. Aber es nützte ja nichts. Sie musste Klartext reden. »Ihr Vater braucht Sie. Es wäre schön, wenn Sie es einrichten könnten, ihn öfter zu besuchen.« So, es war raus. Grün junior machte eine ruckhafte Bewegung, als wollte er aufstehen, dann überlegte er es sich anders, rührte mit verschlossener Miene in seinem Kaffee. »Ich will mich ja eigentlich nicht einmischen«, setzte Elisabeth wieder an, »aber …«

»Das ist eine gute Idee«, unterbrach Herr Grün. Er sah sie jetzt an, eindringlich. »Es gibt nichts, was ich gegen seine Trauer tun könnte, verstehen Sie? Meine Mutter war die Liebe seines Lebens, und jetzt sie ist tot. Natürlich leidet er, und er will leiden. Er ist einfach so gestrickt, wissen Sie? Er ist ein Romantiker, durch und durch.«

»Genau das glaube ich nicht!«, widersprach Elisabeth heftig.

»Dass er ein Romantiker ist?«

»Nein, dass er leiden will. Kein Mensch will leiden.«

»Er könnte doch um Hilfe bitten«, sagte Grün junior.

»Menschen, die in der größten Not sind, können nicht mehr um Hilfe bitten.« Elisabeth erzählte ihm von den Tabletten, die sie zufällig gesehen hatte, und von ihrer Befürchtung, dass er sie sammelte, um sich damit das Leben zu nehmen, wenn die Sehnsucht nach seiner Frau zu groß wurde. »Das Nötigste habe ich natürlich in die Wege geleitet«, schloss sie. »Pflegekräfte und Ärzte wissen Bescheid, die Tabletten sind entfernt worden, und künftig bleibt das Pflegepersonal bei der Medikamenteneinnahme dabei.« Sie sagte ihm nicht, dass sie inzwischen wusste, dass auch Jan Grün unverzüglich informiert worden war. Sie erzählte ihm nichts Neues. Und doch war dies sein erster Besuch seit einer Woche. Sie versuchte Blickkontakt aufzunehmen und räusperte sich in der Hoffnung, dass Herr Grüns Sohn sich endlich von seinem Handy losreißen würde. »Nach außen wirkt ihr Vater gefasst, aber innerlich ist er einsam und furchtbar traurig«, sagte sie, als er es endlich tat.

»Nun, das ist normal«, sagte Jan Grün und schaute wieder auf sein Handy. »Er hat einen großen Verlust erlitten.«

»Manche Menschen sind so«, wandte Elisabeth ein. »Äußerlich merkt man ihnen kaum etwas an, doch innerlich läuft ein ganz anderer Film, da versinken sie in einem Sumpf aus Leid und sehen noch nicht einmal mehr die Hand, die ihnen entgegengestreckt wird.«

Grün junior schaute von seinem Handy auf. »Und Sie strecken diese Hand aus und sind beleidigt, dass er sie nicht annimmt.«

»Darum geht es doch gar nicht! Ich habe mich nur gefragt, ob es möglich wäre, dass Sie Ihren Vater öfter besuchen. Ich bin nur eine Fremde. Aber Sie stehen ihm nahe. Ihre Hand wird er ergreifen.«

»So, glauben Sie das wirklich?«

»Natürlich. Sie sind sein Sohn.«

»Nein.«

»Wie?«

Endlich steckte er das Handy weg.

»Haben Sie in Biologie aufgepasst, Frau Müller? Ich leider nicht. Sonst hätte ich es schon viel früher herausgefunden. Meine Eltern, beide blauäugig, hätten nur ein blauäugiges Kind zeugen können.«

Er blickte ihr ruhig in die Augen, und jetzt erst fiel Elisabeth auf, dass Grün junior mit seinem dunklen Teint und der tiefbraunen Augenfarbe überhaupt keine Ähnlichkeit mit seinem Vater hatte.

»Sie sind also adoptiert«, stellte Elisabeth fest.

»Nein.« Er schüttelte milde den Kopf, als er ihr verständnisloses Gesicht sah. »Sie kommen wirklich nicht darauf, nicht wahr? Also, um im Bild der Augen zu bleiben: Meiner Mutter hat ein anderer Mann schöne Augen gemacht, ich bin das Ergebnis.« Jan Grün räusperte sich, sah wieder auf seine Armbanduhr, trank den letzten Schluck Kaffee. »Vor einem Jahr«, fuhr er fort, »bekam ich einen Hinweis von einem Freund, dass jemand bei Facebook mein Foto als Profilbild verwende. Als ich mich auf seine Seite klickte, erkannte ich sofort, dass das kein Foto von mir war, aber dass der Mann mir wirklich unglaublich ähnlich sah, und nahm Kontakt auf. So lernt man seine Verwandten kennen. In dem Fall meinen Halbbruder.« Er stand auf und brachte seine Tasse zur Geschirrrückgabe. Dann kam er noch einmal zurück an ihren Tisch, reichte Elisabeth die Hand. »Trotzdem danke.«

Elisabeth erhob sich ebenfalls. »Sind Sie sicher? Es kommt zwar selten vor, aber auch Eltern mit blauen Augen können ein braunäugiges Kind haben.«

Jan Grün sah sie abschätzig an. »Sie sind Genetik-Expertin?«

»Nein, aber ich habe ein paar Semester Medizin studiert.«

»Ich habe es schriftlich, wenn Sie das meinen. Und ich habe inzwischen meinen biologischen Vater kennengelernt. Ich verdanke meine Existenz einem One-Night-Stand. Meine Mutter war ganz offenbar kein Kind von Traurigkeit.«

»Ich verstehe es trotzdem nicht. Das muss doch nicht zwischen Ihnen stehen. Warum wollen Sie Ihrem Vater nicht einfach sagen, dass Sie jetzt Bescheid wissen?«

»Weil er es nicht weiß. Mein Vater ist nach wie vor vollkommen ahnungslos. Meine Mutter hatte offenbar kein Problem damit, ihm ein Kuckuckskind unterzuschieben und ihm nie die Wahrheit zu sagen.« Er nickte ihr zu, drehte sich zum Gehen.

Elisabeth streckte schnell die Hand aus. »Einen Moment!«

Jan Grün blieb stehen, halb verärgert, halb überrascht sah er sie an. »Was denn noch?«

Elisabeth war jetzt auch verärgert. »Tut mir leid, aber ich verstehe trotzdem nicht, warum Sie sich ausgerechnet jetzt von ihm zurückziehen. Gerade wenn er selbst gar nichts davon weiß. Er war Ihnen doch die ganzen Jahre ein guter Vater, oder nicht? Er braucht Sie jetzt.«

Grün junior kam einen Schritt näher, sah ihr eindringlich in die Augen. Für einen Moment verschwand die Rüstung. »Genau das ist der Punkt«, sagte er leise. »Was, wenn er dahinterkommt? Jedes Mal, wenn ich ihn sehe, denke ich, gleich sieht er mir in die Augen und weiß es, verstehen Sie?«

Elisabeth schluckte. »Warum sollte er, nach all der Zeit?«

»Weil ich es jetzt weiß. Ich kann ihm nicht mehr in die Augen sehen, ohne zu denken: Gleich macht es klick, und er weiß es auch.«

»Aber würde das denn etwas ändern zwischen Ihnen?«

Herr Grün senkte die Stimme. »Es geht doch gar nicht um meinen Vater und mich. Verstehen Sie das nicht? Es geht um meine Mutter. Ich bin der lebende Beweis für ihre Untreue. Die ganz große Liebe? Doch nur für ihn. Wenn ich gesagt habe, ich war das Ergebnis eines One-Night-Stands, war das ein Euphemismus. Es war, wie mein biologischer Vater andeutete, noch nicht mal das. Ich bin das Ergebnis einer Zufallsbekanntschaft auf der Straße und einer schnellen Nummer nachmittags in einem Hotel. Unverbindlicher Sex mit einem Fremden, und ich kann nicht begreifen, warum sie so etwas … Ich meine, sie haben sich doch geliebt … Aber es geht ja nicht nur um ihre Untreue. Nein, sie hat ihm auch noch weisgemacht, ich sei sein Sohn, die ganzen Jahre über hat sie es fertiggebracht, ihn anzulügen. Das darf er nie erfahren. Besonders jetzt nicht mehr, da sie tot ist. Er kann sie noch nicht einmal mehr nach dem Warum fragen. Nein, lieber soll er mit der Lüge weiterleben, als dass er an der Wahrheit verzweifelt. Für mich ist es schon schwer genug. Können Sie sich vorstellen, wie das ist, wenn Sie so etwas über Ihre Mutter erfahren? Den Menschen, den Sie lieben und zu kennen glauben wie keinen zweiten, ihr ganzes Leben lang, und dann werden Sie plötzlich mit einer anderen Seite konfrontiert? Einer, die Sie nicht begreifen können? Mein Vater würde daran zerbrechen.«

Elisabeth nickte. Endlich konnte sie Jan Grün verstehen. Er war nicht kaltschnäuzig, im Gegenteil. »Haben Sie mit Ihrer Mutter denn nie darüber gesprochen?«

Jan Grün schüttelte den Kopf. »Als ich es erfuhr, war ihr Zustand schon zu schlecht.« Sein Gesicht wurde verschlossen. »Hören Sie, das alles geht Sie eigentlich gar nichts an. Und bitte, behalten Sie alles, was ich Ihnen gesagt habe, für sich. Kein Wort zu meinem Vater.« Jan Grün drückte ihr noch einmal die Hand, freundlicher jetzt. »Trotzdem danke, Sie meinen es gut.«

Sie sah ihm nach, wie er mit großen Schritten hinausging. Dann saß sie noch lange in der Cafeteria vor ihrer leeren Tasse und starrte aus dem Fenster. Sie wollte nicht, dass die Geschichte dieser Liebe, wie Herr Grün sie ihr erzählt hatte, einen so hässlichen Riss bekam. Sie war wütend auf die ach so zauberhafte Lenya, in die Herr Grün sich auf den ersten Blick unsterblich verliebt hatte. Der arme Herr Grün. Er betete seine Lenya an, und sie, was tat sie? Ließ die geplante Hochzeit platzen, tobte sich in Paris als Beat Doll aus, und letztlich ließ sie ihn auch noch ein Kuckuckskind aufziehen. Wie sehr hatte er sich ein Kind gewünscht, und dann war das lang ersehnte Kind das Ergebnis eines Seitensprungs.

Eine Erinnerung kam auf, die sie in den letzten achtzehn Jahren verdrängt hatte. Robert war drauf und dran gewesen, eine Affäre zu haben. Sie war damals mit den Kindern so beschäftigt gewesen, so konzentriert auf sie, dass sie Robert quasi aus den Augen verloren hatte. Zunächst hatte sie gar nicht gemerkt, dass er sie kaum noch berührte und anschaute. Da war insgesamt weniger Aufmerksamkeit gewesen, für die Kinder, für sie. Und dann irgendwann, als sie nachts schlaflos im Bett neben ihm lag, hatte sie es plötzlich gewusst. Sie hatte das Licht angeknipst und ihn gefragt, ob es da eine andere Frau gebe. Er hatte nur kurz geleugnet, denn er war überrumpelt und noch im Halbschlaf gewesen, und irgendwie auch erleichtert. Sie redeten und redeten, und zum Glück stellte sich heraus, dass es noch nicht zu spät war. Die andere Frau war mehr Verlockung als etwas, das schon für sich stand. Er hatte noch an der Weggabelung gestanden, und dort hatten sie in dieser langen Nacht auf den zurückliegenden gemeinsamen Weg geschaut. Irgendwann meldeten sich die Kinder. Sie hatten sie zu sich ins Schlafzimmer geholt, Robert hatte ihnen eine Geschichte erzählt, und als Niels und Nina wieder einschliefen, taten sie es ihnen nach, erschöpft, aber in dem Bewusstsein, wieder gemeinsam unterwegs zu sein. In den folgenden Wochen hatte sie sich gefühlt wie nach dem versuchten Einbruch, den sie im Jahr zuvor gehabt hatten: Auf die Verwunderung, dass da tatsächlich jemand ins Haus einbrechen wollte, folgte beherztes Eingreifen (sie hatte den Einbrecher mit Eiern beworfen), dann erst kam der Schock und als Letztes die Angst vor Wiederholung. Zuerst meinte sie, diese Unsicherheit würde für immer bleiben, aber irgendwann dachte sie nicht mehr daran.

Eine Stunde später schloss sie erschöpft die letzte Tür von Station 13. Zum ersten Mal fühlte sie sich in ihrem grünen Kittel unwohl, fehl am Platz und elend. An einem normalen Krankenhaustag gab es auf der Inneren vielleicht ein, zwei Patienten, die nicht allein essen konnten. Es lag in der Natur der Sache, dass diese Patienten meist hochbetagt waren, manchmal schon nah am Ende ihres Lebenswegs. Patienten, die sich aus eigener Kraft nicht mehr im Bett aufsetzen konnten und für die sogar das Schlucken beschwerlich war. Die goldene Regel lautete: Immer nur an den Moment denken, nicht an die Vergangenheit, nicht an die Zukunft. Nur keinen Gedanken daran, wie blühend dieses Häufchen Elend, das da im Bett lag, wohl vor zwanzig, vor fünfzig Jahren ausgesehen haben mochte. Ein einziges Mal, ziemlich zu Beginn, hatte sie sich beim Anreichen des Essens in solche Vorstellungen hineingesteigert, was an sich schon schlimm gewesen war, und dann hatte ihr der Gedanke an die Zukunft der beinahe Hundertjährigen den Rest gegeben. Was wäre in einer Woche, wenn sie wiederkam? Womöglich lag die alte Frau dann schon unten im Raum der Verabschiedung. Als Elisabeth sich die Beerdigung vorgestellt hatte, mit nur einer Handvoll Menschen, die noch zum Trauern übrig waren, und den Blumen, wie sie langsam auf dem Grab verwelkten, war sie aus dem Zimmer gelaufen, hatte sich auf der Toilette eingeschlossen, geheult und beschlossen, die Arbeit im Krankenhaus aufzugeben. Dann hatte sie sich das Gesicht mit kaltem Wasser gewaschen, und als sie wieder vor die Tür trat, war Tessa vorbeigekommen. Damals hatte sie noch im Krankenhaus gearbeitet. Tessa hatte sie angesehen, gezögert und war stehen geblieben. »Alles in Ordnung?« Elisabeth hatte schnell genickt, sich abgewandt und in Grund und Boden geschämt. Gut, dass aus ihr selbst keine Ärztin geworden war. Sie taugte noch nicht mal zur Grünen Dame. Da hatte Tessa ihr von hinten eine Hand auf die Schulter gelegt, ganz leicht. »Kopf hoch, das geht jedem manchmal so. Der Trick ist, zu tun, was zu tun ist, und nicht an gestern und nicht an morgen zu denken.«

Sie hatte sich daran gehalten. Bis heute, bis zu Frau Scheffler. Sie war die letzte Patientin, der Elisabeth an diesem Tag das Essen anreichte. Sie hatte den Namen wohl auf dem Zettel gelesen, sich jedoch nichts dabei gedacht. Doch als sie der hochbetagten Patientin, die nur mit Mühe schlucken konnte, Suppe einflößte, schüttelte diese kaum merklich den Kopf und sagte: »Danke, nein.« Da, als sie die altbekannte Stimme hörte, begriff Elisabeth erst, wen sie vor sich hatte: ihre frühere Grundschullehrerin. Es war ihrer plötzlichen Verwirrung geschuldet, dass sie den Löffel mechanisch noch einmal in die Suppe tauchte und ihn Frau Scheffler in den halb geöffneten Mund schob. Frau Scheffler riss erschreckt die Augen auf und biss zu. Es gab ein kurzes, helles Knacken, und Elisabeth starrte auf das Ende des Plastiklöffels in ihrer Hand. Zwischen den zusammengepressten Lippen lugte weiß, spitz und scharf der abgebrochene Plastiklöffel heraus. Panisch griff Elisabeth in den Mund der alten Frau, versuchte an dem abgesplitterten Löffel zu ziehen, doch der hing zwischen den Zähnen fest.

»Frau Scheffler, bitte!«, rief sie. »Machen Sie den Mund auf!« Entschuldigungen stammelnd zog sie gewaltsam die Lippen der alten Frau auseinander, bis der Unterkiefer nachgab und Elisabeth den Löffel zu fassen bekam. Sie hielt den abgebrochenen Teil des Löffels an das Stück, das sie in der Hand behalten hatte, und atmete auf, als sie sah, dass er komplett war. Mit in ihren Ohren dröhnendem Puls rannte sie auf den Flur und rief um Hilfe.

Eine Ärztin eilte herbei und untersuchte die Mundhöhle der alten Lehrerin, fand aber weder Splitter des Plastiklöffels noch eine Verletzung im Mundraum. »Alles gut«, sagte sie. »Tief durchatmen, es gibt solche Tage.«

Elisabeth war schon auf dem Weg zum Auto, als Robert anrief und Bescheid sagte, dass es heute wieder spät werden würde. Er erzählte, warum und weshalb, aber sie konnte sich nicht konzentrieren. Er würde mal wieder nicht kommen, was auch sonst. »Es tut mir leid«, schloss er, »im Moment ist wirklich Land unter hier.«

»Bei mir auch«, sagte sie. »Freuen wir uns einfach aufs Wochenende, ja?«

»Hm«, machte er, aber es klang unkonzentriert. Gleich würde er auflegen.

Ihr kam eine Idee, wie sie ihn dazu bringen könnte, ihr von seinen Ausflugsplänen zu erzählen. »Meine Mutter hat angerufen und gefragt, ob ich am Freitag im Goldenen Stern aushelfen kann. Ich habe ihr gesagt, ich spreche zuerst mit dir. Für Freitag ist Sonnenschein vorausgesagt, wie wäre es, du machst früher Schluss und wir machen mal wieder eine Radtour?«

»Geht nicht, ich muss Freitag noch in die Zentrale. Sag Martha ruhig zu.«

Wieder nichts, dachte Elisabeth. Wie lange will er denn noch warten, bis er mit seinen Plänen rausrückt? Zumal sie am Montag wieder Grüne-Damen-Dienst hatte. Sie musste doch rechtzeitig bei den Kolleginnen Bescheid geben und sich abmelden. Oder dachte er etwa, es mache eh keinen Unterschied, ob sie ins Krankenhaus gehe oder nicht? Es sei nur ein unverbindlicher Zeitvertreib nach Lust und Laune, wie ins Kino gehen?

KAPITEL 25

Frische Blumen am Krankenbett waren der zuverlässigste Indikator für Besuch und immer ein guter Aufhänger für ein Gespräch. Es gab kaum einen Patienten, der nicht gern erzählte, von wem er die Blumen geschenkt bekommen hatte. Dann gab es andere Anzeichen, wie ein extra Kopfkissen von zu Hause, ein Foto der Lieben auf dem Nachttisch oder ein »Gute Besserung, Oma!«-Bild, gekritzelt mit Buntstiften. Auf den Besuch von Freunden und Bekannten deuteten dagegen Pralinen, Plätzchen oder natürlich die Traubensaftflasche aus der Apotheke. Was die Flasche Wein für die Abendeinladung, war die getönte Saftflasche für den Krankenhausbesuch.

»Oh, so schöne Blumen!«, rief Elisabeth und deutete auf Herrn Grüns Nachttisch. »War Ihr Sohn gestern da?«

»Nein, meine Schwiegertochter«, sagte er. »Sie wissen ja, sie ist ein Blumenmensch, genau wie meine Lenya. Mein Sohn hatte keine Zeit, er hetzt schon seit Wochen von einem Meeting ins nächste. Aber wir haben gestern lange telefoniert.« Elisabeth war erleichtert und ein bisschen stolz. Ihr Gespräch mit dem Sohn zeigte schon eine Wirkung. Das hier war wieder der Herr Grün, den sie kannte. Er lächelte ihr zu, und sie hatte das Gefühl, dass eine Entschuldigung in seinem Lächeln lag. Er deutete auf seinen Schrank. »Tun Sie mir einen Gefallen und holen Sie die Pralinen, die meine Schwiegertochter mitgebracht hat. Oberstes Fach.«

»Vergessen Sie's«, sagte Elisabeth streng. »Ich habe, seit ich Sie kenne, schon zwei Pfund zugenommen.«

»Wer sagt denn, dass ich Ihnen welche abgebe?«

Elisabeth lachte, ging zum Schrank, holte die Pralinen und gab sie Herrn Grün. »Wie geht es Ihnen heute?«

»Bestens«, sagte Herr Grün. »Solange Sie nicht nach den Details fragen.« Dann sah er sie an, musterte sie, als sei nicht er, sondern sie die Patientin. »Und Ihnen?«

»Ebenfalls bestens, danke der Nachfrage.«

Herr Grün zögerte. »Wirklich? Sie sehen – müde aus.«

Elisabeth wusste, was er meinte. Am Morgen hatte sie sich selbst erschrocken beim Blick in den Spiegel. Die Augenlider dick und gerötet, unter den Augen dunkle Ringe. Sie hatte geglaubt, es mit Wimperntusche, Kajal und Concealer gut kaschiert zu haben, denn niemand hatte bisher etwas gemerkt.

»Alles in Ordnung?«, fragte er vorsichtig.

Elisabeth wich seinem Blick aus. »Ich habe schlecht geschlafen, das ist alles«, sagte sie leichthin. Nichts ist in Ordnung, dachte sie. Ich bin genauso dumm und gutgläubig wie Sie, der Sie ein Leben lang von Ihrer Frau betrogen worden sind. Die große Liebe? Doch nur für die Naiven, die konsequent wegsehen und nicht merken wollen, was wirklich los ist. Sie merkte, wie die Tränen ihr die Wangen hinunterliefen, und wandte sich schnell zur Tür.

»Halt!«, rief Herr Grün, so laut, dass Elisabeth prompt stehen blieb. »Kommen Sie zurück!« Elisabeth nahm ihre Hand von der Türklinke, drehte sich widerstrebend zu ihm um. »Bitte, Frau Müller!«

»Herr Grün, es tut mir leid, es liegt nicht an Ihnen, aber momentan bin ich einfach nicht ...«

»Ist jemand krank? Ist es das?«

»Nein, nichts dergleichen.«

Herr Grün nickte. »Ah, da bin ich erleichtert. Also ein Streit. Der Haussegen hängt schief.«

Elisabeth schüttelte den Kopf. »Wie gesagt, ich habe einfach nur zu wenig Schlaf gehabt.« Herr Grün sah sie weiter wissend an. »Also gut, ein bisschen.«

»Bitte, setzen Sie sich noch mal kurz zu mir.« Herr Grün deutete auf den Stuhl. »Ich war ein halbes Jahrhundert verheiratet«, sagte er, als sie widerstrebend gehorchte. »Glauben Sie, wir hätten nie Probleme gehabt? Man kann nicht jedem Sturm aus dem Weg gehen, manchmal muss man da durch, und hinterher scheint wieder die Sonne. Ich möchte Sie aufheitern, auf andere Gedanken bringen. Was soll ich Ihnen erzählen?«

Elisabeth sah den Eifer in Herrn Grüns Gesicht und begriff, dass sie ihm, ohne es zu wollen, gerade einen großen Dienst erwiesen hatte, gerade weil diesmal sie es war, die sich schlecht fühlte. Er fühlte sich nützlich, er wollte helfen. Sie lächelte und setzte sich. »Alles, was Sie mir erzählen, hebt meine Laune und bringt mich auf andere Gedanken. Erzählen Sie mir etwas Schönes.«

Herr Grün sah aus dem Fenster, er schien zu grübeln. »Nein«, entschied er dann. »Rosarot passt nicht im Moment. Ich erzähle Ihnen von einem Geheimnis, von einem dunklen Kapitel in meinem Leben. Sind Sie dafür bereit?«

Der offene, fragende Blick von Herrn Grün brachte Elisabeth dazu, brav wie ein Schulmädchen zu nicken. Oh nein, dachte sie. Was, wenn er mir jetzt von den Leichen in seinem Keller erzählt? Ein dunkles Kapitel? Man kann in die Köpfe der Menschen ja nicht hineinsehen. Und alte Leute wirken immer so harmlos. Unfähig, mehr anzurichten als Genervtheit in der Schlange hinter ihnen, wenn sie drei Scheiben Aufschnitt aufs Band legen und der Kassiererin das Portemonnaie mit dem Münzgeld hinhalten. Aber sie sind ja auch mal jung gewesen. Elisabeth dachte daran, wie eine ihrer Kolleginnen von einem alten, dementen Mann erzählt hatte, der ihr schilderte, wie er im Krieg einen Russen erschossen hatte, von Angesicht zu Angesicht. Peng, hatte er gesagt, mit glänzenden Augen, und mit dem Finger auf sie gezielt. Peng. Elisabeth zwang sich zu lächeln. Unsinn. Herr Grün war kein alter Nazi, schon allein weil er dazu nicht alt genug war. Und das dunkle Kapitel von jemandem, der von Glühwürmchen schwärmte, würde ihr wohl kaum schlaflose Nächte bereiten.

»In Liebesfilmen ist Schluss, wenn zwei sich kriegen«, begann Herr Grün. »Aber es geht ja danach noch weiter, nicht wahr? Es beginnt mit der Hochzeit, und es kommen noch viele Hoch-Zeiten, aber auch so manche Tief-Zeiten.« Er lächelte das Lächeln mit den vielen Falten. »Es ist der Höhepunkt, wenn wir vor aller Welt Ja zueinander sagen. Aber danach kommen im Alltag, wenn man ehrlich ist, auch mehr und mehr ›Ja, aber‹ und ›Nein‹. Irgendwann sitzt man gemeinsam im Tal, umgeben von Bergen von Problemen, und die Hoch-Zeit scheint ewig vorbei. Tendenziell ist man dann eher allein mit sich und dem Partner. Ein Paar in der Krise ist vielleicht punktuell eine willkommene Sensation, aber auf Dauer peinlich und nicht die erste Wahl bei Abendeinladungen.«

»Sie und Ihre Frau?« Elisabeth schaute Herrn Grün mit großen Augen an. Wusste er etwa doch Bescheid über Lenyas Untreue?

»Aber ja«, nickte Herr Grün. »Natürlich hatten auch wir nicht nur gute Tage. Wir hatten die Fülle des Lebens.«

»Fülle des Lebens«, wiederholte Elisabeth. So konnte man Lug und Trug auch sehen. Wenn Robert und sie zusammenblieben, würde es ihr in zwanzig Jahren vielleicht auch gelingen, es sich so altersweise schönzureden. »Bei mir fühlt es sich momentan eher nicht so an«, sagte sie und bereute es sofort, denn ihr kamen schon wieder die Tränen. Am liebsten wäre sie aufgestanden und gegangen.

»Lenya und ich, wir wünschten uns Kinder«, fuhr Herr Grün unbeirrt fort. »Doch zuerst war der Zeitpunkt ungünstig. In Hamburg, nach dem Studium, war ich zwei Jahre lang freier Mitarbeiter der Kulturredaktion, schrieb Berichte über Kulturveranstaltungen, Buchrezensionen, bis sie mir endlich ein Volontariat gaben. Lenya war ein Jahr nach mir ebenfalls mit dem Studium fertig, sie erhielt das Angebot, in Amsterdam in einem Museum anzufangen. Es war ein gut bezahlter Job, der ihr Spaß gemacht hätte, aber sie hat ihn ausgeschlagen.«

»Aus Liebe zu Ihnen«, bemerkte Elisabeth.

»Ja, auch.« Herr Grün strich seine Bettdecke glatt. »Und weil sie wusste, dass ihre Eltern hinter diesem Jobangebot steckten. So ging das zwei Jahre. Ich jobbte bei der Zeitung, sie ergatterte eine Teilzeitanstellung als Kunsterzieherin in einer Schule für Gehörlose, dazu jobbte sie im Segelclub, putzte das Clubhaus, bediente auch im Café. Zusätzlich zu dem Geld, das sie dafür bekam, durften wir, wann immer wir wollten, auf einer kleinen Jolle die Segel setzen und raus auf die Nordsee.« Herr Grün lächelte breit und griff zu den Pralinen. »Wir hatten wenig Geld, aber es reichte immer für eine Pralinenschachtel an Bord. Lenya wollte eine neue Band gründen, und ich lernte Bassgitarre spielen, um dabei zu sein. Es war eine glückliche Zeit. Wir waren unabhängig. Es war immer klar zwischen uns, dass wir irgendwann eine Familie gründen würden, aber später. Es hatte keine Eile.«

Elisabeth seufzte innerlich. Dieser Mensch konnte einfach nicht anders. Er wurde wieder hoffnungslos romantisch. »Es waren die Siebziger«, fuhr er versonnen fort. »Man war so frei wie noch nie, die Frauen trugen abwechselnd Mini und Maxi, und wir kauften uns unser erstes Auto, einen orangeroten Käfer. Unsere Herzen waren weit, die Hosenschläge auch, und wir hatten das Gefühl, die Welt liegt uns zu Füßen. Alles war bunt, sogar an den Wänden gab es Tapeten mit großen Blumen, wissen Sie noch?«

Elisabeth lehnte sich schicksalsergeben zurück. Was soll's, dachte sie. Ablenkung tat ihr gut. So wie in der letzten Nacht, in der sie, unfähig, Schlaf zu finden, eine Filmpreisverleihung im Fernsehen verfolgt hatte. Auf dem roten Teppich gab es glanzvolle Roben zu sehen, in Herrn Grüns Erinnerungen gab es eine glanzvolle Ehe. Punkt. Glanz und Glück, so war es richtig. Wer will schon hinter die Fassade sehen? Wer will schon Stars sehen, dachte sie, wie sie am nächsten Morgen verkatert in den Badezimmerspiegel blinzeln? Diese Abende sind glanzvoll, weil das Auge der Kamera nur Glanzlichter einfängt, so wie Herr Grün die Glanzlichter seiner Ehe. Keine Schatten, nur Licht für das Publikum, das sich daran erfreut und darüber die eigenen Sorgen für eine Weile vergisst.

»Langweile ich Sie?«, fragte Herr Grün.

Sie lächelte ertappt. »Im Gegenteil!«

»Sie sind geduldig mit mir altem Schwätzer«, sagte Herr Grün und hielt ihr die Pralinenschachtel hin. »Ich wollte ja ganz etwas anderes erzählen, habe zu weit ausgeholt und bin schon wieder abgeschweift.« Er lächelte. »So ist das im Alter, liebe Frau Müller. Je weniger Leben vor uns liegt, desto mehr verlieren wir uns in Erinnerungen.«

»Ich liebe Ihre Abschweifungen«, sagte Elisabeth schnell. »Erzählen Sie mir bitte mehr von den Siebzigern! Es ist die Zeit, in die ich hineingeboren wurde.«

»Ja, die Siebziger. Alles war bunt, wir eroberten uns unseren Platz im Leben, verdienten Geld und gaben es mit beiden Händen wieder aus. Wir waren so glücklich. Wenn wir uns umarmten, dann umarmten wir die ganze Welt. Wir demonstrierten eine Menge in dieser Zeit, wir tanzten, arbeiteten und tranken viel. Und wir begannen zu reisen, nach Asien, Amerika, es gab immer neue Horizonte. Aber nichts auf dieser Welt ist für die Ewigkeit. Mitte der Siebziger wartete eine schwere Prüfung auf uns.«

Mist, er behält den roten Faden, dachte Elisabeth und schloss die Augen. Als würde der Blick hinter die Fassade einer anderen Ehe wirklich tröstlich sein. Ach, warum ließen sie sie nicht alle in Ruhe. Tessa fühlte sich als Mary Poppins, die ihre müde Ehe mit einem Löffelchen voll Sex kurieren wollte, Herr Grün versuchte es mit dem relativierenden Fingerzeig auf die eigene Ehe: »Schauen Sie, auch bei uns war nicht alles eitel Sonnenschein.« Die Mütter hätten mit Sicherheit auch noch einen guten Tipp parat. In fünfzig Jahren ist alles vorbei, oder so. Welchen Tipp wohl die Kinder hätten? Nein, den letzten Gedanken verwarf sie wieder. Die Kinder würden aus allen Wolken fallen. Ehekrisen waren für Eltern nicht vorgesehen, sie hatten zusammenzuhalten, basta. Nicht auf die romantische, sondern auf die verlässliche, ein Nest für Notfälle garantierende Art.

Herr Grün hatte aufgehört zu reden, er sah sie aufmerksam an. »Entschuldigen Sie, ich war gerade mit meinen Gedanken woanders.«

Herr Grün nickte verständnisvoll. »Wenn der Karren der Ehe im finsteren Wald ist, scheint es keinen Weg hinaus zu geben. So dachte ich damals auch. Und doch gab es einen.«

»Wie haben Sie ihn gefunden?«

»Gar nicht. Ich habe nur abgewartet und Geduld gehabt, so wie man bei einer Krankheit manchmal nur abwarten kann, sich schonen und auf die Selbstheilungskräfte hoffen. Das war mein Rezept, aber ich weiß nicht, ob es richtig war. Es war alles meine Schuld, wissen Sie. Ich hatte endlich eine feste Anstellung, und ich dachte, jetzt fehlt nur noch ein Kind zu unserem perfekten Glück. Ich habe es mir so sehr gewünscht, dass ich jeden Tag davon sprach und schwärmte. ›Sieh mal‹, sagte ich am Frühstückstisch, ›da vorn wird der kleine Rabauke bald sitzen. Oder die kleine Prinzessin.‹ Oder ich blieb, wenn wir im Stadtpark spazieren gingen, am Spielplatz stehen und sah den Kindern zu. ›Das da‹, sagte ich und deutete auf ein kleines Mädchen mit blonden Locken, ›das könnte sie sein, findest du nicht auch?‹ Ich mietete eine größere Wohnung, mit einem weiteren Raum, und gestaltete ihn als Kinderzimmer. Wir kauften eine Wiege und tapezierten die Wände mit Märchenmotiven, kauften Bilderbücher, und abends im Bett, bevor wir das Licht ausmachten, las ich Lenya daraus vor, als sei sie das kleine Mädchen, auf das ich mich freute. Doch Lenya wurde und wurde nicht schwanger. Wir ließen uns beide untersuchen, doch ohne Ergebnis, medizinisch sprach nichts gegen eine Empfängnis.« Herr Grün sah zum Fenster. »Es war die traurigste Zeit unserer Ehe. Nach zwei Jahren begruben wir allmählich unsere Hoffnung. Es war wie ein kleiner innerlicher Tod im Frühsommer des Lebens. Im Freundeskreis wurden Babys geboren, so wie im Frühling die Krokusse aus dem Boden schießen, und inmitten all dieser Fruchtbarkeit fühlten wir uns wie zwei verdorrte Bäume.« Herr Grün sah Elisabeth an und lächelte. »Was soll ich sagen, dann geschah das Wunder. Lenya wurde doch noch schwanger. Am Johannistag 1978 wurde unser Sohn geboren. Es war der Beginn einer neuen Zeit. Wir waren endlich eine Familie.«

Elisabeth schluckte und dachte an Jan Grün. Er hatte recht, sein Vater durfte die Wahrheit nie erfahren.

»In Heldenromanen wird um die Liebe gekämpft«, sagte Herr Grün, griff nach Elisabeths Hand und tätschelte sie sanft. »Die Geduld wird unterschätzt.«

Herr Grün schloss die Augen. Elisabeth entzog ihre

Hand vorsichtig seinem Griff und erhob sich. Da wachte er wieder auf, zeigte auf sein Nachttischchen. »Bitte, wenn Sie so freundlich wären, mir das kleine Buch mit Ledereinband zu geben, das in der Schublade liegt?« Elisabeth folgte seiner Bitte und bemerkte dabei erleichtert, dass keine Tabletten mehr in der Schublade lagen. Herr Grün blätterte eine bestimmte Seite auf und gab ihr das Büchlein zurück. »Wenn Sie wissen wollen, wie es um mich steht, liebe Frau Müller, wie sehr mir meine Lenya fehlt, so lesen Sie diese Zeilen über allnächtliche Albträume von Heinrich Heine.«

Elisabeth las:

»Allnächtlich im Traume seh ich dich,
Und sehe dich freundlich grüßen,
Und lautaufweinend stürz ich mich
Zu deinen süßen Füßen.

Du siehst mich an wehmütiglich,
Und schüttelst das blonde Köpfchen;
Aus deinen Augen schleichen sich
Die Perlentränentröpfchen.

Du sagst mir heimlich ein leises Wort,
Und gibst mir den Strauß von Zypressen.
Ich wache auf, und der Strauß ist fort,
Und das Wort hab ich vergessen.«

»Und nun gehen Sie«, sagte Herr Grün, als sie ihm das Buch zurückgab, »und versöhnen Sie sich mit Ihrem Mann. Sie beide trennt doch nur ein Streit. Es ist nicht das Ende der Welt, sondern nur ein kleiner Regenschauer, und auf Regen folgt Sonnenschein.«

Ein Streit, dachte Elisabeth, als sie wenig später das Krankenhaus verließ. Wenn es das nur wäre. Ein Streit wäre so viel besser als eine Lüge.

KAPITEL 26

Elisabeth fuhr vom Marienhospital über die Basilikastraße geradewegs zum Kapellenplatz und zündete in einer der überdachten Nischen vor der Kerzenkapelle eine Kerze an. Sie war für Herrn Grün, den romantischen, fest an die Liebe glaubenden Herrn Grün, der so sehr betrogen worden war. Sie versuchte zu beten, aber ihr fielen keine Worte ein, und so starrte sie nur auf die vielen flackernden Lichter vor der Kirche. Jede Flamme ein Gebet, eine Hoffnung, ein Wunsch, eine Verzweiflung vielleicht. Eine Hand auf ihrer Schulter ließ sie zusammenfahren.

»Kind, was machst du denn hier?«

»Meine Güte, musst du dich so anschleichen?« Elisabeth fluchte innerlich. Ihre Mutter hatte ihr gerade noch gefehlt.

»Seit wann zündest du hier Kerzen an?« Martha warf ihr einen kopfschüttelnden Seitenblick zu. So katholisch ihre Eltern auch waren, für Weihrauch und Kerzen hatten sie nicht viel übrig, und Elisabeth hatte früher mehr als einmal mitbekommen, wie sich die beiden über den »Budenzauber« von gespendeten Krücken an den Wänden der Kerzenkapelle lustig machten. »Wofür soll es denn sein, das fromme Kerzelein? Für gutes Wetter?«

Elisabeth bemerkte den empörten Blick eines älteren Ehepaars. »Hör auf«, raunte sie ihrer Mutter zu, »sonst zünde ich eine Kerze an, dass es regnet.«

Ihre Mutter lachte auf und zündete selbst eine Kerze an. »So, jetzt kann nichts mehr passieren«, spottete sie. »Noch eine Kerze für gutes Wetter, da wird Petrus sich nicht lumpen lassen«, rief sie über die Schulter, während sie die Kerze neben die anderen stellte.

»Geht es vielleicht etwas leiser«, raunte Elisabeth ihr zu.

Martha senkte ihre Stimme. »Davon abgesehen, gutes Wetter wäre wirklich nicht schlecht. Wir erwarten wieder Wallfahrer. Ausgebucht bis unters Dach, und ich wollte dich …«

»Es wirkt übrigens nicht«, unterbrach Elisabeth sie, »wenn du kein Geld in den Opferstock wirfst. Gott sieht alles.«

»Aber er petzt nicht«, gab Martha ungerührt zurück. »Luther hatte schon recht, der Draht zu Gott kostet nichts, basta.«

»Kerzen aber schon.«

»Wir zahlen genug Kirchensteuer. Die Kirche verdient eine Menge Geld an uns.«

»Du aber auch an den Pilgern!« Elisabeth machte eine weit ausholende Armbewegung. »Ohne das Ganze hier könntet ihr den Goldenen Stern dichtmachen.«

»Apropos Goldener Stern«, sagte Martha. »Darüber wollte ich ja mit dir sprechen.« Sie zog Elisabeth am Arm ein paar Schritte von den Kerzen weg. »Interesse an einem gut bezahlten Job am Wochenende? Wir bekommen eine Dackelwallfahrt und brauchen dringend noch jemanden, der mit uns am Sonntagmorgen zwölf Dackel ausführt.«

»Dackelwallfahrt?« Elisabeth schaute ihre Mutter entgeistert an. »Das ist nicht dein Ernst, oder?«

»Doch. Eine Gruppe Dackelbesitzer macht eine Wallfahrt nach Kevelaer, mit ihren Lieblingen. Natürlich dürfen die Köter nicht mit in die Basilika, also brauchen wir für sie eine Betreuung. Ich dachte, wir könnten mit ihnen während des Hochamts einmal den Kreuzweg im Marienpark entlanggehen. Nach der Messe geben wir sie ihren Besitzern zurück, für den gemeinsamen Segen auf dem Kapellenplatz.« Martha sah auf die Uhr. »Komm, die Frühstückszeit ist gerade vorbei, lass uns das in Ruhe im Goldenen Stern besprechen. Wenn wir Glück haben, hat Judith noch nicht abgeräumt.«

Wie Martha vorausgesagt hatte, war es ruhig in der Pension. Die Gäste hatten den Frühstücksraum bereits verlassen, und Judith war damit beschäftigt, die Tische abzuräumen. Sie deutete auf das Buffet. »Nehmt euch nur, was ihr mögt, ich muss es sonst wegwerfen!«

»Ehe ihr es wegwerft, nehme ich die Reste für die Hühner mit«, sagte Elisabeth, während sie ihrer Mutter und sich Kaffee einschenkte.

»Nanu?« Martha gab Honigkuchen und Butter auf zwei Teller. »Plötzlich so fürsorglich? Hat Robert dich doch noch mit seiner Liebe zum Federvieh angesteckt?«

Elisabeth überging die Spitze. »Recht so«, plauderte Martha gleich weiter. »Es gibt Schlimmeres als Hühner. Robert ist so ein Schatz. Kind, manchmal denke ich, du weißt gar nicht, was du an ihm hast. Andere Männer in seinem Alter kaufen sich Motorräder oder gehen fremd, um sich noch mal zu beweisen. Apropos Robert: Frag ihn bitte, ob er uns hilft. Er kann doch so gut mit Tieren.«

»Das sind fromme Wallfahrtsdackel, die machen doch keinen Ärger«, sagte Elisabeth. »Davon abgesehen, habe ich noch nicht zugesagt. Bist du überhaupt sicher, dass das mit den Dackeln eine gute Idee ist? Die anderen Gäste werden sich bedanken, wenn so viele Hunde hier rumkläffen.«

Judith grinste breit. »Welche anderen Gäste? Wir sind komplett zu mit der Dackelwallfahrt.«

»Ihr seid nicht komplett zu, ihr seid nicht mehr ganz dicht«, sagte Elisabeth.

Judith zuckte mit den Schultern. »War nicht meine Idee. Aber du kennst ja deine Mutter.«

»Geschäft bleibt Geschäft, und Kleinvieh macht auch Mist«, verteidigte Martha ihr Dackelprojekt. »Von mir aus können sie auf Kamelen gepilgert kommen.«

Elisabeth grinste jetzt auch. »Bei den Moslems gibt es ein Sprichwort: Ein Kamel wird nicht zum Pilger, auch wenn es nach Mekka geht.«

»Ich will dir mal was sagen, Kind.« Jetzt war ihre Mutter wirklich sauer. »Der Hund ist für viele Menschen im Alter wichtigster Bezugspunkt, wenn der Partner gestorben ist und die Einsamkeit droht. Da ist es vielen wichtig, dass auch dem Tier der Segen zugesprochen wird. Aber wenn du nicht willst, dann eben nicht.«

»Schon gut, ich mach's ja«, lenkte Elisabeth ein.

Martha nickte, sie war kein Typ, der lange schmollte. Während des restlichen Frühstücks besprachen sie die Details. Elisabeth hatte das Gefühl, dass ihre Mutter den genauen Ablauf ausführlicher als nötig durchging, als warte sie nur darauf, dass Judith endlich in der Küche verschwand. Und richtig. Martha beugte sich über den Tisch nach vorn, kaum dass sie unter sich waren. »Ist alles in Ordnung bei Robert und dir?«, fragte sie leise.

»Natürlich, warum fragst du?«

»Wegen der Kerze.« Zwischen Marthas Augen bildeten sich Sorgenfalten.

»Ach, das«, sagte Elisabeth leichthin. »Die war für einen Patienten im Krankenhaus. Seine Frau ist gestorben, er hat sie über alles geliebt. Bei ihrer Beerdigung ist er schlimm gestürzt und …«. Sie unterbrach sich selbst. »Warum sollen Robert und ich überhaupt Probleme haben?« Angriff war die beste Verteidigung.

Martha zuckte die Schultern. »Na ja, auch wegen deines Geburtstags neulich. Dass er nicht zum Kaffeetrinken in den Goldenen Stern gekommen ist.«

»Er hat es eben nicht mehr geschafft, okay? Er hat beruflich im Moment viel um die Ohren.« Elisabeth wich dem Blick ihrer Mutter aus.

Martha sah ihre Tochter nachdenklich an. Sie schien mit sich zu ringen. Dann beugte sie sich noch ein wenig weiter zu ihr über den Tisch. »Wegen deiner Frage neulich. Du hast Judith und mich nach der großen Liebe gefragt. Ich bin dir noch eine Antwort schuldig.« Sie räusperte sich, schaute zur Tür, um sicherzugehen, dass Judith nicht mithörte, und senkte die Stimme zu einem Flüstern. »Es war der Tag der Beerdigung.«

»Beerdigung von wem?«

»Papa.«

Elisabeth starrte ihre Mutter an. »Wie?«

Ihre Mutter drehte an ihrem Witwenring. »Du hast schon verstanden.«

»Du hast Papa erst geliebt, als er tot war?«

»Nein, aber da ist es mir erst richtig bewusst geworden. Du hattest nach dem Moment gefragt, in dem es mir klar wurde, das mit der großen Liebe. Es war der Tag der Beerdigung. Als ich in die Kirche kam und den Sarg sah, da wusste ich, dass er die große Liebe meines Lebens war.« Martha machte eine Pause, wischte sich über die Augen. »Und immer sein wird«, setzte sie dann hinzu.

»Oh«, machte Elisabeth. »Das ist …« Sie beendete den Satz nicht. Furchtbar, hatte sie sagen wollen und wagte nicht, es auszusprechen, genauso wenig wie ihre Mutter anzusehen. Stattdessen starrte sie auf das Bild von Papst Johannes Paul II. auf dem Porzellanteller. Die Eltern hatten das Porzellan gemeinsam ausgesucht, als sie die Herberge übernahmen. Das war 1979, ein halbes Jahr zuvor war Karol Wojtyla zum Papst gewählt worden. Die Spülmaschine hatte ihm in all den Jahren stark zugesetz, aber die Konturen genügten Elisabeth, um im Geist wieder das ganze Bild zu sehen, so wie es in ihrer Kindheit gewesen war: kitschig, bunt und heimelig. Wenn sie vor dem Essen die Hände zum Gebet faltete, hatte sie auf das Bild geschaut, und oft war es ihr vorgekommen, als habe der Papst ihr zugezwinkert. Wenn sie allein aß, hatte sie nur kurz überprüft, ob der Papst ihr zuzwinkerte, und sich das Gebet gespart.

Ihr gingen viele Fragen durch den Kopf, während sie jetzt auf das verblichene Bild sah, das immer so selbstverständlich dazugehört hatte. Zu ihrem Vater, zur Ehe ihrer Eltern, zu allen Ehen, ob sie bei näherer Betrachtung immer voller Täuschungen waren. Aber sie stellte keine einzige davon. »Ihr braucht mal neues Porzellan«, sagte sie.

Martha suchte ein Taschentuch in ihrer Handtasche und schnäuzte sich ausgiebig, bevor sie weitersprach. »Weißt du, dein Vater war nicht der erste Mann in meinem Leben. Aber dieser Mann war unerreichbar für mich. Es gab zwar einige heimliche Treffen und Träume von einem Himmel voller Geigen, aber keine gemeinsame Zukunft. Eine Ehe kam nicht infrage.«

»Er war verheiratet?«

Das Gesicht ihrer Mutter wurde verschlossen, und Elisabeth wusste, dass es keinen Zweck hatte, mehr erfahren zu wollen. Womöglich ein Priester?, überlegte sie. Ihre Mutter, ihre patente, mit beiden Beinen im Leben stehende Mutter, als junges Mädchen ein Dornenvogel?

»Es spielt letztlich keine Rolle«, unterbrach Martha ihre Gedanken. »Obwohl ich wusste, es konnte keine Zukunft für uns geben, blieb diese fixe Idee in meinem Kopf. So wie wir nicht im Paradies leben, uns aber immer vorstellen, wie es wäre, darin zu leben, verstehst du? Er war der Mann meiner Träume, und so war der Platz für die große, romantische Liebe schon vergeben, als ich deinen Vater kennenlernte.«

»Warum hast du Papa dann überhaupt geheiratet?«

»Weil er mich gefragt hat.« Ihre Mutter schnäuzte sich wieder. »Wir liebten uns, natürlich, auf eine warme, freundliche Art, und haben eine gute Ehe geführt. Wir sind füreinander eingestanden. Und als du kamst, waren wir überglücklich. Aber während all dieser schönen Jahre glaubte ich insgeheim: Na ja, aber die ganz große

Liebe, wie ich sie mit dem anderen gehabt hätte, die ist es nicht.« Marthas Augen füllten sich wieder mit Tränen. »Und es war wirklich erst bei der Beerdigung, dass mir klar wurde: Ich bin mit dieser fixen Idee so unglaublich dumm gewesen! Ich habe die Realität übersehen. Dein Vater ist die Liebe meines Lebens. Und ich bereue so sehr, dass ich ihm das nie gesagt habe. Erst als ich ihn verloren hatte, wurde mir klar, wie sehr ich ihn liebte.«

»Warum erzählst du mir das?« Elisabeth stand auf, lief im Zimmer auf und ab.

»Du hast gefragt.«

»Ja, meine Güte, ich wollte doch einfach nur wissen, wie ihr euch verliebt habt! Ich dachte immer, ihr wart glücklich!«

Martha erhob sich und räumte die Teller zusammen. »Vergiss nicht, die Reste für die Hühner mitzunehmen.«

Eine Stunde später sah Elisabeth zu, wie die Hühner die Essensreste verschlangen, und dachte an die Worte ihrer Mutter. Der arme Vater. Erst als er tot war, wusste die Mutter endlich, was sie an ihm gehabt hatte. Plötzlich kam ihr eine Idee: Was, wenn sie Robert unrecht tat? Wenn er gar keine heimliche Verabredung mit einer Geliebten hatte, sondern schlichtweg Behördengänge erledigen wollte und sich dafür freigenommen, aber vergessen hatte, ihr davon zu erzählen? Oder vielleicht war es gar keine Lüge, als er ihr sagte, er müsse Montag und Dienstag wie gewohnt arbeiten, und der Sekretärin war ein Irrtum unterlaufen? Warum sollte nicht auch die Sekretärin Fehler machen? Womöglich hatte nicht nur Robert beruflich in letzter Zeit viel zu viel um die

Ohren, sondern die Umstrukturierung der Firma, wenn nicht gar der drohende Verkauf, wirkte sich auch auf die anderen Mitarbeiter aus. Alle machten Überstunden, alle waren gestresst und überfordert, und alle machten mehr Fehler.

Sie schloss die Hühner im Stall ein, ging ins Haus zurück und sah auf die Uhr. Nur noch eine gute Stunde bis zum Beginn des Tangokurses. Wenn Robert noch essen, duschen und sich umziehen wollte, wurde es knapp. Sie schaute, ob er geschrieben hatte. Nichts. Hoffentlich hatte er den Tanzkurs nicht vergessen. Dann hielt sie es nicht mehr aus und schickte ihm selbst eine Nachricht: Denkst du an unseren Tanzkurs? Sie butterte eine Scheibe Honigkuchen und aß sie vor dem Fernseher, dann duschte sie, zog ein dunkles, einfarbiges Kleid an und schaute zwischendurch immer wieder aufs Handy. Er hatte ihre Nachricht zwar erhalten, aber noch nicht gelesen.

Sie ging in sein Arbeitszimmer. Es war das frühere Kinderzimmer von Niels, das Robert, kaum dass die Zwillinge ausgezogen waren, zu seinem Arbeitszimmer umgestaltet hatte. Er hatte Elisabeth geraten, mit dem von Nina dasselbe zu tun, mit dem Argument, die Kinder hätten an ihrem früheren Kinderzimmer so viel Interesse wie Küken an der Eierschale. Aber sie hatte nicht gewollt. Ein Kinderzimmer sollte bleiben, damit sie sich zu Hause fühlten, wenn sie herkamen.

Elisabeth schaltete Roberts PC an und schaute in seinen Onlinekalender. Wenn von der Firma im Laufe des Tages noch ein Termin hinzugekommen wäre, würde es automatisch hier vermerkt sein. Doch sie fand keinen Eintrag. Im Gegenteil, seit 17 Uhr sollte er auf dem Rückweg sein. Als sie den PC wieder ausschaltete, fiel ihr Blick auf Roberts Ohrensessel und das daneben liegende Buch, ›Grün ist die Hoffnung‹. Sie schlug es auf und wunderte sich über die vielen Unterstreichungen und Anmerkungen. Die Seiten waren ganz blau von Roberts Füllfederhalter. Seit wann arbeitete Robert Bücher durch, mit Stift, statt sie nur zu lesen? Was war so faszinierend an der Geschichte von ein paar Freunden, die sich mit dem Anbau von Hanf abmühten?

Sie legte das Buch wieder zurück, und zum ersten Mal seit Langem sah sie sich in Roberts Arbeitszimmer um, nicht mit dem Staubsaugerblick auf den Boden und die Dinge, die weggeräumt werden mussten, sondern höher, auf die Dinge, die ihr etwas über Robert erzählten. Wenn sie ihn nicht kennen würde, jedes Gesicht, das er bei allen möglichen Situationen machte, jeden Blick, jede Berührung … Wenn sie ihn gerade erst kennengelernt hätte und zum ersten Mal dieses Zimmer sehen würde, was würde es ihr verraten über ihn?

Sie ließ sich in den Ohrensessel fallen. Er ist bequem, dieser Ohrensessel, dachte sie. Ein Mann, der es sich zu Hause gern gemütlich macht. Sie musste grinsen. Und ein Mann, der offenbar keine Berührungsängste mit Ohrensesseln hat, dem Alteleute-Requisit schlechthin. Sie würde ihn damit aufziehen: »Da hast du später mal ein Möbelstück, das du mit ins Altersheim nehmen kannst.«

Dann sah sie sich weiter um. Das große Bücherregal von Niels war geblieben. Sie musste wieder lächeln. Verkehrte Welt. Robert hatte seinen Sohn beerbt. Ob die Kinder später auch irgendein Möbelstück von ihnen nicht nur erben, sondern auch behalten wollten? Vielleicht den alten Schreibtisch? Er war – das war typisch für Robert – übersät mit Papieren, Ordnern, Notizen, aber darunter ein sehr schönes Stück, Nussbaum, mit Intarsien im Jugendstil, noch von seinen Großeltern.

Ihr Blick wanderte auf die Wand über dem Schreibtisch. Robert hatte hier ein paar Zeichnungen der Kinder aus der Grundschulzeit aufgehängt, dazu ein Foto von ihr und den Kindern, ein Schnappschuss, den er vor Jahren im Garten gemacht hatte, dazu eines von den Kindern und ihm, beim Windsurfen in Kroatien. Sie lächelte wieder. Das war Roberts Lieblingsurlaub gewesen. Er hatte es geliebt, mit den Kindern jeden Tag auf dem Meer zu surfen. Sonne, Wasser, körperliche Anstrengung, abends vor dem Zelt Grillen und Schlafen auf der Luftmatratze, das war genau das Richtige für ihn. Drei Wochen lang hatte er sich geweigert, auch nur einmal ins Auto zu steigen.

Ihr Blick wanderte weiter zur Fensterbank, zu der hageren, mehrfach gestutzten Yuccapalme, dem unverwüstlichen Relikt aus Roberts Jugendzeit. Elisabeth neigte dazu, Pflanzen zu ertränken, und Robert war froh gewesen, als er seine Palme vor ihrer Bewässerungswut in seinem eigenen Zimmer in Sicherheit bringen konnte. Die Pflanze war wieder voll und kräftig geworden. Robert hatte den grünen Daumen, das musste man ihm lassen. Elisabeths Blick fiel auf ein Miniaturgewächshaus auf der Fensterbank. Das war ihr noch gar nicht aufgefallen. Sie erhob sich, betrachtete es genauer und sah, dass sich in einem Töpfchen schon ein Trieb ins Licht reckte.

Sie hielt den Atem an. Das darf nicht wahr sein, dachte sie. Eilig holte sie ihre Lesebrille aus der Küche, betrachtete das Pflänzchen genauer. Dann ging sie zum PC und googelte »Hanf«. Während sie noch auf die vielen grünen Bilder starrte und versuchte zu verarbeiten, dass ihr Mann seit neuestem Drogen auf der Fensterbank zog, klingelte das Handy. Endlich, dachte sie und schaute auf die Uhr. Noch war es nicht zu spät für den Tanzkurs. Sie würden einiges zu besprechen haben beim Tango.

Aber es waren die Kinder. Nina am Telefon, Niels im Hintergrund. Dann war es etwas Unangenehmes. »Was ist los?«, fragte sie und betete im Stillen, dass es nicht noch eine schlechte Nachricht gab. Es reichte für heute.

»Wir haben tolle Neuigkeiten«, sagte Nina, aber ihre Stimme klang nicht entsprechend unbeschwert.

»Na, da bin ich aber gespannt«, sagte Elisabeth mit ihrer fröhlichsten Muttertelefonstimme und wappnete sich für den Fall, dass die tollen Nachrichten für die Kinder, aber nicht unbedingt für sie und Robert toll wären. Und so war es auch.

»Stell dir vor, wir kriegen ein Stipendium. Ein Jahr Peru!«

»Peru?«

»Ja, ist das nicht toll?«

»Was wollt ihr in Peru?«

»Studieren, was sonst?«

»Ihr studiert Betriebswirtschaft.«

»Eben. Und das kann man da auch.«

»Wie das denn, da in der Pampa?«

»Mama! Die Pampa ist in Argentinien. Peru liegt auf der anderen Seite der Anden.«

»Also noch weiter weg! Was sprechen die denn da überhaupt?«

»Wir können doch skypen. Es ist eine einmalige Chance. Peru ist fantastisch, Mama. Und mach dir keine Sorgen, es ist verhältnismäßig sicher. Nichts mit Drogen oder so.«

»Aha. Schade, Papa wäre begeistert.«

»Was?«

»Nichts. Ich freue mich für euch.«

»Du bist die Beste!« Nina erzählte jetzt ohne Punkt und Komma von dem Stipendium, von den nötigen Impfungen, von dem Vertiefungskurs Spanisch, den sie noch brauchten, von den Flügen, die sie schon ausgekundschaftet hatten, und als sie eine Pause machte, um Luft zu holen, nahm Niels ihr das Telefon ab, und es ging von Neuem los.

Was für ein Tag, dachte Elisabeth, als sie eine halbe Stunde später auflegte. Die Kinder gehen nach Peru, und Robert nimmt Drogen. Sie schaute auf die Uhr. Für den Tanzkurs war es auch zu spät.

KAPITEL 27

Eigentlich hatte sie ihm eine Szene machen wollen, aber als Robert endlich nach Hause kam, war er krank. Die Currywurst, die er unterwegs gegessen habe, sei wohl verdorben gewesen, meinte er, bevor er sich ins Bad verzog, wo er eine halbe Ewigkeit blieb. Sie machte sich unterdessen zum Schlafengehen fertig und nahm sich vor, ihn nicht so einfach davonkommen zu lassen. Doch als er sich dann ins Bett legte, sah er so leidend aus, dass sie ihren Ärger hinunterschluckte und ihm eine Wärmflasche brachte. Er lächelte ihr dankbar zu und griff im Dunkeln nach ihrer Hand.

»Tut mir wirklich leid, dass es mit dem Tanzkurs nicht mehr geklappt hat«, sagte er.

Sie überlegte gerade, ob sie nicht doch wenigstens den Hanf auf der Fensterbank zur Sprache bringen sollte, doch da war er schon eingeschlafen. Oder tut er nur so?, fragte eine kleine, gemeine Stimme in ihrem Kopf. Will er es sich nur leicht machen? Ist die verdorbene Currywurst nur eine Ehekrachvermeidungsstrategie? Nein, versuchte sie sich selbst zur Vernunft zu bringen. Robert ist kein Feigling, und er geht immer den geraden Weg. Wirklich?, meldete sich wieder die Stimme. In der Schule war er der König der Ausreden, weißt du noch? Wenn es drauf ankommt, ist er ehrlich, hielt sie dagegen. Das trifft vielleicht auf den Robert von früher zu, meldete sich wieder die Stimme. Menschen verändern sich. Gib zu, mit dem Mann da neben dir kennst du dich nicht mehr besonders gut aus. Er zieht Hanf auf der Fensterbank, hat Termine, die er vor dir geheim hält. Er ist übellaunig, vergisst sogar deinen Geburtstag. Wann hat er dir zum letzten Mal etwas Nettes gesagt? Dich liebevoll angeschaut? Er hat seine Hühner, seine Arbeit, und was er sonst noch macht, weißt du nicht. Er bleibt ewig lang bei der Arbeit, und du Schaf denkst dir nichts dabei? Warum bildest du dir eigentlich ein, dass ausgerechnet dein Mann treu ist? Woher willst du wissen, dass es stimmt, das mit seiner Arbeit? Dass er mehr zu tun hat, es mehr Stress gibt? Du bist gutgläubig wie ein Sechzigerjahre-Heimchen, das sich zu Hause für dumm verkaufen lässt, wenn er ihr den gebeutelten, schwer arbeitenden Familienvater vorspielt, während er in Wirklichkeit draußen das Leben genießt. Du bist so bequem für ihn wie seine Pantoffeln, die er morgens neben dem Bett stehen lässt und vergisst, sobald er aus der Tür tritt. Am liebsten hätte sie Robert geweckt und doch noch zur Rede gestellt, aber dann stöhnte er im Schlaf leise auf, und es meldeten sich wieder leise Zweifel an seiner Unaufrichtigkeit. Oder war er so gerissen, ihr selbst im Schlaf den Leidenden vorzuspielen? Schlief er gar nicht, sondern tat nur so als ob? Ahnte er, was in ihr vorging, und führte das Schauspiel nur deshalb noch fort?

Sie schlug die Bettdecke zurück. Langsam wurde sie paranoid. Sie ging in die Küche, setzte einen Topf mit Milch auf den Herd und nahm sich die große Aussprache für den Morgen vor, wenn es ihm wieder besser ginge.

Außerdem wären dann auch ihre eigenen Gespenster der Nacht wieder verschwunden, oder zumindest kleiner geworden und weniger irrational. Wenn sie ihn jetzt weckte und versuchte, eine Aussprache zu erzwingen, wusste sie, was passieren würde: Es gäbe einen Streit, der zu nichts weiter führte, als dass sie beide keinen Schlaf fänden. Er würde jeden ihrer Vorwürfe auf nervige Art in seine logischen Einzelteile zerpflücken, bis man sich über diese Einzelteile auseinandersetzte und nicht mehr über das eigentliche Problem.

Während die Milch warm wurde, nahm sie ihr Handy und googelte »Ehebruch«. Etwa ein Viertel der Verheirateten in Deutschland waren laut einer Umfrage schon fremdgegangen. Jeder Vierte! Sie googelte »Seitensprung« und stieß auf unzählige Seitensprungagenturen. Es war ein riesiges Geschäft! Sie klickte auf den Eintrag bei Wikipedia und stieß auf eine Statistik über die erhöhten gesundheitlichen Gefahren des Fremdgehens – vor allem für Männer. Das war interessant: Drei Viertel der Männer, die beim Sex einen tödlichen Herzinfarkt erlitten, hatten außerehelichen Sex gehabt.

Das Zischen der überlaufenden Milch riss Elisabeth aus ihrer Recherche. Sie nahm die Milch vom Herd, rührte so viel Eierlikör hinein, dass sie auf Trinktemperatur war, und nahm voller Genugtuung einen großen Schluck. Sie musste an Roberts Bauchschmerzen denken. Vielleicht waren sie doch echt gewesen, aber die Ursache war nicht die Currywurst, sondern … sein schlechtes Gewissen? Der permanente Stress aufgrund von Lug und Trug? Früher, als sie frisch verheiratet gewesen waren, hatte er einmal gescherzt, Fremdgehen sei nichts für ihn, er stelle sich die ständige Lügerei viel zu anstrengend und nervenaufreibend vor.

Am Morgen klingelte Roberts Wecker zur gewohnten Zeit. Er stand auf und verlor kein Wort über gestern, keine Entschuldigung. Er schien mit den Gedanken woanders. Elisabeth machte Kaffee, und wie immer trank er seinen im Stehen, während er die Schlagzeilen der Tageszeitung überflog. Sie lasen immer gleichzeitig, er von vorn nach hinten, sie von hinten nach vorn. Sie konnte sich nicht konzentrieren, überlegte, wie sie ihn zur Rede stellen könnte, da stach ihr beim Überblättern der Seite mit den Todesanzeigen der Name ihrer alten Lehrerin ins Auge. Robert sah ihr über die Schulter.

»Na, macht's Spaß?«, scherzte er.

»Wie?«

»Jetzt liest du schon begeistert die Todesanzeigen«, stellte er fest. »Wie unsere Mütter.«

Elisabeth sah ihn konsterniert an. »Was heißt hier begeistert? Ich bin nicht begeistert, ich bin erschüttert. Frau Scheffler ist tot.«

»Oh, sorry. Jemand, den du kennst?«

Es war nicht zu fassen, er hatte wirklich keine Ahnung.

»Frau Scheffler, unsere Grundschullehrerin! Sag nicht, du kannst dich nicht mehr an sie erinnern. Die Lehrerin, die uns damals nebeneinander gesetzt hat. Ich habe sie neulich noch im Krankenhaus gesehen, habe ihr eine Suppe angereicht und sie zuerst gar nicht erkannt, so verändert sah sie aus. Sie hat …«

»Frau Scheffler, natürlich«, unterbrach er sie und gab ihr einen flüchtigen Kuss auf die Wange. »Du, ich muss los. Warte nicht mit dem Essen, es wird spät.«

»... einen Löffel durchgebissen«, beendete Elisabeth den Satz. Er hörte es schon nicht mehr.

Sie sah seinem Auto nach, wie es aus der Garage fuhr, und starrte danach minutenlang auf die leere Einfahrt, bis das Telefon klingelte. Er war Robert.

»Ach, ehe ich es vergesse, Montag komme ich nicht nach Hause, im Bezirk Nord sind zwei Kollegen krank. Ich muss einen Teil der Termine übernehmen und werde im Raum Hamburg übernachten.«

»Alles klar«, sagte sie und wusste, dass er log.

Das Handy in ihrer Hand war schwer wie Blei. Sie legte auf, dann fasste sie einen Entschluss, ging ins Schlafzimmer und nahm sich die Taschen seiner Jacketts vor. Gleich im dritten fand sie, was sie suchte. Es war die Zimmerreservierung in einem Kölner Hotel, für die Nacht von Montag auf Dienstag. Im ersten Moment fühlte sie so etwas wie Genugtuung, wirklich das gefunden zu haben, was sie vermutet hatte. Sie setzte sich aufs Bett, die Reservierung wie eine traurige Trophäe in der Hand. Er hatte die Nummer seiner privaten Kreditkarte für die Reservierung angegeben. Langsam wurde ihr klar, dass ihre schlimmsten Befürchtungen schon wahr geworden waren. Es gab eine andere. Und sie war nicht mehr nur, so wie die Frau vor vielen Jahren, eine Option, eine Verlockung, sondern bereits ein Hotelzimmer, eine Realität, ein eingeschlagener Weg. Wie lange ging das wohl schon so? Den restlichen Vormittag verbrachte sie im Bett mit Weinen und Schokolade. Sie sehnte sich danach, getröstet und in den Arm genommen zu werden. Als sie keine Schokolade mehr hatte, stand sie auf, machte sich eine Wärmflasche, umarmte die und schlief irgendwann ein.

KAPITEL 28

Ich mache es doch!«, sagte Elisabeth, als Tessa ihr am frühen Abend die Haustür öffnete.

»Mein Gott, wie siehst du denn aus!«, rief Tessa.

»Das mit dem Ehe-TÜV«, erklärte Elisabeth im Flur. »Es ist die einzige Chance.«

»Nun komm doch erst mal rein«, sagte Tessa. »Alex ist nicht da, keine Sorge«, setzte sie hinzu, als sie Elisabeths Zögern bemerkte. »Ich mach uns einen Wein auf, ja?«

Eine halbe Stunde später redeten sie über Krankheiten wie über Kleider aus dem Versandkatalog. Elisabeth hatte befürchtet, Tessa würde versuchen, ihr das Ganze nun doch auszureden, oder sich zumindest weigern, ihren Part zu spielen, aber sie stand zu ihrem Wort.

»Was hältst du von Leukämie?« Tessa musterte Elisabeth mit prüfendem Medizinerblick. »Das könnte das Richtige für dich sein.«

»Ich weiß nicht«, sagte Elisabeth.

»Brustkrebs ist natürlich statistisch gesehen ...«

»Nein!« Elisabeth legte schützend die Hände vor die Brust. »Alles, nur das nicht! Sag mal, muss ich das überhaupt so genau wissen? Mir wird schon ganz anders, wenn wir drüber reden.«

»Oder ein Glioblastom«, überlegte Tessa. »Aber da

wäre es besser, du spielst ihm vorher eine Weile Kopfschmerzen vor. Nicht permanent, nur ab und zu. Und du hast Lähmungserscheinungen.« Sie nickte, von ihrer eigenen Idee mitgerissen. »Das haut ihn um.«

»Ich bin kein Sadist«, sagte Elisabeth.

»Wasch mich, aber mach mir den Pelz nicht nass«, machte Tessa sich über sie lustig. »Du musst schon wissen, was du willst.«

»Ich will nur wissen, ob er mich noch liebt.« Elisabeth massierte sich die Schläfen. »Ich will nur, dass er einen Schreck kriegt und merkt, wie sehr er mich noch liebt.«

»Okay, okay«, beschwichtigte Tessa. »Es würde sowieso nicht funktionieren. Du bist keine gute Schauspielerin. Er würde es wahrscheinlich merken, wenn du ihm was vorspielst. Und was ich ganz vergessen habe: Es muss etwas mit eingebauter Rückfahrkarte sein. Wie wollen wir ihm sonst hinterher erklären, dass alles nur ein Fehlalarm war? Die Lösung mit den vertauschten Laborergebnissen haut nicht hin, wenn du vorher wochenlang krank spielst.« Tessa erhob sich. »Warte mal kurz, bin gleich wieder da.«

Tessa verschwand in ihrem Arbeitszimmer und kam mit einem medizinischen Wälzer zurück. »Wir finden schon noch das Passende für dich.«

Als sie blätterten und Tessa ihr Krankheiten vorstellte, von denen Elisabeth während ihres Medizinstudiums nie etwas gehört hatte, kam ihr der Gedanke, wie wohl im großen Buch des Lebens die Krankheiten verteilt wurden. Im Durchschnitt eines Lebens vielleicht ein bis zwei schwere Erkrankungen, fünf bis zehn mittelschwere, ein bis zwei Operationen, dazu um die Hundert Unpässlichkeiten und banale Infekte? Oder war das eher so wie mit den Regenwolken, die mal hier, mal dort abregneten. Manche Menschen wurden nie nass, andere kaum mal trocken, manche verdursteten, manche ertranken.

»Also, ich nehme lieber doch was, das jeder kennt«, unterbrach sie Tessas Ausführungen.

»Na gut.« Tessa klappte widerstrebend das Buch zu. »Bleiben wir also bei Leukämie, das lässt sich auch gut an den Blutwerten festmachen. Die Entwarnung ist auf diese Weise unproblematisch. Sobald du den Test beenden möchtest, sage ich ihm, dass im Labor ein Fehler passiert ist und die Blutproben falsch etikettiert wurden. Du sagst mir einfach, wann du die Entwarnung willst, und dann komme ich und schenke dir ein neues Leben und eurer Ehe eine rosige Zukunft.« Sie erhob das Glas. »Und jetzt trinken wir auf deine Genesung und die Rettung eurer Ehe durch den Ehe-TÜV, ja?«

Beim zweiten Glas kam Tessa eine neue Idee. »Weißt du was? Wir vertauschen keine Laborergebnisse, sondern Röntgenaufnahmen. Das ist viel spektakulärer, und ich kann ihm die Aufnahmen zeigen, sehr eindrucksvoll. Ein bedrohlicher Schatten auf der Lunge, wie findest du das?«

Elisabeth stellte ihr Glas ab. Sie hatte Bauchschmerzen. »Nein. Ich will doch nur, dass alles wieder wird wie früher.«

Tessa lachte und schenkte ihr nach. »Du könntest auf diese Weise besser testen, wie gut er dich pflegen würde. Husten, Schwächeanfälle, dazu …«

Elisabeth hielt sich die Ohren zu.

»Okay, okay, wir bleiben bei Leukämie«, sagte Tessa und reichte Elisabeth ihr Glas. »Wie lange soll er in der Annahme bleiben?«

»Nur bis Montag.« Spätestens am Montag würde sie wissen, ob er sich trotzdem mit seiner Geliebten in Köln traf.

»Aber erst auf die lange Distanz siehst du wirklich, was in ihm steckt«, gab Tessa zu bedenken. »Ich würde das schon länger durchziehen. Im ersten Schock wird so mancher rührend besorgt sein, aber erst nach einiger Zeit trennt sich die Spreu vom Weizen.«

»Bis Montag«, sagte Elisabeth bestimmt. Sie dachte an die Worte ihrer Mutter: »Erst als ich ihn verloren hatte, wurde mir klar, wie sehr ich ihn liebte.« Sie würde Robert rechtzeitig bewusst machen, wie sehr er sie noch liebte. Es war fünf vor zwölf, aber noch nicht zu spät. Plötzlich kam ihr ein schrecklicher Gedanke. Was, wenn es nicht funktionierte? Wenn selbst die Aussicht, sie zu verlieren, Robert nicht zur Umkehr bewegen würde? Wenn er sich trotzdem am Montag mit der anderen Frau zur Liebesnacht in dem Kölner Hotel träfe? Dann kam ihr ein noch schrecklicherer Gedanke. Was, wenn seine Liebe so gut wie erloschen war, sie Robert mit der vorgetäuschten Krankheit aber quasi erpressen würde, bei ihr zu bleiben? Sie stand auf. »Tessa, tut mir leid, aber es geht doch nicht. Das kann ich ihm nicht antun. Ich kenne Robert, er würde mich nicht verlassen, wenn ich sterbenskrank wäre.« Sie eilte zur Garderobe.

Tessa lachte auf, folgte ihr. »Na, darum geht's doch, genau das wollen wir doch!«

Elisabeth nahm ihren Mantel, zog ihn an. »Du verstehst das nicht, oder? Ich will ihn doch nicht erpressen, bei mir zu bleiben! Jeder hat nur ein Leben …«

»Jetzt werd mal nicht melodramatisch.« Tessa klopfte ihr beruhigend auf die Schulter. »Niemand wird erpresst, alles wird gut. Morgen um zehn bin ich bei euch, sieh zu, dass ihr dann beide da seid. Und am Montag schon wird Robert überglücklich sein, dass alles ein Irrtum war und seine geliebte Frau ihm erhalten bleibt, und er wird dir freudig jeden Wunsch von den Augen ablesen. Ein neues Zeitalter eurer Ehe wird beginnen. Und ich wette, selbst wenn du es ihm irgendwann gestehst, wird er froh sein, dass seine kluge Frau ihn daran erinnert hat, dass sie die Liebe seines Lebens ist. Komm, zieh deinen Mantel wieder aus, ich mach uns einen Espresso, und wir sehen uns einen Film an, der dich auf andere Gedanken bringt, ja?«

Sie hängte Elisabeths Mantel wieder an die Garderobe und schob sie zurück ins Wohnzimmer. Dann stellte sie zwei Tassen unter ihre High-End-Kaffeemaschine und drückte ein paar Knöpfe, bis es zu brodeln begann.

KAPITEL 29

Elisabeth schlief schlecht und ab vier Uhr morgens gar nicht mehr. Tessa würde am frühen Morgen mit der schlimmen Diagnose zu ihnen kommen. Nur anzurufen wirke gefühllos, hatte Tessa gemeint. Als beste Freundin müsse sie die schlechte Nachricht schon persönlich überbringen. Schließlich käme es einer Art Todesurteil gleich. Wie eine zum Tode Verurteilte fühlte Elisabeth sich tatsächlich, als sie zur Toilette ging und in den Spiegel schaute. Blass, übernächtigt und elend sah sie aus. Kein Wunder. Seitdem sie die Reservierungsbestätigung des Hotels gefunden hatte, musste sie ständig an Roberts Geliebte denken, wie sie aussah, wie alt sie war, ob sie jünger, schöner, attraktiver, klüger war als sie selbst und ob es womöglich eine Frau war, die sie kannte. Im Laufe der Nacht waren diese Gedanken immer mehr in den Hintergrund getreten. Sie hatte alles über Leukämie gelesen, was im Internet zu finden war, und fast schien es ihr, als würde sich diese heimtückische Krankheit tatsächlich in ihrem Körper ausbreiten. Hätte sie sich neulich nur nicht ausgerechnet »Love Story« angeschaut, in der die lebenslustige Jenny an Leukämie stirbt. Sie wird immer schwächer, und nach langem, aussichtslosem und tapferem Kampf stirbt sie jung, schön und blass.

Wenigstens, dachte Elisabeth, als sie wieder ins Bett kroch, sind Niels und Nina einigermaßen erwachsen. Sie stellte sich die Kinder an ihrem Grab vor. Und Robert, mit der anderen Frau, die ihm tröstend die Hand hielt. Die beiden fühlten sich edel und gut, denn Robert hatte Elisabeth beigestanden und sich bis zuletzt pflichtbewusst um sie gekümmert. Die beiden hatten ihre junge Liebe hintangestellt, aber ihnen war bewusst gewesen, dass es ja nur ein Verzicht auf Zeit war. Der Gedanke an die Zukunft mit seiner neuen Liebe, sobald Elisabeth ihrem Leiden erlegen wäre, hatte Robert Kraft und Zuversicht gegeben. Kraft und Zuversicht, die er Elisabeth spendete, solange es ging.

Elisabeth merkte, dass sie weinte, und wischte sich die Tränen ab. Hör sofort auf damit, schalt sie sich selbst. Doch es nützte nichts. Sie dachte zurück an ihr Gespräch in Amsterdam, als sie Kaffee tranken an der Gracht und sie ihn gefragt hatte, ob er vor oder nach ihr sterben wolle. Er hatte gescherzt und eine neue Frau beschrieben, die fünfe auch mal gerade sein lassen konnte. »Und das Beste ist: Sie sieht aus wie ein Model.« Das war erst wenige Wochen her. Wahrscheinlich hatte es dieses Model damals schon gegeben. Oh, sie hatte ja keine Ahnung gehabt.

Sie sah zum schlafenden Robert. Seine Gesichtszüge waren angespannt, selbst im Schlaf wirkte er, als würde ihn etwas quälen. Vielleicht bescherte ihm sein schlechtes Gewissen Albträume? Oder spürte sein Unterbewusstsein schon das heraufziehende Unheil? Sie versuchte sich vorzustellen, wie er auf die Hiobsbotschaft reagieren würde. Gefasst? Sachlich? Kooperativ? Oder würde er erst einmal alles anzweifeln?

Ihr kam ein neuer Gedanke, bei dem es ihr heiß vor Schreck wurde: Was, wenn er auf einer zweiten Meinung bestand und sie zu einem anderen Arzt schleppte? Dann fiel ihr ein, dass das Ganze ja ohnehin nur bis Montag gehen sollte. Und außerdem: Wenn er so kämpferisch reagierte, war ja alles gut. Dann liebte er sie ja. Dann lag ihm so viel an ihr, dass er jede Möglichkeit ausschöpfte. Elisabeth versuchte, sich an diesem Gedanken festzuhalten. Ja, so würde Rob reagieren. Er wäre besorgt, würde ihr eine Stütze sein, würde heldenhaft alle Hebel in Bewegung setzen, um sie zu retten, und das Gespenst der anderen Frau würde sich in Luft auflösen. Doch die nagenden Zweifel kehrten immer wieder zurück. Was, wenn ich ihm eigentlich schon egal bin?, dachte sie. Wenn die tödliche Krankheit zwar Mitleid bei ihm auslöst, ihm im Grunde aber ganz gelegen kommt? Wie ein Geschenk des Himmels?

***

Robert merkte beim Frühstück nichts von ihrer Nervosität, er las wie immer die Zeitung. Oder merkte er doch etwas? Er aß nur ein Brötchen statt zwei wie sonst, und Kaffee lehnte er ab. Normalerweise frühstückten sie am Samstagmorgen immer lange, plauderten über das, was in der Zeitung stand, besprachen, was am Wochenende anlag, unterhielten sich über dieses und jenes. Robert weigerte sich samstags strikt, in ein Auto zu steigen, er saß ihr morgens in seiner dunkelgrünen Latzhose gegenüber, dem Blaumann für Landwirte, und freute sich darauf, im Hühnerstall und im Garten zu arbeiten, erdige

Hände zu bekommen. So auch jetzt, und heute schien er es gar nicht abwarten zu können und beeilte sich mit dem Frühstück. Elisabeth schaute nervös zur Küchenuhr. Wo Tessa nur blieb? Robert stand auf.

»Ja, ich geh dann mal ans Werk. Die Hühner warten.«

»Apropos Hühner«, sagte Elisabeth und verwickelte ihn in ein Gespräch über seine Lieblinge. Es war wichtig, dass er noch am Tisch saß, wenn Tessa mit ihrer Diagnose kam. Wenn er schon im Stall wäre, hätte Tessa zuerst ihr allein die Diagnose mitgeteilt, und dann, wenn Tessa gegangen wäre, hätte sie selbst es Robert sagen, ihn anlügen müssen. Das wollte sie auf jeden Fall vermeiden. Tessa sollte es ihm sagen, sie würde nur dabeisitzen und beobachten, wie er reagierte. Es war etwas anderes, bei einer Lüge dabei zu sein und sie zuzulassen, als sie selbst auszusprechen.

Als es endlich klingelte, war es gleichzeitig wie eine Erlösung und wie der Beginn einer Prüfung. Mit einem dicken Kloß im Hals ging Elisabeth zur Tür, tat erstaunt über Tessas Auftauchen und hatte schon dabei das Gefühl, eine schlechte Laiendarstellerin in einem miesen Bauerntheater zu sein. Doch Robert schien nichts zu merken. Sie luden Tessa ein, sich zu setzen, machten ein wenig Smalltalk, wie sie es verabredet hatten. Tessa ließ sich einen Kaffee einschenken und mimte die Freundin, die ihre Sorge mit Munterkeit überspielt, hervorragend. Elisabeths Mund war trocken. Sie wollte einen Schluck Kaffee trinken, doch ihre Hände zitterten so stark, dass sie es lieber bleiben ließ. Jetzt, da es konkret wurde, war es noch schwerer, als Elisabeth es sich vorgestellt hatte. Es gibt solche und solche Lügen, sagte sie sich. Wir alle lügen, unentwegt. Manche Lügen sind gut und helfen uns, miteinander zu leben. Sie sind nett, sie sind barmherzig, sie sind der Schmierstoff im Getriebe des menschlichen Miteinanders. Aber während sie dasaß, Tessa mit aufgesetzter Munterkeit Smalltalk machte und Robert zunehmend unruhig wurde, fühlte sie sich schrecklich. Robert hat ja angefangen, versuchte sie sich Mut zu machen. Meine Lüge ist nur das Gegenmittel gegen seine. Minus mal Minus macht Plus.

»Aber ich bin nicht gekommen, um mit euch einen Kaffee zu trinken«, sagte Tessa endlich und wurde ernst. »Sondern weil ich Elisabeth etwas sagen muss. Es fällt mir nicht leicht, und ich wollte nicht bis Montag warten.« Sie blickte zu Elisabeth, dann zu Robert. »Es ist gut, dass ihr beide da seid. Dass ihr beide es gleich wisst.« Sie atmete tief durch und schloss kurz die Augen wie jemand, der vor einer schweren Prüfung steht.

»Mein Gott, was ist denn?«, fragte Robert.

Als Tessa nun die Hiobsbotschaft verkündete, tat sie es professionell, schnell und sachlich, unterrichtete über Heilungschancen, enthielt ihnen jedoch auch die schlimmste Prognose nicht vor, und ihr besorgtes Gesicht gab ihnen zu verstehen, dass sie diese für die wahrscheinlichste hielt. Robert legte, während Tessa sprach, schützend seinen Arm um Elisabeth. Er brannte auf ihren Schultern, am liebsten hätte sie ihn abgeschüttelt, wäre hochgerannt ins Schlafzimmer, hätte sich die Decke über den Kopf gezogen und geheult. Dann fiel ihr ein, dass genau dies wohl auch die wahrscheinlichste Reaktion wäre, wenn sie wirklich eine schlimme Diagnose erhielt.

Tessa erhob sich, drückte Elisabeth und sagte: »Ich lass euch dann mal allein. Ruf mich an, wenn du Fragen hast, Ellie. Jederzeit.« Sie wandte sich Robert zu. »Haltet die Ohren steif, ja? Es gibt immer Hoffnung.«

Sie brachten Tessa zur Tür, und als sie weg war, nahm Robert Elisabeth in den Arm, und sie genoss seine Wärme und das Gefühl, in seinen Armen geborgen zu sein. So lange hatte er sie seit Ewigkeiten nicht mehr umarmt.

»Scheiße«, sagte er schließlich. Seine Stimme klang rau.

»Ja«, sagte sie. »Schöne Scheiße.«

»Aber wir lassen uns nicht unterkriegen!« Er ließ sie los, sah sie an. »Auf jeden Fall holen wir eine zweite Meinung ein. Nichts gegen Tessa, aber du brauchst die beste Behandlung, die es gibt, einen renommierten Facharzt und keine Wald- und Wiesenärztin, die den Teufel an die Wand malt.«

»Ja«, sagte Elisabeth und lächelte. Sie fühlte grenzenlose Erleichterung. Das war der Robert, den sie sich gewünscht hatte. Kämpferisch. Zu dem Termin in der Facharztpraxis würde es nie kommen. Montag würde der Spuk vorbei sein. Sie hatte sich geirrt. Wie hatte sie je an ihm zweifeln können? Für das Hotel gab es bestimmt eine harmlose Erklärung. Auf die Erleichterung folgte Scham. Wie hatte sie sich bloß auf diesen Schwachsinn einlassen können? Aber jetzt blieb ihr nichts anderes übrig, als bis Montag durchzuhalten, wenn die Praxis wieder geöffnet wäre und der »Irrtum« aufgedeckt würde.

Sie fasste sich an die Stirn und ging ins Wohnzimmer. »Mir ist ein bisschen schwindlig, ich glaube, ich lege mich ein wenig aufs Sofa.« Übertrieb sie jetzt?

Robert fand den Schwindel offensichtlich nachvollziehbar. »Ja, leg dich nur hin. Kein Wunder, wenn dir schwindlig ist.« Er schaltete den Fernseher ein, ging unruhig hin und her. »Versuche am besten, dich abzulenken. Wer weiß, ob Tessa überhaupt recht hat. Ich halte nicht viel von ihr als Ärztin. Und als Freundin ist sie wie ein Elefant im Porzellanladen. Unverantwortlich, so mit der Tür ins Haus zu fallen und uns das Wochenende zu verderben. Aber das ist jetzt auch egal.«

Hatte sie richtig gehört? Das Wochenende zu verderben? Es ging ja wohl um mehr als ein verdorbenes Wochenende. »Hätte sie etwa warten sollen bis nächste Woche?«, fragte sie. »Oder wäre es dir lieber erst in zehn Tagen gewesen? Krankheiten richten sich nicht nach deinem Terminplan, Robert!«

»Das meinte ich doch gar nicht.« Er brachte ihr ein Kissen. »Wir hätten noch ein normales Wochenende gehabt. Das ist alles.«

»Wir sagen den Kindern erst einmal nichts davon«, sagte Elisabeth. »Versprich mir das, Robert, ja? Und auch unseren Müttern nicht. Niemandem.«

»Wie du willst.«

»Ich muss das erst einmal für mich selbst klar bekommen.« Sie konnte ihm nicht in die Augen sehen. Er reichte ihr die Fernbedienung, dann ging er in die Küche. Fünf Minuten später brachte er ihr eine Tasse Tee.

»Möchtest du Rührei? Das würde dir jetzt guttun, oder was meinst du?« Er wartete ihre Antwort nicht ab, verschwand wieder in der Küche. Zwar hatte sie keinen Appetit, aber das Angebot rührte sie. Eier sind für Robert das, was für mich früher eingeweckte Pfirsiche waren, dachte sie, während sie auf die geschäftigen Geräusche aus der Küche lauschte. Ihre Mutter hatte jedes Jahr große Mengen Pfirsiche eingeweckt, die Gläser lagerten im Keller, als stärkende, erfrischende Nahrung, wenn Elisabeth nach einer Grippe noch auf nichts anderes Appetit hatte, bei Schulstress und überhaupt als Trost in düsteren Zeiten. Auch der Vater hatte welche bekommen, wenn er nach Marthas Dafürhalten erschöpft und müde wirkte. »Da kommt der kleine Sonntag für die Seele«, hatte er immer gesagt, wenn Martha ihm seinen Stärkungspfirsich servierte, und sie dankbar angestrahlt. Robert kam aus der Küche und überreichte ihr den dampfenden Teller. »Hier, bitte!«

»Wie lieb von dir.« Eine Weile blieb er vor ihr stehen, trat von einem Bein aufs andere, während sie den Blick auf den Teller senkte, damit er nicht mitbekam, dass sie gegen die Tränen amkämpfte. Er hatte die Eier sogar mit Frühlingszwiebeln garniert. Sie nahm einen Löffel voll. »Köstlich.« Ihre Stimme klang weinerlich. Sie hielt es nicht aus, wie er da stand und nicht wusste, was er sagen oder tun sollte. »Musst du nicht noch die Hühner füttern?«

Er nickte, schien erleichtert. »Ja, dann gehe ich mal.« An der Tür drehte er sich noch einmal zu ihr um. »Und was machst du?«

Sie zwang sich zu einem Lächeln. »Ich genieße das Rührei, und dabei lenke ich mich ein bisschen ab. Vielleicht schaue ich einen Film.«

Er nickte. »Gute Idee.« Dann ging er, und Elisabeth schaute fern und fühlte sich zunehmend krank. Der Hals tat ihr weh, die Beine schmerzten. Sie zappte sich nur durch die Sender, konnte sich aber nicht konzentrieren, schaltete den Fernseher wieder aus, griff zu ihrem Handy und googelte wieder »Leukämie«. Während sie etwas über Symptome und Behandlungsmöglichkeiten las, wurde ihr übel. Wo blieb eigentlich Robert? Er hatte doch nur kurz nach den Hühnern sehen wollen. Sie schaltete den Fernseher wieder ein, blieb bei einer Medizinsendung hängen und döste über neuen Erkenntnissen in der Rheumaforschung weg. Sie wurde durch das Klingeln ihres Handys wach. Es war Tessa.

»Kannst du reden?«, flüsterte sie.

»Ja, Robert ist im Garten.«

»Wie hat er es aufgenommen?«

»Na ja, wie schon«, sagte Elisabeth.

»Was hat er gesagt?«

»Er hat mir Tee gekocht und Rühreier gemacht.«

»Er kümmert sich«, sagte Tessa anerkennend.

»Aber ich fühle mich schrecklich, so krank, als wäre die Diagnose echt.«

Tessa lachte leise auf. »Du hast dich krank simuliert. Wie ein Kind, das nicht in die Schule will und Bauchschmerzen vortäuscht. Am Ende hat es wirklich welche.«

»Nein, das ist es nicht. Tessa, ich glaube, das Ganze war ein riesiger Fehler. Mein schlechtes Gewissen macht mich krank. Ich muss es ihm beichten, sonst ersticke ich noch.«

»Nein!«, rief Tessa. »Wenn du beichten willst, geh in die Kirche. Aber es Robert erzählen, das kannst du nicht machen. Auf keinen Fall darf irgendjemand etwas davon erfahren, hörst du?«

»Robert ist nicht irgendjemand«, wandte Elisabeth

ein. »Robert ist mein Mann, dem ich gerade mit einer gemeinen Lüge den Boden unter den Füßen weggezogen habe.«

»Erstens ist Robert ein ganzer Kerl«, beschwor Tessa sie. »Dem zieht man nicht so schnell den Boden unter den Füßen weg. Zweitens: Hast du etwa schon vergessen, warum wir das machen? Deine Skrupel sind unangebracht. Er ist es schließlich, der dich hintergeht, und zwar wahrscheinlich schon ziemlich lange.«

»Und wenn ich mich irre? Wenn alles ganz harmlos ist?«

»Elisabeth, verschließe jetzt nicht die Augen vor der Realität, so kurz vor dem Ziel. Ich habe dich gewarnt, dass es nicht leicht wird. Ich habe mitgemacht, um dir zu helfen. Als deine Freundin. Als Ärztin bin ich ruiniert, wenn das rauskommt, das kostet mich die Zulassung, hörst du?« Tessa redete noch weiter, von Verantwortung und Freundschaft und von der Notwendigkeit, manchmal Dinge zu tun, die nicht schön, aber sinnvoll seien. Von bitterer, aber heilsamer Medizin. Sie sprach von reinigendem Feuer, von einer Ehe, die wie Phönix aus der Asche wiedererstehen werde, und von Konsequenz und Durchhaltevermögen und Scheuklappendenken, das niemandem etwas nütze. Währenddessen stand Elisabeth auf, um nach Robert zu sehen. Sie ging nach draußen, zum Hühnergehege, doch dort war er nicht. An der Garderobe sah sie, dass seine Jacke fehlte. Schließlich fand sie einen Zettel auf dem Küchentisch. »Bin beim Verbandstreffen.« Das meinte den Geflügelzüchterverband. Roberts Schrift verschwamm vor ihren Augen.

»Wenn du es unbedingt beenden willst«, beschwor

Tessa sie durchs Telefon, »dann sag ihm aber auf keinen Fall, dass das Ganze nur ein Test für ihn war. Das darf er nie, nie erfahren, hörst du?«

Elisabeth ging zum Küchenkalender, tatsächlich, dort hatte er das Verbandstreffen notiert. War das zu fassen? Robert ging zu seinen Hühnerfreunden, als wenn nichts wäre. Er ließ sich sein Wochenende nicht vermiesen, komme, was wolle. Das Leben ging weiter.

»Versprichst du mir das, Ellie?«, drängte Tessa. »Sag ihm, wenn du unbedingt willst, jetzt schon, dass ich angerufen habe und es eine Verwechslung der Blutproben gab. Aber bleib unbedingt bei dem, was wir abgesprochen haben. Versprich mir das!«

»Schon gut«, sagte Elisabeth müde. »Ich ziehe das durch.«

KAPITEL 30

Sie musste etwas tun, sich ablenken. Elisabeth überprüfte in der Küche die Eiervorräte und beschloss, Eierlikör zu kochen. Sie würde Herrn Grün eine Freude damit machen. Sie trennte die Eier, schlug die Eigelbe mit Vanillinzucker und Puderzucker schaumig, ließ dann langsam Kondensmilch und Rum in die Masse laufen und stellte den Topf ins Wasserbad. Wer Sorgen hat, hat auch Likör, dachte sie beim Rühren. Herr Grün und sie hatten etwas gemeinsam. Einen Ehepartner, der sie betrog. Nur dass sie im Unterschied zu Herrn Grün dahintergekommen war. Sie war nicht so naiv wie der alte Mann.

Als der Eierlikör fertig war, füllte sie ihn in Flaschen ab, und ihr Blick fiel auf ihren eigenen, gerade begonnenen Rumtopf der Liebe im Küchenregal. Ein einziger, trauriger Zettel lag darin. Paris. Ihr wurde schwindlig. Was war mit Paris? Er musste sie damals schon gehabt haben, die andere. Denn höchstwahrscheinlich war doch seine Verliebtheit der Grund gewesen, dass er ihren Geburtstag vergessen hatte. Warum dann noch der gemeinsame Trip nach Paris? Warum hatte er das durchgezogen? Nur aus schlechtem Gewissen? Aus Pflichtgefühl? Aber so hatte es sich nicht angefühlt.

Fahrig beschriftete sie ein Etikett und klebte es auf die Flasche für Herrn Grün. Es war noch eine Flasche übrig. Ihr kam eine Idee. Kurzentschlossen packte sie beide Flaschen in ihre Handtasche. Sie musste unter Leute. Sie würde zuerst die Mütter und dann Herrn Grün besuchen.

»Du kommst wie gerufen!«, brüllte Judith, als sie ihr die Tür öffnete. Zu ihren Füßen kläffte und wedelte es. Sie griff sich an die Ohren und zog die Ohrstöpsel heraus.

»Sind die Dackel etwa schon da?«, fragte Elisabeth.

»Na, wonach sieht's denn aus?« Judith hielt mit dem Fuß die Hunde davon ab, nach draußen zu stürmen.

»Meine Güte, wie viele sind es denn?« Elisabeth bückte sich, um die Hunde zu streicheln.

»Nur fünf, der Rest ist oben auf den Zimmern. Komm mit, wir bringen sie wieder ins Wohnzimmer. Eigentlich sollen sie dort bleiben, ich habe nur gerade nicht aufgepasst, als es klingelte. Ich dachte, es ist der restliche Trupp.«

»Der restliche Trupp?«, fragte Elisabeth. »Wie viele kommen denn außerdem noch?«

»Vier Ehepaare und fünf Hunde«, sagte Judith. Zwei Hunde sind momentan oben, fünf hier unten, mit denen, die noch kommen, macht das insgesamt ...« Sie stockte und wischte sich mit dem Handrücken über die Stirn. »Das ist eine Katastrophe. Sieben waren angekündigt, jetzt sind es zwölf Kläffer.«

»Wie die zwölf Apostel.«

»Wir sind doch kein Tierasyl.«

»Warum habt ihr denn nicht Nein gesagt?«

»Du kennst doch deine Mutter«, sagte Judith. »Fünf

sind geladen, zehn sind gekommen ...« Sie sah, dass die Dackel zurück ins Wohnzimmer rannten, und eilte hinterher.

»... gieß Wasser zur Suppe, heiß alle willkommen«, vollendete Elisabeth den Satz, während sie Judith in den Aufenthaltsraum folgte. Es war einer der beiden Lieblingssprüche aus der pragmatischen Hausapotheke ihrer Mutter. Der andere Lieblingsspruch hatte dafür gesorgt, dass Elisabeth jedes Mal, wenn in der Kirche »Und Jesus sprach zu seinen Jüngern« verlesen wurde, unweigerlich in Gedanken ergänzte: »Wer keine Gabel hat, isst mit den Fingern.«

Die Dackel hatten es sich auf den Sofas bequem gemacht, Judith nahm auf einem Stuhl Platz und bedeutete Elisabeth, das Gleiche zu tun. »Es hat keinen Sinn, sie vom Sofa runterzujagen. Sie springen sofort wieder drauf.«

Elisabeth nahm eine Flasche Eierlikör aus der Tasche und übergab sie Judith. »Hier, habe ich frisch gekocht, ist gut für die Nerven.«

»Der kommt genau richtig!« Ihre Schwiegermutter holte sofort zwei Gläser. »Es ist ein Segen, dass du da bist«, sagte sie beim Einschenken. »Kannst du heute auch schon ein bisschen bleiben und uns mit den Dackeln helfen? Die Gäste wollen heute Abend zur Marienandacht. Die war eigentlich für draußen angesetzt, auf dem Kapellenplatz, da hätten sie die Hunde mitnehmen können. Aber jetzt wurde die Andacht wegen des Regens in die Kirche verlegt.« Judith reichte Elisabeth ein gut gefülltes Glas. »Ich fürchte, ich bin dem Ganzen hier nicht gewachsen. Und deine Mutter übrigens auch nicht.« Sie senkte die Stimme, als im Flur Stimmen zu hören waren, und deutete auf die Dackel. »Auch wenn Martha etwas anderes behauptet, das hier war keine gute Idee. Sag mal, kannst du vielleicht Robert anrufen und fragen, ob er auch kommen kann? Die Viecher machen, was sie wollen.«

»Es ist doch nur bis morgen«, tröstete Elisabeth.

»Bis morgen bin ich mit den Nerven am Ende.« Judith trank ihren Likör und leckte das Glas aus. »Der ist gut.«

Elisabeth schenkte ihr nach und lächelte. Es tat gut, sich um Probleme zu kümmern, die nur so groß wie Dackel waren. »Auch Dackel sind Geschöpfe Gottes. Denk an den himmlischen Lohn.«

»Sehr witzig, wirklich. Wenn überhaupt, denke ich lieber an den irdischen Lohn.« Sie tranken, dann schenkte Judith nach. »Also, wie ist es, hat Robert auch Zeit?« Sie klang schon optimistischer.

»Später vielleicht«, sagte Elisabeth. Wie gern hätte sie weiter über Dackel geredet. »Im Moment ist er beim Treffen des Geflügelzüchterverbands und wird das Handy ausgemacht haben.«

Judith hielt beim Trinken inne. »Das Verbandstreffen ist doch auf nächste Woche vertagt worden, dachte ich?«

Elisabeth schluckte. »Ach ja?«

Judith griff nach ihrem Handy. »Das ist typisch für ihn, dass er das vergessen hat, also wirklich. Warte, ich versuche es mal selbst.«

»Das kannst du dir sparen. Er wird nicht drangehen.«

»Warum wird wer nicht drangehen?« Elisabeths Mutter kam ins Zimmer, begleitet von zwei Rauhaardackeln, die ebenfalls auf das Sofa zustürmten. Es begann ein kleiner Territorialkampf, mit Knurren, Kläffen und Jaulen.

»Robert!«, schrie Elisabeth, lauter als nötig. »Judith hatte gefragt, ob er vielleicht kommen und helfen könne, aber ich denke, er ist gerade – anderweitig beschäftigt und geht nicht dran.«

Judith steckte das Handy weg. »Warum sagst du das so komisch? Du tust gerade so, als hätte er …« Sie ließ den Satz unvollendet, sah zu Martha und schüttelte den Kopf.

»Sag es nur«, sagte Elisabeth. »Als hätte er eine Affäre.«

»Robert und eine andere Frau, das wüsste ich aber!«, rief Judith aus.

»Meinst du, er hätte es dir gesagt, eher als mir?«, fragte Elisabeth. Doch es ging im allgemeinen Gekläffe unter.

Martha holte einen Beutel mit Hundefutter aus der Speisekammer und streute eine Handvoll auf das Parkett. Sofort hörte der Lärm auf, und es war nur noch Scharren und Schmatzen zu hören.

»Mach nur so weiter, dann platzen sie«, sagte Judith.

»Und wenn schon.« Auf Marthas Stirn glänzten Schweißperlen. Sie wandte sich Elisabeth zu. »So ein Unsinn, Kind! Du neigst schon immer dazu, dich in Dinge hineinzusteigern. Das hast du von deinem Vater.«

»Ich kenne meinen Sohn«, sagte Judith. »Robert würde so etwas nie tun.«

Elisabeth sagte nichts. Es hatte keinen Zweck. Sie schenkte sich noch einen Likör ein.

»Nein, unmöglich«, bekräftigte Judith. »Du solltest

dich schämen, Elisabeth, so etwas von deinem Mann zu denken. Robert ist, was das betrifft, ein Heiliger.«

Martha wandte sich ihrer Freundin zu und kniff die Augen zusammen. »Du bist seine Mutter, natürlich hältst du ihn für einen Heiligen. Aber die Realität sieht anders aus, du brauchst nur mal einen Blick in die Kirchengeschichte zu werfen. Selbst bei Heiligen, von den Päpsten ganz zu schweigen, gab es gewisse … Ausschweifungen. Letztlich sind sie alle nur Männer.«

»Mag ja sein, wenn es um katholische Männer geht«, unterbrach Judith hitzig. »Verklemmte Sexualmoral und Beichte, das ist eine unselige Allianz. Sünde, Beichte, fertig. Wir haben unsere Kinder in einem anderen Geist erzogen. Nein, ich bleibe dabei, Robert ist treu wie Gold.« Judith strich sich eine blonde Haarsträhne aus der schweißfeuchten Stirn. »Auch wenn deine Tochter es ihm nicht gerade leichtmacht.«

»Was soll das denn heißen?« Marthas Stimme war leise geworden, wie immer, wenn sie zornig wurde.

»Schluss damit«, protestierte Elisabeth, doch die beiden hörten sie nicht.

»Dass er fremdgeht, das glaube ich erst, wenn ich es sehe!«, rief Judith.

Martha lachte auf, es klang ein bisschen gehässig. »Meinst du, er lässt dich zuschauen?«

Angesteckt vom Streit der Mütter, fingen die Hunde wieder an, um die Plätze auf dem Sofa zu streiten. Elisabeth hielt sich die Ohren zu. Die Mütter merkten es nicht, aus guten Freundinnen waren durch Dackelgekläffe und bedrohte Familienehre im Nu erbitterte Kampfhennen geworden. Elisabeth beachteten sie nicht mehr. Einer der

Dackel, der es nicht geschafft hatte, sich einen Platz auf dem Sofa oder einem der Sessel zu erstreiten, kam zu ihr und leckte ihre Hand. Sie streichelte ihn eine Weile, dann nahm sie den Hund auf den Arm und verließ das Zimmer.

An der Rezeption warf sie schnell einen Blick ins Reservierungsbuch. Das nur siebeneinhalb Quadratmeter große Zimmer, die sogenannte Klosterzelle, war wie erwartet nicht belegt. Sie nahm sich den Schlüssel. Im Zimmer angekommen, fütterte sie den kleinen Hund mit den Keksen, die neben dem Wasserkocher bereitstanden, streichelte ihn und genoss den freundlichen Dackelblick. Nach einer Weile rief eine Stimme im Flur immer wieder »Franziskus!«, und der Hund ging schwanzwedelnd zur Tür. Elisabeth ließ ihn hinaus, holte das Zahnputzglas aus dem Bad, drehte die Heizung auf und kroch unter die klamme Decke. Sie nahm die Flasche Eierlikör, die sie für Herrn Grün eingesteckt hatte, aus ihrer Tasche, schenkte das Zahnputzglas bis zum Rand voll und trank in kleinen Schlucken, dabei kreisten ihre Gedanken um Robert, um ihre Ehe und darum, wie es weitergehen sollte. Wie lange würde es überhaupt noch weitergehen? Warum war sie so blind gewesen? Wie hatte er einfach gehen und sie allein lassen können, als sei nichts gewesen? Als sie gerade überlegte, welche Lieder bei ihrer Beerdigung gespielt werden sollten, klingelte das Handy, und Robert erschien auf dem Display, mit der Zange in der Hand, beim Reparieren des Waschbeckens. Sie zögerte, dann drückte sie ihn weg und schaltete das Handy aus.

KAPITEL 31

Es klopfte laut und unnachgiebig an der Tür. »Elisabeth?« Die Stimme ihrer Mutter. »Kind, bist du hier?« Elisabeth sah zur Seite, dahin, wo Robert immer schlief, und brauchte eine Weile, bis ihr klar war, wo sie war. Sie schaute auf die Uhr. Zwanzig vor sieben. Sie stolperte zur Tür und weckte dadurch auch den Kopfschmerz auf. Martha und Judith waren die personifizierte Anklage.

»Was sollte das denn?«, sagte Martha mit leiser, schneidender Stimme.

»Nicht zu fassen«, sagte Judith.

»Sorry, hab vergessen, euch Bescheid zu sagen«, sagte Elisabeth. «Ich habe hier übernachtet, damit ich euch heute Morgen gleich mit den Dackeln helfen kann.«

»Ja, ganz bestimmt.« Martha stemmte die Hände in die Hüften. »Und deshalb hast du auch Robert nicht Bescheid gegeben, wo du heute Nacht bleibst. Weißt du, was ich glaube? Du warst stinksauer und wolltest ihn zappeln lassen.«

»Spiel uns bitte nicht die ahnungslose Unschuld vor«, sagte Judith. »Du hast dein Handy ausgemacht. Du wolltest, dass Robert sich Sorgen macht. Gratuliere, das hast du geschafft. Er hat gestern Nacht überall angerufen, krank vor Sorge, und hat sich dann ins Auto gesetzt und dich gesucht, bis vier Uhr in der Früh. Und währenddessen hältst du hier seelenruhig deinen Schönheitsschlaf. Das war gemein von dir.«

Jetzt reichte es Elisabeth. Robert ging fremd, und sie kriegte die geballte Ladung Zorn der Mütter ab. »Und er ist nicht gemein? Er betrügt mich, und das ist in Ordnung?« Sie sah zu ihrer Mutter. »Wenigstens du könntest ein Mal auf meiner Seite stehen!«

»Es fällt mir schwer, wenn du dich so wenig wie eine Erwachsene benimmst.« Ihre Mutter sah zum Ende des Flurs, wo sich eine Zimmertür öffnete und eine Frau mit ihrem Dackel erschien. »Wir führen dieses unerquickliche Gespräch später fort. Jetzt gehen die Gäste vor. Um sieben bist du unten.« Die Mütter wandten sich zur Treppe, in wiedererlangter Solidarität vereint.

»Ach ja«, rief Judith über die Schulter, »Robert muss jetzt dringend schlafen, der arme Junge hat ja kaum ein Auge zugetan. Aber nachher kommt er in den Park und hilft mit den Dackeln. Überleg dir schon mal eine gute Entschuldigung.«

Elisabeth schlug die Tür so heftig zu, dass Putz von der Wand rieselte. Es war so ungerecht! Wenigstens ihre eigene Mutter hätte zu ihr halten müssen. Aber nein, der arme Robert, er hat sich ja solch schreckliche Sorgen gemacht. Und wenn schon, das hatte er doch wohl mehr als verdient. Den beiden fehlte ja die entscheidende Information. Dass sie gestern erfahren hatte, todkrank zu sein. Dass Robert sie kurz darauf allein gelassen hatte, stundenlang. Und sie angelogen hatte. Mal wieder. Von wegen Sitzung des Geflügelhalterverbands. Am liebsten hätte sie den Müttern die ganze Geschichte erzählt: Ich erfahre, dass ich Leukämie habe, aber was soll's, noch lange kein Grund für Robert, sich das Wochenende verderben zu lassen. Gerade noch rechtzeitig fiel ihr ein, dass die Mütter nichts davon erfahren sollten.

Weder Judith noch Martha verloren während des Frühstücks ein Wort über die Sache, und es wäre auch gar nicht möglich gewesen bei all dem Trubel, der durch zwanzig menschliche und zwölf tierische Gäste entstand. Jeder Dackel für sich war kein Problem, aber zusammen waren sie ein kläffendes, wuselndes Chaos, und jedes Mal, wenn wieder ein Gast mit seinem Hund im Frühstücksraum erschien, schlugen alle Hunde, die schon da waren, erneut an. Man verstand kaum sein eigenes Wort, gleichwohl fanden die Gäste es famos, und die Stimmung war aufgekratzt. Nach dem Frühstück versammelten sich alle im Innenhof und versuchten herauszufinden, welche Hunde sich so gut vertrugen, dass sie zusammen an der Leine geführt werden konnten. Martha, Elisabeth und Robert würden jeweils vier Hunde nehmen, Judith würde in der Pension bleiben und aufräumen.

Um halb elf war Robert immer noch nicht erschienen. »Ist ja schließlich nicht seine Schuld, wenn er heute todmüde ist«, sagte Martha. Elisabeth schluckte ihren Ärger hinunter und übernahm auch Roberts Dackelquadriga. Sie waren schon am Park angekommen, als Robert auftauchte. Er sah tatsächlich übernächtigt aus.

»Hallo«, sagte er.

»Hallo«, wiederholte sie.

Die Dackel zogen kräftig an ihren Leinen, hin zu Robert, sprangen an ihm hoch und begrüßten ihn wie einen alten, lang vermissten Freund. Robert hatte diesen

Effekt auf Hunde, immer schon. Sie liebten ihn. Robert bahnte sich streichelnd seinen Weg durch die Dackel und nahm ihr einen Teil der Leinen ab. Dann breitete er die Arme aus und drückte Elisabeth fest an sich. »Gott sei Dank, ich hab mir solche Sorgen gemacht!«

Seine Umarmung tat so gut. Sie fühlte, wie in ihrem Inneren ein Damm aus Enttäuschung, Wut und Selbstschutz brach, und was sie nun überflutete, war Ekel vor sich selbst. »Ach, Rob. Ich war so enttäuscht, weil du plötzlich weg warst.«

»Hast du meinen Zettel nicht gesehen?«

»Aber das Treffen fand doch gar nicht statt.«

»Das habe ich doch nur geschrieben für den Fall, dass du wieder aufwachst, bevor ich zurückkomme. Ich musste einfach mal raus und in Ruhe nachdenken. Bin einfach mit dem Auto rumgefahren. Du hast so tief geschlafen, und ich dachte, ich bin längst wieder da, bevor du aufwachst. Aber dann ist etwas dazwischengekommen, und …«

Sie antwortete nicht, ihr ganzer Körper versteifte sich. Er löste die Umarmung, hielt sie auf Armeslänge Abstand. »He, was ist los?«

Sie sah auf den Boden. »Und ans Handy bist du auch nicht gegangen.«

»Der Akku war leer.«

»Dein Akku ist nie leer. Das passiert den Kindern, aber dir doch nicht.«

Er sah zur Seite wie jemand, der fieberhaft überlegt. »Mir ging es nicht gut«, stieß er schließlich hervor.

»Und deshalb bist du nicht nach Hause gekommen?«, sagte sie tonlos. »Weißt du, was ich glaube, was dir dazwischengekommen ist? Du bist zu ihr gefahren, zu deiner ...« Sie wollte »Geliebten« sagen, brachte es aber nicht fertig. Es war ein Wort, das im Kino und in Büchern vorkam, aber nicht in ihrer Ehe. »Zu ihr.«

»Was?« Robert ließ die Leinen fallen, packte sie an den Schultern und schüttelte sie. »Bist du verrückt?«

»Lass mich los!« Elisabeth befreite sich, wich einen Schritt zurück und starrte ihn wütend an. Was ist bloß aus uns geworden, dachte sie. Wenn es etwas gab, was sie für sicher gehalten hatte zwischen ihnen beiden, dann das Vertrauen. Es war erbärmlich. Robert war wie die Männer in schlechten Komödien, die an ihrer Lüge festhielten, bis man ihnen den Beweis unter die Nase rieb. »Ich habe eine Hotelreservierung gefunden«, sagte sie. Er reagierte nicht, sondern machte sich daran, die Dackel wieder einzusammeln, die ihre Freiheit nutzten, um auf dem Rasen zu spielen. »Auf deinen Namen!«, rief sie. »Für Montag auf Dienstag. Aber bestimmt wirst du mir jetzt eine komplett harmlose Erklärung dafür geben.«

»Was?« Robert kam mit den Hunden zu ihr zurück und sah sie ungläubig an. »Du hast meine Taschen durchsucht?«

»Eine bessere Antwort fällt dir nicht ein?« Sein Handy klingelte. Er ignorierte es. »Geh dran«, sagte Elisabeth. »Lass sie nicht warten.«

Er warf ihr einen Blick zu, den sie nicht deuten konnte, und meldete sich. Er hörte ernst zu, dann sagte er, es tue ihm leid, aber er könne nicht und legte auf. »Das war ein Kollege von der Freiwilligen Feuerwehr«, erklärte er. »Tierschutzaktivisten haben Schweineställe geöffnet, jetzt laufen über zweihundert Schweine frei herum. Ein paar sind schon bis zur Autobahn gerannt. Sie brauchen jeden Mann, um sie wieder einzufangen.«

»Ja, dann musst du wohl«, sagte sie.

»Du hast doch gehört, was ich gesagt habe. Das hier muss erst mal geklärt werden. Du siehst Gespenster. Du bist im Moment nicht du selbst, Lilli.«

»Ach, so ist das«, sagte sie. »Erst mal muss das mit der übergeschnappten Ehefrau geklärt werden.«

»Lilli, du bist durch den Wind wegen der Diagnose, das ist verständlich, aber verrenn dich jetzt bitte nicht in so einen Schwachsinn! Es ist wirklich alles ganz harmlos!« Er machte einen Schritt auf sie zu, versuchte, sie wieder in den Arm zu nehmen, aber die Dackel waren im Weg.

»Jetzt geh schon und sperr die Schweine wieder ein.«

Er griff nach ihrer Hand. »Herrgott, Lilli, nun sieh mich doch wenigstens mal an!«

Sie sah ihn an, und es gab ihr einen Stich. »Hast du wirklich gedacht, ich merke nichts, Robert? Kein Wunder, dass es oft so spät wurde. Kein Wunder, dass du müde warst, wenn du nach Hause kamst. Kein Wunder, dass du keinen Hunger mehr hattest. Wann hättest du es mir gesagt, Robert, wann? Wie lange noch hättest du mir etwas vorgespielt?«

»Was?« Er ließ ihre Hand los, drehte sich auf dem Absatz um und führte die Dackel ein Stück weit von ihr weg. Dann kam er noch einmal zurück. »Okay, ich habe dir vielleicht etwas vorgespielt, aber nur aus Rücksicht auf dich, und es ist alles ganz anders, als du denkst …«

»Nein, stopp!«, unterbrach sie ihn. Ihr Puls pochte im Hals. Es tat so gut, wütend zu sein und die Verletzung aus sich herauszuschleudern. »Das wagst du nicht, hörst du? Nicht dieser Satz. Nicht: ›Es ist alles ganz anders, als du denkst.‹ Lass mich raten, was du zu ihr gesagt hast: ›Meine Frau versteht mich nicht mehr.‹ Der klassische Satz für die Geliebte, der klassische Satz für die Ehefrau. Oh, es ist so, so …« Sie suchte nach dem passenden Wort, nahm Robert seine Hundeleinen ab und sah ihn an. »Erbärmlich!«, wollte sie ihm entgegenschleudern. Doch als sie ihm in die Augen sah, wurde sie so traurig, dass kein Platz mehr war für Wut. Schnell drehte sie sich um und zog die Hunde hinter sich her.

»Nun renn doch nicht einfach weg!« Er lief ihr hinterher, griff nach ihrem Arm, hielt sie fest.

»Lass mich los!« Die Wut war wieder da.

Er ließ ihren Arm los, packte sie aber mit beiden Händen an den Schultern, drückte sie an sich. »Du bist doch alles, was ich habe, Lilli«, sagte er ihr leise ins Ohr. »Lass uns später reden, in Ruhe, ja?« Er wartete, doch sie reagierte nicht. Nach einer Zeit, die sich endlos anfühlte, ließ er sie los, stieg über die Leinen und ging.

Elisabeth führte die Dackelmeute zu ihrer Mutter, die, umringt von Hunden, mit Judith telefonierte.

»Ich weiß schon Bescheid«, sagte sie, als sie auflegte. »Robert hilft bei den Schweinen. Na, macht nichts, wir beide kommen auch ohne ihn zurecht, oder? Wenigstens habt ihr euch schon versöhnt, das ist die Hauptsache.« Sie nahm Elisabeth ein paar Leinen ab. »Komm, lass uns den Kreuzweg gehen. Die Dackel sollen auch was von ihrer Wallfahrt haben.«

Eine Stunde später führten Elisabeth und Martha die Dackel zur Basilika, wo schon die Besitzer auf ihre Lieblinge warteten. Elisabeth versuchte, Robert auf seinem Handy zu erreichen, aber er meldete sich nicht. Während die Wallfahrtsdackel auf dem Marienplatz ihren Segen erhielten, wurden die Mastschweine wieder in das eingesperrt, was die Branche Tierveredelungsbetrieb nannte. Elisabeth sah auf die Uhr. Sollte sie versuchen, Robert zu finden? Es würde ihr schon jemand sagen können, wo er steckte. Dann entschied sie sich dagegen. Sie wollte das Elend nicht mit ansehen. Die Panik der Schweine und die fröhliche Unbarmherzigkeit der Helfer mit ihren Elektrostäben. Warum machte er sein Handy nicht an? Na, sollte er sich doch allein damit herumschlagen, er war da ja ganz in seinem Element und zusammen mit der halben Bauernschaft des Niederrheins. Ganze Kerle, die am Abend schlimmer stinken würden als der Ganges. Eigentlich kann er den Schweinen dankbar sein, dachte sie, so hat er Zeit, sich neue Lügen auszudenken.

»Wo willst du denn hin?«, fragte Martha, als sie sich von ihr verabschiedete. »Ich dachte, wir fahren zum Boekholt-Hof und schauen, wie weit sie sind? Vielleicht können wir ja auch noch helfen.«

Elisabeth schüttelte den Kopf. »Ich will noch jemanden im Krankenhaus besuchen.«

»Heute? Du willst am Sonntag irgendwelche wildfremden Menschen im Krankenhaus besuchen? Der Sonntag gehört der Familie. Kümmere dich lieber um Robert, er hatte einen anstrengenden Tag.«

Elisabeth lachte bitter auf und wandte sich zum Gehen. »Hast du sonst noch einen Tipp parat?«

»Übertreib es nicht mit der christlichen Nächstenliebe!«, rief Martha ihr nach.

Christliche Nächstenliebe, von wegen, dachte Elisabeth auf dem kurzen Fußweg zum Krankenhaus. Wenn hier jemand bedürftig ist, dann bin ich es. Ich brauche ganz dringend eine Pause, eine Dosis des tapferen Herrn Grün und ein paar Pralinen. Wie beneidete sie ihn um seine Naivität. Wie viel besser war es, nur in romantischen Erinnerungen zu schwelgen und weiter im persönlichen Luftschloss der perfekten Liebe zu leben.

KAPITEL 32

Herr Grün griff nach einer Praline. Er hatte sich sehr gefreut, so unerwartet Besuch zu bekommen. Am Wochenende waren die Grünen Damen gewöhnlich nicht unterwegs, das Wochenende war überhaupt langweilig. Er war in Erzählstimmung, besonders, nachdem sie den Eierlikör probiert hatten, und natürlich erzählte er wieder von seiner Lenya. Elisabeth wollte zuhören, aber es gelang ihr nicht. Auch wenn sie wusste, dass Herr Grün in seiner trostlosen Situation diese schönen Erinnerungen brauchte, um seinen Lebensmut aufrechtzuerhalten, hatte sie inzwischen einen Widerwillen dagegen entwickelt. Aus seinen Erzählungen hörte sie heraus, dass der Sohn sich immer noch nicht hatte blicken lassen, doch immerhin war die Schwiegertochter wieder da gewesen. Grün junior selbst hatte sich entschuldigen lassen, wegen Stress bei der Arbeit.

Ihre Gedanken wanderten wieder zu Robert. »Du bist doch alles, was ich habe.« Dazu dieser Blick, der ihr durch und durch ging. Hatte sie sich am Ende in die Sache mit der Geliebten nur hineingesteigert? Aber das Hotelzimmer hatte er ihr nicht erklärt. Wie auch, dachte sie. So schnell ist ihm da nichts eingefallen außer einem schnellen Gegenangriff: »Du hast meine Taschen durchsucht?«

Er, der sich heimlich ein Hotelzimmer nahm für seine Treffen mit wem auch immer. Plötzlich merkte sie, dass Herr Grün aufgehört hatte zu reden. Er sah sie fragend an.

»Gab es zu Hause wieder Ärger?«

Elisabeth nickte überrumpelt. Die Frage hatte sie kalt erwischt, eben sprach Herr Grün noch vom Umzug an den Niederrhein, soweit sie es mitbekommen hatte. Sie war ein bisschen sauer.

»Mein Mann und ich durchleben gerade eine eher unharmonische Phase«, sagte sie reserviert. »Aber das können Sie wohl nicht verstehen, Ihre Ehe war ja perfekt.« Elisabeth stockte. Das hatte er nicht verdient. »Entschuldigen Sie bitte, ich habe es nicht so gemeint«, schob sie schnell nach.

Herr Grün sah sie unverwandt an. »Oh nein«, sagte er dann. »Da täuschen Sie sich gewaltig. Wir hatten durchaus auch schwierige Zeiten. Zum Beispiel damals, als wir uns so sehr ein Kind wünschten.«

»Schon gut«, sagte Elisabeth schnell. »Davon haben Sie mir ja schon erzählt. Entschuldigen Sie, ich habe es wirklich nicht so gemeint. Es ist nicht mein Tag heute.«

Herr Grün sah nachdenklich zum Fenster. Dann nickte er, schien einen Entschluss zu fassen. »Sie müssen mir versprechen, dass Sie das, was ich Ihnen jetzt erzähle, für sich behalten. Besonders gegenüber meinem Sohn und meiner Schwiegertochter.«

»Hören Sie, es war wirklich …«, begann Elisabeth unbehaglich, doch Herr Grün unterbrach ihren Protest und begann einfach zu erzählen.

»Lenya hat damals, als unser Kinderwunsch sich nicht

erfüllte, eine Adoption vorgeschlagen. Aber ich wollte davon nichts wissen. Ich wollte kein fremdes Kind, ich wollte unser eigen Fleisch und Blut. Ich dachte, dass ich ein angenommenes Kind nie so würde lieben können wie ein eigenes. Wissen Sie, wenn man jung ist, will man alles sein für den anderen. Man will, dass alles perfekt ist. Aber das geht nicht. Niemand kann dem anderen alle Wünsche erfüllen.«

Herr Grün hielt inne, musterte sie. »Ich bin nicht sicher, ob ich Sie richtig verstehe«, sagte Elisabeth.

Herr Grün sah aus dem Fenster wie in eine lang vergangene Zeit. »Lenya wurde schließlich doch schwanger. Ich war außer mir vor Freude. Aber ich merkte bald, dass Lenya sich veränderte. Sie wurde von Woche zu Woche niedergedrückter, schien mit den Gedanken oft abwesend. Anfangs dachte ich, das sind die körperlichen Veränderungen, die eine Schwangerschaft mit sich bringt, ihr Einfluss auf die Psyche. Aber je näher der Geburtstermin rückte, desto mehr kam es mir wie eine Wunde unter einem dicken Verband vor: Sie pocht, aber man scheut sich, den Verband abzunehmen und die Wunde zu untersuchen. So vergingen die Monate, und ich dachte, sobald das Kind erst mal da ist, wird alles gut. Doch einen Tag vor dem errechneten Termin kam Lenya zu mir, mit einer roten Rose in der Hand. Sie hielt den Blick gesenkt auf ihre Füße und reichte mir die Rose, und ich weiß noch wie heute, wie ihre Hand zitterte. ›Ich begegnete einem Fremden‹, sagte sie so leise, dass ich sie kaum verstand. ›Er schenkte mir diese Rose. Ich nahm sie an, als Geschenk für dich und mich, und sah ihn nie wieder.‹ Sie können sich denken, ich war ganz durcheinander und brauchte eine Weile, bis mir klar wurde, was sie meinte. Ich habe ihr die Rose abgenommen, bin damit in die Küche gegangen, habe eine Vase gesucht, sie mit Wasser gefüllt und die Rose hineingestellt. All das sehr langsam, ich wollte Zeit gewinnen. Ich hatte mit allem Möglichen gerechnet, aber nicht damit. Lenya folgte mir in die Küche, und als ich die Rose ans Fenster stellte, flüsterte sie: ›Auch wenn du mich jetzt verlässt, es bringt mich um, dich anzulügen. Ich kann dich einfach nicht weiter anlügen, Jeroen.‹ Und wissen Sie, liebe Frau Müller, was ich da gefühlt habe?«

»Enttäuschung?«

Er schüttelte lächelnd den Kopf. »Grenzenlose Erleichterung. Wie sie da so vor mir stand, da dachte ich nur eins: Sie liebt mich. Und habe sie in die Arme genommen. Es war eine Lüge aus Liebe. Sie hat aus uns eine Familie machen wollen. Das war das Wichtigste.«

»Und Ihr Sohn?«, fragte Elisabeth.

»Jan kam drei Tage später auf die Welt, unser Kind, ehelich geboren, ersehnt und geliebt, wie nur ein Kind geliebt werden kann. Ich war sein Vater, vom ersten Atemzug an.«

»Es hat Ihnen nichts ausgemacht?«, fragte Elisabeth ungläubig.

Herr Grün zog die Augenbrauen hoch. »Wissen Sie, unter dem dicken Verband, da hätte es eine schlimme Wunde geben können. Dass sie einen anderen liebt oder dass sie Krebs hat. Dann hätte ich sie verlieren können.«

Elisabeth wurde es heiß und kalt zugleich. Herr Grün griff erschrocken nach Ihrer Hand. »Ist Ihnen nicht wohl? Sie sind ganz blass geworden!«

»Es geht schon wieder, danke.«

»Liebe Frau Müller, ich denke, ich bin es Ihnen schuldig, dass Sie das wissen. Aber bitte, zu niemandem ein Wort, besonders nicht zu meinem Sohn.«

»Aber er weiß es«, sagte sie langsam. Dann erzählte sie Herrn Grün von ihrem Gespräch mit seinem Sohn. »Das ist der Grund, warum er sich kaum hier blicken lässt«, schloss sie. »Er fürchtet, jetzt, da er es weiß, würden Sie es ihm anmerken. Er will Ihnen nicht den Glauben an Lenyas Liebe rauben.«

Herr Grün hatte mit versteinertem Gesicht zugehört. Jetzt schimmerten seine Augen. »Mein Gott«, sagte er. »Der arme, liebe Junge. Lenya hat immer gemeint, wir müssen es ihm sagen. Aber dann – wir haben es ja fast selbst vergessen. Er sah mir als Kind sogar ähnlich, wissen Sie? Wir haben es doch nur gut gemeint.«

Elisabeth sah Herrn Grün weinen und fühlte sich elend. Lügen, Lügen, Lügen. Es war aus Liebe, dachte sie. Genau wie bei mir. Es war eine Lüge für die Liebe. Aber sosehr sie es sich auch einreden wollte, die kleine, gemeine Stimme in ihrem Inneren ließ sich nichts vormachen. Heuchlerin, sagte sie. Du wolltest testen, wie sehr er dich noch liebt? Wie sehr liebst du ihn denn noch? Deine Liebe ist bei dem Test durchgefallen, nicht seine!

Elisabeth merkte, dass Herr Grün sie besorgt ansah. »Fühlen Sie sich nicht wohl, Frau Müller?«

»Entschuldigen Sie bitte«, brachte sie gerade noch hervor, dann stürzte sie aus der Tür.

Sie eilte zum Personalaufzug, fuhr ins Untergeschoss und schloss die Tür zur Bücherstube auf. Hier war am

Wochenende niemand, hier war sie allein. Sie ließ sich zwischen den Regalen auf den Boden sinken, vergrub das Gesicht in den Händen und weinte. Das Ganze war völlig aus dem Ruder gelaufen. Was sollte sie nur tun? Aus ihnen waren zwei Lügner geworden. Die Krankheitslüge als Pille gegen Untreue. Minus mal Minus ergibt Plus. Nein, so funktionierte es nicht. Das Ganze hatte sie beide nicht wieder zusammengeführt, ganz im Gegenteil, und was das Schlimmste war, es hatte ihre Selbstachtung zerstört. Wie hatte sie je auf die Idee kommen können, eine Lüge sei ein Heilmittel?

Es klopfte, die Tür ging auf. Ein Rollator tauchte auf, dahinter schob sich Herr Grün langsam herein. Er schaute sich in der Bücherstube um und lächelte.

»Also zwischen den Büchern haben Sie sich versteckt«, sagte er. »Ich habe mir schon gedacht, dass ich Sie hier finden würde.«

»Entschuldigen Sie«, sagte Elisabeth. »Aber ich möchte für mich sein.«

Herr Grün antwortete nicht, sondern stellte den Rollator fest und setzte sich. »Ja, natürlich«, sagte er dann. »Ich lasse Sie auch gleich wieder allein. Aber für den Moment muss ich mich verschnaufen.« Er atmete ein paarmal durch, dann sah er sich um. »So viele Bücher, so viele Geschichten. Welche Art von Büchern lesen Sie gern? Lassen Sie mich raten: Liebesgeschichten, nicht wahr?«

Elisabeth nickte.

»Wissen Sie, welche die spannendste Liebesgeschichte von allen ist? Unsere eigene. Weil wir diese Geschichte selbst schreiben.«

»Aber es gibt einen Nachteil.« Elisabeth wischte sich mit einem Taschentuch über die Augen. »Nach dem Happy End ist nicht Schluss, und zwanzig Jahre später tut man Dinge, die man nie für möglich gehalten hätte.«

»Na, na«, sagte Herr Grün leise. »So schlimm wird es nicht sein.«

»Doch!« rief Elisabeth. »Er hat mich angelogen, vielleicht auch betrogen, und ich – ich habe etwas gemacht, für das ich mich schäme. Er wird es mir nie verzeihen.« Sie sah Herrn Grün an, erwartete, dass er etwas sagte, aber er schwieg.

»Unsere Ehe-Kutsche steckt tief im Dreck wegen mir.«

»Was es auch ist, Ihr Pferd ist stark genug, Sie da wieder rauszuziehen«, sagte Herr Grün ruhig. »Ihre Liebe ist ein kräftiger kleiner Ackergaul. Er ist ein bisschen in die Jahre gekommen nach all der Zeit, aber zäh, und er gibt nicht so schnell auf.«

»Wie kommen Sie darauf? Sie wissen nichts über mich.«

»Oh doch. Ich weiß eine Menge über Sie. Sie können gut zuhören, Sie sind mitfühlend, Sie lieben Pralinen, Sie haben eine Schwäche für Antiquitäten und für kranke alte Männer, die in Erinnerungen schwelgen. Und nach dem, was Sie mir über Amsterdam und Paris erzählt haben, lieben Sie und Ihr Mann sich. Was immer Sie getan haben mögen, ich bin mir ziemlich sicher, dass Ihr Mann Sie verstehen wird. Und verstehen heißt verzeihen, ist es nicht so?«

»Ich habe ihm weisgemacht, dass ich todkrank bin«, sagte Elisabeth.

»Oh«, sagte er nur und sah sie mit großen Augen an. Er machte den Mund auf, um etwas zu sagen, schloss ihn aber wieder. Schließlich räusperte er sich. »Warum?«

Sie erzählte ihm alles. Von dem vergessenen Geburtstag, der Hotelreservierung, Tessas Idee des Ehe-TÜV, davon, wie Robert einfach weggegangen war nach der Diagnose, von ihrer Nacht im Goldenen Stern und ihrem Streit auf dem Kreuzweg.

Als sie fertig war, nickte Herr Grün nur vor sich hin. »Erzählen Sie mir mehr«, sagte er dann.

»Reicht das nicht?«

»Mehr von Ihnen und Ihrem Mann. Von früher, etwas Schönes.«

»Warum?«

»Ich habe Ihnen mein halbes Leben erzählt, jetzt sind Sie dran. Revanchieren Sie sich mit einer Geschichte.«

»Mein Leben ist durchschnittlich. Müller eben. Ich habe keine interessante Geschichte zu bieten.«

»Oh doch, das haben Sie gewiss! Das wusste schon der alte Goethe: ›Greift nur hinein ins volle Menschenleben! Ein jeder lebt's, nicht vielen ist's bekannt, und wo ihr's packt, da ist's interessant.‹«

»Volles Menschenleben?« Elisabeth pustete sich widerwillig eine Locke aus der Stirn. »Also schön: Mein Mann und ich sind seit der Schulzeit zusammen. Er ist Vertreter für Schleifmittel und ständig unterwegs, ich mache zu Hause den Bürokram. Wir haben zwei erwachsene Kinder und lesen uns samstags beim Frühstück gegenseitig aus der Zeitung vor. Na, wie interessant klingt das für Sie?«

»Sie kennen sich seit der Schulzeit? Wie …«

Elisabeth hielt sich die Ohren zu. »Sagen Sie es nicht, bitte!«

»Was denn?«

»Romantisch!«

»Aber es ist romantisch, und es ist, ob Sie wollen oder nicht: interessant! Das gibt es nur ganz selten. Kommen Sie schon, Frau Müller, erzählen Sie mir eine Geschichte von früher. Wie haben Sie und Ihr Mann sich kennengelernt?«

»In der Schule. Wir saßen nebeneinander, und irgendwann saßen wir in der Kirche nebeneinander und haben Ja gesagt. Ende der Geschichte.«

»Erzählen Sie mir von einem magischen Moment.«

»Welcher magische Moment?«

»Ihre Liebe hatte welche.« Herr Grün lächelte sein Lächeln mit den vielen Falten. »Sonst hätten Sie meine Geschichten nicht so gern gehört. Und widersprechen Sie mir nicht, ich weiß, dass Sie nicht nur wegen meiner schönen blauen Augen immer wiedergekommen sind.«

Elisabeth lächelte. »Nein, wegen der Pralinen.«

Herr Grün faltete die Hände. »Kommen Sie schon, lassen Sie mich nicht betteln. Ich habe Ihnen so viele Geschichten erzählt, wenigstens eine will ich zurückbekommen von Ihnen. Seien Sie nicht so geizig. Wie Sie sich kennengelernt haben zum Beispiel. Ich habe Ihnen erzählt, wie es bei mir war. Lenya am Fenster des Zugabteils, mit wehenden Haaren, so anmutig und fröhlich winkend.« Er legte eine Hand auf die Brust. »Dieses Bild von ihr habe ich im Herzen behalten, bis heute. Wie war es bei Ihnen?«

»Was ist mit Ihrem Sohn?«, fragte Elisabeth. »Haben Sie ihn angerufen?«

»Ja.« Herr Grün zuckte die Schultern. »Aber lenken Sie nicht vom Thema ab. Ich warte.«

»Was haben Sie ihm gesagt?«

»Dass eine Familie nicht aus Blutsbanden, sondern aus Liebe gemacht wird, ich es schon immer gewusst habe und er sich im Übrigen endlich mal wieder bei seinem alten Vater blicken lassen soll.« Er straffte den Oberkörper. »Hören Sie, dieses Ding ist erstaunlich unbequem. Bevor ich hier vom Rollator falle, erzählen Sie mir verdammt noch mal endlich was, damit sich die halbe Weltreise durchs Krankenhaus für mich wenigstens ein bisschen gelohnt hat.«

»Na gut«, gab Elisabeth nach. Sie überlegte und fuhr mit den Fingern über die Rücken der Bücher neben ihr. »Mein Mann war stinkfaul in der Schule und König der Ausreden. Eines Tages, es war in der sechsten Klasse, hatte Robert seine Hausaufgaben wieder mal nicht dabei. Er meinte aber, er könne nichts dafür, sein Hund habe sie gefressen, und alle lachten. Dann gab er zu, dass das nicht stimmte, aber er fürchte, die Wahrheit würde ihm eh keiner glauben. Unsere Lehrerin forderte ihn auf, sie trotzdem zu sagen. Sie meinte, es könne nur überzeugender sein als die Ausrede mit dem Hund.« Elisabeth hielt inne. »Ja, und dann erzählte er eine Geschichte von einer kleinen grünen Elfe, die in sein Zimmer flog und die Hausaufgaben mitnahm. Es ging noch viel weiter, er erzählte noch fast die ganz Schulstunde lang, wie er der Elfe hinterherjagte und welche Abenteuer er erlebte auf der Suche nach den Hausaufgaben, es kamen Drachen,

Einhörner, ein Riese namens Goldbart und eine Prinzessin darin vor. Die Lehrerin war so fasziniert, dass sie ihn immer weiter erzählen ließ. Und ich war hingerissen. Robert kann so gut Geschichten erzählen, sozusagen auf Knopfdruck.« Sie lächelte. »Ich war als Teenager geradezu süchtig nach seinen Geschichten. Und später, als die Kinder klein waren, war das sehr praktisch. Er hat sie abends ins Bett gebracht, und dann hieß es: Gebt mir fünf Wörter. Dann überlegten die Kinder und sagten meinetwegen: Flaschengeist, Brunnen, Butterkeks, Wolfsjunge und Goldschatz. Niels und Nina blieben immer bis zum Ende hellwach, so spannend waren seine Geschichten, doch danach schliefen sie sofort glücklich ein. Seine Geschichten hatten immer ein so schönes Ende. Ihm hat es auch Spaß gemacht, ich konnte es an seinem Gesicht sehen, so konzentriert bei der Sache und doch nicht ganz in der Welt.« Sie sah Herrn Grün an. »Zufrieden?«

Er nickte. »Sehr.«

»Kommen Sie, dann begleite ich Sie jetzt zu Ihrem Zimmer.«

»Ich möchte Ihnen danken«, sagte Herr Grün, als sie sein Zimmer erreicht hatten. »Wissen Sie, ohne Sie hätte ich mich an all das, was ich Ihnen erzählt habe, nicht erinnert. Ihre Besuche waren die beste Medizin für mich. Wenn ich Ihnen von früher erzählt habe, waren die Erinnerungen wie ein Balsam, der mir half, nicht den Mut zu verlieren.«

»Dafür hätten Sie mich doch gar nicht gebraucht«, sagte Elisabeth.

»Oh doch«, widersprach Herr Grün und drückte ihr

zum Abschied die Hand. »Geschichten brauchen Zuhörer. Es ist wie mit Flaschengeistern. Es braucht jemanden, der sie rauslässt.«

Auf dem Weg zum Fahrrad rief sie Robert auf seinem Handy an, doch es meldete sich nur die Mailbox. Wahrscheinlich war er schon zu Hause. Doch als sie dort ankam, war die Haustür noch verriegelt. Beim Eintreten sah sie gleich, dass der Anrufbeantworter blinkte. Sicher eine Nachricht von ihm. Erleichtert drückte sie die Wiedergabetaste. Doch statt Roberts Stimme hörte sie die fremde Stimme einer Frau. Sachlich informierte sie, Robert Müller sei als Notfall ins Krankenhaus eingeliefert worden, und erbat einen Rückruf. Die viel zu schnell heruntergebetete Nummer ließ Elisabeth mit zittrigen Händen nach Papier und Stift greifen, doch zu spät. Ihr wurde schwindlig, und sie setzte sich, barg das Gesicht in den Händen. Dann riss sie sich zusammen, drückte erneut auf Wiedergabe. Jetzt erst erkannte sie, dass es ihr eigenes, das Marienspital war, das angerufen hatte, und rief zurück.

»Ein internistischer Notfall, ihr Mann wird zurzeit operiert.« Die Nachricht schnürte ihr den Hals zu, und sie hatte plötzlich das Gefühl, als würde ihr Brustkorb in einer eisernen Schraubzwinge zusammengepresst. Nachdem sie aufgelegt hatte, kämpfte Elisabeth gegen ihren Schwindel und die Atemnot an, dann griff sie zum Autoschlüssel und rannte aus dem Haus. Vom Auto aus versuchte sie die Kinder anzurufen und sprach auf die Mailbox.

Während der Fahrt tauchten Bilder von Robert vor

ihrem inneren Auge auf. Bilder, die es vielleicht nur noch in der Erinnerung geben würde: Robert, wie er morgens neben ihr im Bett lag. Robert, wie er sich abends seine Lieblings-Fleecejacke anzog und wohlig auf dem Sofa ausstreckte. Robert, nachts im Bett, ihr Rob, wie er immer war, sein Körper, der sich so nach Zuhause anfühlte. Roberts Gesicht, wenn er freudestrahlend von den Hühnern kam, einen Korb voller Eier in der Hand. Robert, wie er sich die Hände reibend an den Tisch setzte, wenn sie etwas Besonderes gekocht hatte. Robert, sonnengebräunt, mit nassen Haaren und strahlendem Gesicht beim Windsurfen. Robert, der ihr Tee kochte, wenn sie Migräne hatte, und sich abends zu den Kindern ans Bett setzte und ihnen Geschichten erzählte von Elfen, Einhörnern und Drachen.

Im Krankenhaus traf sie vor der Intensivstation auf eine Ärztin, die sie vom Sehen kannte. Sie sah Elisabeth fragend an. »Frau Müller, nehme ich an?«

Elisabeth nickte. »Wie geht es ihm?«

»Kommen Sie mit, bitte.« Die Ärztin führte Elisabeth am Ellenbogen in Richtung einer kleinen Nische mit zwei Stühlen und bedeutete ihr, Platz zu nehmen. Sie selbst setzte sich auf den anderen Stuhl. Elisabeth wurde es wieder schwindlig. Warum führte die Ärztin sie hierher und nicht gleich zu Robert? Warum sagte sie ihr nicht, was los war? Das konnte doch nur heißen, dass … Es rauschte in ihren Ohren, ihr wurde schwarz vor Augen.

Als sie wieder aufwachte, lag sie ausgestreckt auf einer Liege. Die Ärztin stand neben ihr, fühlte ihren Puls. »Kein Grund, aus den Latschen zu kippen«, meinte sie. »Das Wichtigste zuerst: Ihrem Mann geht es den Umständen entsprechend gut. Die Operation war erfolgreich, wir haben das Geschwür entfernt, den Bauchraum gesäubert. Er ist wach und hat schon nach Ihnen gefragt. Also, noch mal: kein Grund, schlapp zu machen.«

»Geschwür?« Elisabeth richtete sich auf, doch die Ärztin fasste sie bei den Schultern und drückte sie wieder auf die Liege zurück. »Nicht so schnell! Ihr Mann braucht Sie jetzt an seiner Seite, und zwar aufrecht, stark und stehend. Sie werden sich noch ein wenig ausruhen und ruhig weiteratmen, bis das Kreislaufmittel wirkt, das ich Ihnen gebe, und danach heißt es für Sie: Schlappmachen gilt nicht.« Sie reichte Elisabeth einen kleinen Plastikbecher mit einer klaren Flüssigkeit, und als Elisabeth sie geschluckt hatte, blickte die Ärztin ihr mit wohltuender Strenge in die Augen. »Alles klar?«

Elisabeth kämpfte die wieder aufsteigende Panik nieder. »Ein Geschwür?«

»Ein Magengeschwür. Wussten Sie das nicht? Es dauert lange, bis es zu einem so massiven Durchbruch in den Bauchraum kommt wie bei Ihrem Mann, das entsteht nicht von heute auf morgen. Er hatte Glück im Unglück, dass Sanitäter in seiner Nähe waren, als es zu dem Durchbruch kam. Er muss sich schon geraume Zeit mit Schmerzen gequält haben.«

»Mein Mann hat nie etwas gesagt.«

»Nahm er denn regelmäßig entzündungshemmende Schmerzmittel? Ibuprofen zum Beispiel?«

»Davon weiß ich nichts.« Elisabeth erhob sich von der Liege. »Bitte, ich will jetzt zu ihm, es geht mir besser.«

Robert sah blass aus, die tief in den Höhlen liegenden Augen waren geschlossen. Elisabeths Magen krampfte sich zusammen bei dem Anblick. Ihr starker Robert, und von einem Augenblick zum nächsten lag er hilflos da wie einer ihrer Patienten. Sie griff nach seiner schlaffen Hand, und er öffnete die Augen. Es kostete ihn sichtlich Mühe.

»Rob!«, flüsterte sie.

Er lächelte ein wenig und wollte etwas sagen, kam aber über ein »Was …?« nicht hinaus und sah sie nur fragend an.

»Du hattest ein Magengeschwür«, sagte Elisabeth.

»Ja«, flüsterte Robert und schloss die Augen. Sie dachte schon, er sei eingeschlafen, doch dann öffnete er die Augen wieder. »Montag ist der Termin zur Magenspiegelung.« Er atmete ein paarmal ein und aus, das Sprechen strengte ihn sichtlich an. »In Köln, ambulant. Deshalb das Hotel.«

»Du hattest also schon seit Langem Beschwerden?«, flüsterte Elisabeth. Er nickte und schloss die Augen.

Sie schluckte. »Warum hast du nichts gesagt?« Doch jetzt war er wirklich eingeschlafen. Sie dachte daran, wie oft Robert schlecht gelaunt nach Hause gekommen war. Und an Amsterdam, als er den Abend mit Bauchschmerzen auf der Toilette verbracht hatte. Wenn sie jetzt darüber nachdachte: Wie oft mochte das, was sie für schlechte Laune oder Müdigkeit gehalten hatte, Schmerz gewesen sein? Seine legendäre Verfressenheit war weg, und ich habe nichts gemerkt, dachte sie. Er war zu einem sparsamen Esser geworden. Zu jemandem, der über Ernährung dozierte und selbst wählerisch geworden war. Der sich zwar über den Vegetarismus der Kinder lustig machte, selbst aber kaum noch Fleisch anrührte. Wieso hatte er es ihr nicht gesagt? Sie betrachtete den schlafenden Robert und kannte die Antwort. Aus demselben Grund, aus dem er ihr nichts von dem drohenden Verkauf der Firma hatte erzählen wollen. Um sie zu schonen. Elisabeth wurde schwindlig.

Robert kam wieder zu sich. Er räusperte sich, wollte etwas sagen. Sie beugte sich zu ihm. »Ich habe Krebs, oder?«, flüsterte er.

»Nein!« Elisabeth setzte sich auf die Bettkante und streichelte über seine Wange. »Nein! Du hattest ein Magengeschwür, aber es ist kein Krebs, hörst du?«

Robert sah sie an, zweifelnd. Es war klar, er glaubte ihr kein Wort. »Was sagen wir bloß den Kindern?«

»Gar nichts! Die Ärztin hat gesagt, du wirst wieder ganz gesund!« Er nickte traurig, und sie wusste, was er dachte, aber nicht auszusprechen wagte. Sie griff nach seiner Hand. »Und ich habe auch keinen Krebs, Rob, hörst du? Tessa hat angerufen, es tut ihr furchtbar leid, es gab eine Schlamperei mit den Blutproben im Labor. Die Etiketten wurden vertauscht. Das war nicht mein Blut. Mein Blut ist völlig in Ordnung.« Sie sah ihm fest in die Augen. »Ich bin kerngesund. Mein Blut, sagt Tessa, ist wie das eines jungen Mädchens. Und du wirst auch wieder ganz gesund. Es wird alles gut.«

»Lüg mich nicht an, Lilli.«

Elisabeth fühlte einen Kloß im Hals. Sie zwang sich dazu, ihm weiter in die Augen zu sehen. »Mir fehlt nichts. Es war ein großer, bescheuerter Irrtum.« Sie sah in seinen Augen, dass er ihr immer noch nicht glaubte, griff zum Handy und wählte Tessas Nummer und bat ihre Freundin, Robert die Sache mit den vertauschten Blutproben zu erklären. Sie hielt ihm das Handy ans Ohr, und während er Tessa zuhörte, entspannten sich Roberts Gesichtszüge allmählich. Als sie das Handy eingesteckt hatte, sah er sie erschöpft und erleichtert an wie ein Schiffbrüchiger, der im letzten Moment aus dem Wasser gezogen wurde. Dann wurden ihm die Augen schwer, und er schlief wieder ein.

Wenig später kamen die Kinder, umarmten sie und setzten sich zu Robert ans Bett. Gemeinsam saßen sie still da, hielten abwechselnd Roberts Hand und wachten über seinen Schlaf. Zwischendurch wachte er auf, sah die Kinder, begrüßte sie lächelnd und sagte zu Elisabeth: »Was haben wir für ein Glück.«

EPILOG

Robert ließ sich am Brunnen des Dorfplatzes kühles Wasser über die Arme laufen, dann wusch er sich Gesicht und Nacken. Elisabeth, die auf einer Bank saß und Ansichtskarten schrieb, sah auf und lächelte. Er bemerkte ihren Blick, lief auf sie zu, trocknete seine Hände an ihrer Bluse ab, und während sie laut protestierte, bückte er sich und reichte ihr die Wanderschuhe.

»Komm schon, keine Verzögerungstaktik. Wenn wir noch länger trödeln, kommen wir in die Mittagshitze.«

»Meine Füße tun jetzt schon weh.« Elisabeth seufzte, stellte die Schuhe auf den Boden und schaute auf den Pfad, der vom Dorf hinaus über goldgelbe Äcker führte. Kein Schatten. Es würde eine anstrengende Etappe werden. »Weißt du, dass mir gerade zum ersten Mal der Zusammenhang zwischen ›Weg‹ und ›weg‹ aufgefallen ist?«

»Aha«, machte Robert. »Komm schon, zieh dir die Schuhe wieder an. Das kannst du mir auf dem Weg erklären.«

»›Weg‹, was für ein Wort. Da macht man sich sonst nie Gedanken drüber.« Elisabeth nahm noch einen Schluck Kaffee aus dem Thermosbecher. »Wir sind auf dem Weg, und dann sind wir weit weg, verstehst du?«

»Ja, sehr sinnig. Passt aber nicht. Wir laufen nicht weit weg, wir laufen nach Hause.«

»Irgendwie hat man von Tag zu Tag mehr das Gefühl, eins zu werden mit dem Weg, geht's dir nicht auch so?«

»Kann ich nicht behaupten.« Robert tupfte sich etwas Sonnencreme auf seine rote Nase und reichte Elisabeth die Tube. »Bist du jetzt erleuchtet, oder was? Zu viel Sonne abgekriegt? Oder zu viel Gerede von diesen Krampfadergeschwadern aus Paderborn?«

»Blödmann!« Elisabeth tat beleidigt, musste aber grinsen. »Ich meine, es läuft sich wie von selbst. Wenn man den ersten Schmerz hinter sich hat, die Blasen an den Füßen. Dann wird man quasi selbst zum Weg.«

»Na, wenn das so ist, dann nur zu!« Robert deutete zur Sonne, die schon hoch am Himmel stand. »Auf, auf, sonst wird's zu heiß.«

»Ist ja gut.« Sie erhob sich, reichte ihm die Ansichtskarten, die sie geschrieben hatte. »Unterschreibst du noch und wirfst sie in den Briefkasten, während ich mir die Schuhe anziehe?«

Er schaute sich die Karten an. Die erste war an Tessa adressiert:

Liebe Tessa,
wir sind die lahmsten Pilger der Welt, und ich summe »Langsam setzt er Fuß vor Fuß, denn er ist kein Omnibus« wie ein Mantra vor mich hin. Robert erholt sich zusehends. Grüße an die Hühner!
Ellie &
PS: Gruß an Sebastian, unbekannterweise!

Die zweite ging an den Goldenen Stern:

Ihr Lieben,
wir laufen und laufen, und der Weg ist so herrlich weit wie der Himmel über uns.
Bis bald,
Elisabeth &

Die dritte Karte war an Herrn Grün adressiert, aber hier gab es keinen Text, sondern nur ein aufgemaltes Pferd. Elisabeth lächelte, als sie seinen fragenden Blick sah. »Erkläre ich dir später.« Robert unterschrieb alle drei Karten und warf sie ein. Mit den Kindern in Peru würden sie am frühen Nachmittag skypen, so wie jeden Tag. Jakobsweg, Auszeit und Handy-ist-nur-für-Notfälle hin oder her. Und dann würden sie sich ein schönes, einsames Plätzchen suchen, im Baumschatten, und er würde eine Tüte bauen für sie beide. Elisabeth hatte den Schock ihres Lebens bekommen, als er ihr das Gras gezeigt hatte.

»Deine eigene Ernte? Bist du verrückt? Wenn uns jemand sieht!« In ihrer Stimme hatte aber auch Bewunderung mitgeschwungen.

***

»Weißt du eigentlich, wozu ich das Zeug angepflanzt hatte?«, fragte Robert, als sie sich später im Schatten einer großen Weide ausruhten. Er ließ den Qualm genüsslich in die kühle Abendluft aufsteigen und reichte Elisabeth den Joint. »Es war gegen die Angst. Ich dachte, wenn ich schon ein sterbenskrankes Rädchen im Krankenhausbetrieb werde, tut es gut, wenigstens die Illusion von Selbstbestimmung zu bewahren. Marihuana als meine eigene Palliativmedizin.«

Elisabeth sah ihn an und schluckte. Dann zog sie vorsichtig an der Tüte und lehnte sich zurück, bis ihr Kopf am Baum hinter ihr ruhte. Sie schloss die Augen, atmete tief durch und sammelte ihren Mut. Jetzt oder nie.

»Robert, ich muss dir etwas sagen. Ich … Die Blutproben waren nicht vertauscht. Ich wollte dich nur auf die Probe stellen.« Sie wartete auf eine Reaktion, doch er schwieg, sah sie nur an, mit einem Blick, den sie nicht deuten konnte. »Ich war so unglücklich, weil ich dachte, du liebst mich nicht mehr, und ich glaubte, wenn du denkst, dass ich krank bin …« Sie sah ihm in die Augen. »Was ist?«, fragte sie unsicher.

»Ach, Lilli.« Er legte den Arm um ihre Schultern, zog sie an sich, und sie merkte, wie erleichtert er war. »Du bist so ein Schaf manchmal. Ich habe es geahnt. Dein schlechtes Gewissen war so greifbar.«

Sie senkte den Blick. »Ich habe dir doch von Herrn Grün erzählt und seinen romantischen Geschichten. Es war wie mit dem Auto damals, als wir dem Polizeiwagen hinterhergerast sind, weißt du noch? Bitte folgen, und wir taten es. Irgendwie war es genau so. Da fuhr Herr Grün mit seiner Frau in einer romantischen Kutsche, und ich dachte: Nichts wie hinterher! Nach Amsterdam, nach Paris. Ich war wie besessen davon. Verstehst du?«

»Kein Wort.«

»Ich wollte wieder mehr Romantik in unsere Ehe bringen, neuen Schwung. Und es schien auch zu funktionieren, aber dann, nach Paris vor allem … Ach, ich schäme mich so, Robert, dass ich nicht gemerkt habe, wie schlecht es dir ging.«

»Du solltest es ja auch nicht merken.«

»Stattdessen habe ich dir etwas vorgemacht.«

»Ich dir ja auch. Was im Nachhinein betrachtet vielleicht auch nicht eine meiner besten Ideen war.«

»Aber du hast es aus Liebe getan.«

»Du doch auch.«

»Nein! Weißt du, wie wir es genannt haben? Ehe-TÜV!«

»Es war also Tessas Idee.«

»Ich wollte deine Liebe testen, und dabei ist meine eigene durchgefallen.«

Er streichelte ihr übers Haar. »Ist sie nicht.«

»Ach, ich hatte solche Angst um dich!« Sie brach in Tränen der Erleichterung aus, und er nahm sie in den Arm. Sie schniefte in ein Taschentuch, das er ihr hinhielt. »Und dann immer Herr Grün mit seinen romantischen Geschichten. Ich kam mir vor wie jemand, der von draußen in einen prächtigen Ballsaal schaut. Die Grüns hatten das Märchen, wir die graue Realität.«

Robert deutete zum Horizont. »Schau doch: die Schwalben am Himmel, dein ritterlicher Held neben dir, der jeden Abend deine vom Rucksack schmerzenden Schultern massiert, dann ein frugales Pilgermahl und Wein dazu … und wenn wir gleich weiterwandern, leuchten uns die Sterne den Weg. Mehr Märchen geht fast nicht, oder?«

Sie sah in seine dunklen Augen, die sich ein bisschen über sie lustig machten. Er nahm ihr den Joint ab, und sie bemerkte seine erdigen Fingernägel. Plötzlich fühlte sie sich wieder leicht und frei. Sie lehnte den Kopf an seine Schulter, und sie beobachteten gemeinsam die Schwalben, die wie kleine, flinke Schatten den Himmel durchschnitten.

»Also gut, magst du ein richtiges Märchen hören?«, fragte er. »So wie früher?« Sie nickte, richtete sich erwartungsvoll ein wenig auf. »Es war vor langer, langer Zeit«, begann er und nahm ihre Hand, »als die Kinder noch lederne, bleischwere Tornister zur Schule schleppten und die Lehrer mit weißer Kreide an die Tafel schrieben. Da setzte die Lehrerin eines Tages einen kleinen Jungen und ein kleines Mädchen zusammen in eine Bank. Der Junge liebte es, auf Bäume zu klettern, das Mädchen war ein zartes Wesen mit blonden Zöpfen, das in einem gebügelten Kleidchen zur Schule kam und nach Rosenseife duftete und sehr klug war. Er beobachtete sie zuerst heimlich, von der Seite, wenn sie in ihr Heft schrieb oder wenn sie verträumt aus dem Fenster schaute. Sie liebte es, Geschichten von Drachen und Prinzessinen zu hören, und so erfand er welche für sie und freute sich, wenn er ihre Augen zum Glänzen brachte. Sie hatte wunderschöne grüne Augen mit braunen Sprenkeln darin, und wenn sie ihn ansah, war es dem kleinen Jungen, als könnte sie ihm direkt ins Herz schauen, als würde sie ihn verstehen, wie ihn sonst niemand verstand, und ihr Lachen machte ihn froh. Da wusste der kleine Junge, dass er die Liebe seines Lebens gefunden hatte, und er schwor sich, fortan jeden Kummer, jede Sorge und jeden Drachen von ihr fernzuhalten.« Er hielt inne, nahm noch einmal einen tiefen Zug und sah sie selbstzufrieden an. »Ende. Na?«

»Meine Güte, wie kitschig!« Sie nahm ebenfalls noch

einen Zug, dann pustete sie sich die Haare aus der Stirn und kam sich zum ersten Mal lässig und verwegen dabei vor.

»Und so gründeten sie eine Familie, und als sie etwas in die Jahre gekommen waren, züchteten sie Hühner«, fuhr er fort.

»Und so lebten sie glücklich bis ans Ende ihrer Tage«, ergänzte sie, »das allerdings wegen ihres hohen Cholesterinspiegels viel zu schnell kam.«

»Kam es nicht!«, widersprach er wie auf Knopfdruck. »Denn das ist totaler Unsinn. Der Konsum von Eiern hat bewiesenermaßen gar nichts mit dem Cholesterin ...«

Weiter kam er nicht. Sie stürzte sich auf ihn und kitzelte ihn. »Mein Gott«, keuchte er, als er endlich ihre Handgelenke zu fassen bekam, außer Atem vor Lachen, »ich hatte ganz vergessen, wie stark du bist.«

Sie wurde ernst. »Ich auch«, sagte sie. Da gab er ihr einen Kuss, der vertraut und gleichzeitig so aufregend war wie früher. Dann lagen sie Arm in Arm unter dem Baum, und sie fixierte einen Ast, um den Schwindel loszuwerden. Sie versuchte sich zu erinnern, worüber sie vor dem Küssen geredet hatten, aber es gelang ihr nicht. »Weißt du, Rob, woran ich gerade denke?«

Er suchte nach der Tüte, die ins Gras gefallen war, zündete sie wieder an, zog daran und blies kleine Rauchkringel in die Luft. »An – Dackel – wall – fahrten?«

Sie kicherte. »Ich denke, du solltest endlich Landwirt werden.«

Er sah sie schief grinsend an. »Das sagt die Frau, die sich ständig beschwert, dass ich ewig bei den Hühnern hocke?«

»Der Hof von meinem Cousin ist zu pachten.«

»Warum das denn?«

»Toni hatte nach der Sache mit ›Bauer sucht Frau‹, die seine Mutter ihm eingebrockt hat, endgültig die Nase voll und ist zu seinem Freund nach Köln gezogen. Er gibt die Landwirtschaft auf und sucht jetzt einen Pächter für den Hof. Überleg doch mal. Das ist unsere Chance.«

»Und wir ziehen zu seiner tyrannischen Mutter auf den Bauernhof? Bist du verrückt?«

»Tonis Mutter wird kein Problem sein. Allein will sie den Hof nicht mehr. Unsere Mütter arbeiten momentan daran, Tante Finchen als dritte Kraft für den Goldenen Stern zu gewinnen. Sie ist ja eigentlich ganz in Ordnung, nur eben total …«

»… intolerant?«, warf Robert ein.

»… katholisch. Aber das würde ja passen im Goldenen Stern. Als Gegenpol zu deiner Mutter, sozusagen. Als Kristallisationspunkt für die konservativen Wallfahrer. Denen ist die Pilgerherberge in den letzten Jahren eh zu evangelisch geworden.«

»Aha. Damit hätte der Goldene Stern dann wohl die passgenaue Betreuung für das ganze Pilgerspektrum.«

»Genial, oder?«

»Wie wäre es mit Umbenennung in Scheinheiliger Stern? Oder Goldenes Kalb?«

»Es wäre ideal. Wir könnten auf Hühner umstellen. Bio-Hühnerhaltung.«

»Warte mal, Toni ist schwul?«

»Toni hat seit Jahren einen Freund. Das wusste jeder, der ihn kennt. Nur seine Mutter nicht. Toni hat jahrelang Rücksicht auf sie genommen.«

»Nenn du das rücksichtsvoll, ich nenne das keine Eier in der Hose.«

»Apropos Eier, wie findest du die Idee?« Sie zog noch einmal an der Tüte. »Ich weiß auch schon, wie wir unseren Bio-Hühnerhof nennen.« Sie kicherte und begann, Buchstaben in die Luft zu malen. »Gretchen, falscher Apostroph, S, Glück.«

»Aber was ist mit dir?«

»Ich mach mein eigenes Ding, keine Sorge. Ich gehe wieder an die Uni.«

»Du willst wieder Medizin studieren?«

Sie winkte ab. »Ich bleibe den Grünen Damen treu. Aber einmal die Woche gehe ich an die Uni, als Gasthörerin in Kunstgeschichte. Es macht Spaß, und ich werde fit für mein eigenes Business. Die Mütter geben ja doch keine Ruhe mit dem Goldenen Stern, und so werde ich eben mit einsteigen, aber so, wie ich will. Im Schaufenster des Früstücksraums richte ich eine große Vitrine ein mit historisch wertvollen Devotionalien, die für Pilger interessant sein könnten. Rosenkränze, Kreuze, liturgische Gefäße, vielleicht auch antiquarische religiöse Bücher, Ikonen, Krippen. Der Goldene Stern sorgt für die Kundschaft, die Mütter übernehmen den Verkauf, und ich mache das, was ich liebe: nach Holland fahren und einkaufen. Apropos herumfahren, nebenbei mache ich auch in Hühnern, aber anders. Ich hab ein Händchen dafür, sie zu zähmen. Ich werde sie ausleihen, wochenweise, immer in Gruppen zu vier Hühnern, inklusive transportablem Stall, Einzäunung fürs Gehege, Futter und allem Drum und Dran. Das ist im Kommen, für Leute, die ausprobieren wollen, wie Hühnerhaltung ist, aber vor allem für Kindergärten und Altenheime.«

»Du sprudelst ja nur so über.« Er sah sie skeptisch an. »Du bist high, oder?«

»Nein, überhaupt nicht! Es würde mir Spaß machen, auch die Sache mit dem Unterwegssein. Du hast die Nase voll vom Autofahren und wärst begeistert, auf der Farm zu sein, aber ich fände es schön, fröhliches Gegacker in die Welt zu bringen. Haustiere machen ein Haus zur Heimat, Hühner geben Nestwärme. Ihnen zuzuschauen, wie sie müßig und majestätisch daherschreiten, wie sie picken und scharren, wie sie in der Sonne und im Staub baden, wirkt ungemein stimmungsaufhellend. Jeden Tag ein Nest voller Eier zu finden macht so viel gute Laune wie jeden Tag Ostern. Ein Hühnergehege ist besser als ein Dorfbrunnen. Man trifft sich, streut Körner, redet über Gott und die Welt, ist an der frischen Luft und nimmt sich ein Huhn zum Streicheln auf den Schoß.«

»Du klingst schon wie dein eigener Werbeflyer.«

»Und für Kinder gibt es nichts Schöneres, als flauschige Küken aufwachsen zu sehen«, ergänzte sie.

»Habe ich da was nicht mitbekommen? Seit wann magst du Hühner?«

»Veränderungsintelligenz ist der Schlüssel zum Glück.« Sie stand auf, klopfte sich die Erde von der Hose. »Sagt übrigens deine Mutter. Komm, Rob, es wird bald dunkel, und es ist noch ein weiter Weg bis nach Hause.«

Er erhob sich ebenfalls. »Direkt nach Hause? Also ich finde, wenn wir schon nach Kevelaer pilgern, dann auch richtig. Der kleine Umweg über den Kapellenplatz muss schon noch drin sein!«

Zwei Stunden später standen sie vor der Kerzenkapelle. Elisabeth zündete eine Kerze an.

»Wofür ist die?«, neckte Robert sie. »Schönes Wetter?«

»Nein, einfach so.« Elisabeth griff nach seiner Hand. »Weil sie im Dunkeln so schön leuchtet.«

***

»Ob ich irgendwelche Wünsche habe?«, fragte die alte Frau. Es lag Resignation in ihrer Stimme, aber auch kraftlose Empörung über die Störung und die Vermessenheit des Hilfsangebots, hier, in dieser Situation. »Was können Sie denn tun? Der einzige Wunsch, den ich habe, den können Sie mir nicht erfüllen.«

Herr Grün sah zu dem alten Mann im Krankenbett, dessen Hand sie hielt. Er hing am Tropf, seine Augen waren halb geschlossen, lagen tief in den Höhlen, der Atem ging rasselnd.

»Entschuldigen Sie die Störung.« Herr Grün hob die Schultern, nickte, wandte sich zum Gehen. Elisabeth hatte ihn gewarnt, dass nicht jeder Besuch willkommen sei. Manchmal sei der Moment einfach ungünstig, hatte sie gesagt und ihm geraten, Hilfe nur anzubieten, aber nicht aufzudrängen und sich in solch einem Fall rasch zurückzuziehen. Doch als er schon an der Tür war, hörte Herr Grün, dass die Frau etwas sagte, und kam zurück. »Pardon, haben Sie mit mir gesprochen?«

»Entschuldigen Sie«, sagte die alte Frau, während sie sich mit einem Taschentuch über die Augen wischte. »Er ist schon so weit weg. Er erkennt mich nicht einmal mehr. Wissen Sie, was für ein Gefühl das ist?«

»Sie sind bei ihm«, sagte Herr Grün zögernd. »Er spürt Ihre Nähe, ganz gewiss.«

Die alte Frau nickte und streichelte ihrem Mann über die Wange.

»Sehen Sie nur, sein Gesicht«, sagte Herr Grün. »Wenn Sie seine Wange streicheln. Er lächelt.«

»Wir sind seit fünfundfünfzig Jahren verheiratet. Er ist mein Leben.«

»Wie haben Sie sich kennengelernt? Wollen Sie mir davon erzählen?«

Die alte Frau sah ihn zweifelnd an. »Interessiert Sie das denn?«

»Aber ja, sogar sehr.« Er zog sich einen Stuhl heran und setzte sich.

»Haben Sie denn so viel Zeit?«

Herr Grün lächelte. »Zeit zu haben ist meine Kernkompetenz.«